范小青 著

灭籍记

北京出版集团公司
北京十月文艺出版社

目录

Contents

第三部分

尾 声

第　一　部　分

1. 假子真孙

我是个孙子。

可我不是个普通的孙子。

我是个真孙。

我们这地方，是个有文化的地方，过去经常在戏文里唱才子佳人假子真孙这样的故事。

我就是那个真孙。

这是我爷爷奶奶对我说的，我母亲也这样说，只有我父亲从来不屑表态。在这一点上，我是有怀疑的，倒好像我才是个假子，他是真孙似的，他从来都不把我放在眼里。

至于应该怎么理解假子真孙这种说法，真对不起，我不能理解。我是个没文化的大学生。再说了，我也不怎么想理解，如果一定要我说，我能想得出的理由是这样的：我的父亲吴永辉是我的爷爷奶奶领养的，我父亲可以称他们为养父养母，但是我却不能喊他们养爷爷养奶奶，我得规规矩矩地喊爷爷奶奶。

难道这就是假子真孙。

无所谓啦。不关我事。

其实我父亲吴永辉一早就知道自己是领养的，那时候他才五六岁，或者三四岁，刚刚懂一点事，就听大院和小巷里的小朋友在大人的教唆下唱唱跳跳地念叨：

癞痢头癞壳癞痢头癞壳
没有铜钿看癞壳
癞痢头癞壳癞痢头癞壳
没有爷娘茅坑里哭
……

说的就是我父亲。

小时候他头上老是长癞疮。

所以我父亲从小到大一直试图打听自己的亲生父母，可惜他始终没有如愿，他的养父养母是绝对不会告诉他的，他们直截了当地说，干吗，告诉了你，我们不是白养你了。

可有时候他们又说，说真的，不是我们心肠硬，不肯告诉你，不是我们不想让你骨肉团圆，我们是真不知道你亲生父母在哪里，甚至不知道他们姓甚名谁。

更多的时候，他们就说，你还找他们干什么，狼心狗肺的，当时你都没满月，只有这么大，就被他们扔在公共厕所里，要不是我们捡你回来，你早已经怎么怎么怎么——这和许多父母对子女说的话一模一样，甚至许多亲生的父母也会对自己的亲生孩子如此说。比如我母亲骂我的时候，总也要捎上一句，和你老子一个德行，吃里爬外，捡来的货。

她真是脑子进水。

所以，在漫长的岁月中，我父亲真的已经不知道哪个是事实真相了。

就这样，在长期的打探和反打探的博弈中，我奶奶先走了，接着我爷爷也走了，我父亲再也无法从他们那里问出什么来了。

我父亲并没有顿足捶胸，也没有要死要活。打听自己的亲生父母这件事，开始的时候，或者说，在他小的时候，被小伙伴唱唱念念，受到刺激了，那是真心想要打听的，可是后来他长大了，再后来他都长老了，他早就不把这个事情放在心上了，只是惯性使然，让他还要不停不息地追问下去，他在意的早已经不是结果，而是追问的过程。

追着玩玩呗。

关于爷爷奶奶到底认不认得我父亲的亲生父母，在爷爷奶奶去世以后，彻底成了一个谜。当然，是一个无人想去解开的谜。

我父亲，一个行将老去的人，还要找亲生父母干什么呢。

我父亲躺在一张旧藤椅上回忆往事，他说他小的时候，有一男一女两个大人挡住他的路，他们跟他说，我们就是你的亲生父母。

但是过一会他又说，他的亲生父母参加了战争，战死了，早就不在了。

有时候他还说，他收到过他的亲生父母的信件，他一直保存着呢。

难道往事都是随便说说的？

说着玩玩吧。

幸亏我从来不往心里去。

其实有时候我也想体谅他，因为无论他有几个父亲和几个母亲，事实上他们除了生下他，养大了他之外，还能给他些什么呢，十八岁进剃头店当学徒，一辈子摸人家的脑袋捧人家的脸蛋，最后落了个什么鬼呢，躺在老宅院的角落里回忆往事？

我都没脸说。

这个宅院已经老掉牙了，时光的牙齿却仍很尖利，把一座雕梁画栋八面威风的老宅啃得只剩下一副骷髅架。虽然老话会说，饿死的骆驼比马大，但是如果骆驼它只剩下一副骨架，那是万万抵不上一匹活马的。

我的家，准确地说，是我父亲的家，就在这快散架的老宅里，有一个旮旯，准确地说，是西二路，后七进，偏厢房，就是我家。

什么什么路，多少多少进，正厅偏房怎样怎样，这都是从前的老宅的格局，这个老宅和其他许多老宅一样，有个有文化的名字，叫作某某堂。

说它的名字叫“某某”，可不是我有意刁难谁，有意不说清楚，实在是因为大门口的砖雕门楼上的三个字，从我认识字的那时候，就只剩下一个“堂”字，所以我只能称它为某某堂。但是难道我就不能问一问我父亲，或者问一问宅子里的其他老人？从前那三个字还在的时候，他们应该看到过“某某”到底是哪两个字。

我才不。

我干吗要问清楚，“某某”到底是哪两个字，和我一毛钱关系也没有。

至于某某堂到底有没有文化，那倒是不用怀疑的，大家都说，在我们这个地方，一块瓦片，一颗鹅卵石，都是有文化的，何况这一座大大的宅子呢。

或者说它是巨大的，那也不为过，宅子号称五路七进后花园。“路”是纵的，“进”是横的，就这样纵横交错的一个大宅，走进去就是迷宫。单说我家所在的这一路有七进，门厅，轿厅，大厅，后面还有四进楼厅。可怜我家，就在最后一进的一楼西厢房。

西厢房原本就是一个统间，当初我爷爷奶奶住进来的时候，将其一隔为二，外间为客厅，里间为卧室，再到天井里搭一个小披间做厨房，搞得像有钱人家似的。后来我爷爷奶奶领养的我父亲长大了，要分房睡了，就将客厅又一隔为二，一半做客厅，一半是我父亲的卧室，再后来，我父亲娶我母亲了，客厅就不存在了，再后来，我出生了，而且，我还长大了，于是，我家的厨房也不存在了。

我父亲说，这就是老话所讲，王小二过年，一年不如一年。

林姑娘第一次来我家的时候，我也没敢告诉她我睡在违章建筑里。好在林姑娘也不像其他姑娘那样对我家的住房穷追不舍。她倒是注意到我家小天井里的一口水井，惊奇地说，咦，一口井，咦，一口井。好像她从来没有见过井似的，她还到井边朝下面张望了一下，她看到自己的影子在井里晃动，她又“咦”了一声说，有水哎。

井里有水，这难道是个奇迹吗?

对于这座某某堂老宅，大家虽然身在其中，却早就不识它的真面目了。因为老宅早已经分割得七零八落。到底零落成了什么样，谁也搞不清了，除非飞到天上朝下看，才能看清楚。可是人为什么要飞到天上去，人天天脚踏实地心还悬着呢。

我家只是老宅里的一户租户。当然，后来，在漫长的岁月中，租来的房子就变成了自己家的房子，那是怎么变的，我并不知道，我也不想知道，我更不会觉得占了便宜就激动，头上是窜风漏雨的屋顶，下面是嘎吱作响的地板，我想象不出来有什么可激动的。

我好像想太多了。还是脚踏实地面对现实吧。

最现实的就是林姑娘。

林姑娘是个二货。

她居然对我说，我爱的是你这个人，不是你的房子，无论你有房无房，我都要和你结婚。

说的是人话吗？

或者，她以为她是林妹妹？就算是林妹妹，结局忒悲惨了，活着的时候也还好啦，至少她不是无房户，她有个潇湘馆，还有丫鬟伺候呢。就算潇湘馆的产权不是她的，算她租住吧，那她至少也没有支付租金呀。租房不付房租，这样的好事到哪儿去找啊。

林姑娘见我蹙眉沉思，便推了我一下，催促我说，你还不赶紧的，你个二货。

她居然还觉得我是个二货。真是被爱情亮瞎了眼。

不过她的提醒是对的，我真该赶紧的，趁着她还在犯糊涂，赶紧把事做了。

可是我没有。

难道我也是个二货？

两个二货就这样浑然不觉地颠覆了如今的社会现实和电视荧屏？

做梦吧我，做梦吧你，其实我们只是在一张小床上颠了几颠，听到“嘎吱嘎吱”的声响，林姑娘立刻停下来，她的意思我知道，咱不能再颠了，再颠床要塌了。

是个知道节俭的孩子。

刚认识那会，我跟她调情，我说林小穷，你叫什么不好，偏要叫个穷？林小琼很认真地跟我说明，正好，你误会了，我不是那个穷，我是这个琼，琼就是美好的意思呢。

我算是服了她。穷了还能美好。她以为她这是活在哪朝哪代呢。

好了，二货的事少说了，美好的故事已如一轮红日喷薄欲出了。

2. 监控画面

我在一家酒店做弱电管理，第一次和林小琼见面的时候，她问我工作，我说，我是做管理的，林小琼激动地说，哎哟，正好，你这么年轻就管理层了？我见她这么兴奋，怕她想太多了，我不想骗她太多，害她陷得太深，便告诉她我是弱电管理。她完全不知道什么是弱电管理，求知若渴地看着我，看得我怪不忍心的，我只好说，我管的是电，电不死人。

林小琼想了半天也没有想明白，但她又不能不接住我的话头，她兴高采烈地说，电不死人，那就好，那太好了。

其实那时候我并不在那家酒店做弱电管理员，因为我已经从那里出来，到了另一家酒店，也是做弱电管理，反正都一样，是哪家酒店无所谓。

那时候我正在玩一款名叫“挑战BOSS”的手游，游戏中的BOSS和我现实生活中的老板太像，玩到最后，我已经分不清虚拟和现实了，我老板出现在我面前时，我以为他是游戏中的BOSS，我手中下死劲，想干死他，结果他把我的手轻轻一扒拉，我就醒过来了。

我一惊吓，辩解说，老板，我刚才是睡着了，你一拉我，我就醒了。

我老板“哼哼”说，你睡着了还能玩游戏，那你咋睡着了不能搞工作呢？

我说，老板，这不能怪我，睡着了做什么，那完全是下意识、无意识的。我真心不想玩游戏，我身不由己呀。

老板甩手一走。

我被开掉了。

我再去求职。现在生活中到处都是哲理，到处都有哲学，所以完全不需要像我这样的学哲学的人，我简直是无职可求，我只好出卖我的灵魂，对我的新东家说，我是跳槽的，我前面的那家酒店，您的那个竞争对手，简直不是人待的地方，我前老板，是个弱智，他脑子里那点电，比我管的弱电还弱。

我的新东家喜欢我这样的出卖，他笑了笑说，好呀，我们这里缺弱电管理。

其实这个酒店更弱，弱电管理员连个办公的地方也没有，电工班四个电工，共用一个办公室，虽然就是个没有窗户的黑窟窿，那也总强似于我和我的同事小史，我们两个，在酒店完全无立锥之地。我比较不讲究，好打发，可小史发牢骚说，连张办公桌也没地方放。我对小史说，你得了吧，还办公桌呢，能让你站稳了脚就不错了啦。小史说，光站稳脚咋行哩，没有桌子，我趴到哪里去睡午觉？我不能站着睡觉吧。我是个讲究的人。

小史不服，去和电工班的人商量，能不能挤进一张桌子去，他也顾不得我了，挤进去一张他就坐了。

当然他是挤不进去的。电工说，咦，凭什么给你进来。

小史顶真说，凭什么，你们是电工，我们也是电工。

电工就回答他，你们是弱电。

我新老板热爱查岗，他查到电工班的时候，听到了小史和电工说话，他对我和小史说，咦，你们两个死脑瓜，放着那么大的地盘不去占领哦。

我老板所说的那么大的地盘，就是酒店的监控室。那里边确实够大。

老板又说，顺便的，你们还可以顺带着管管监控上的事。

我没吭声，小史“吭”了一声说，我好歹是个本科生，让我当监控员？

我老板立刻严正地说，这不可能，你俩都是大学生，监控那是保安的事情，我又没有让你当保安，你们在监控室办公，屏幕上的东西，你们爱看不看哦，我尊重知识尊重人才的哦。

我和小史在监控室里上班，起先小史也许有些委屈，但他至少有地方趴着午睡了，而且我们很快发现监控室对我们最有利的就是可以对付老板的查岗。

我热爱游戏，小史热衷追剧，我们在不同的时间里，各自捧着手机，各得其所。我们先是把摄像头固定对准老板办公室的门口，瞄到他一出来，我们就赶紧停止，可是一等再等，也没有查到我们这旮旯来。我们上当了。上当后才想明白了，那是我俩自作多情，老板哪会那么看重我们呢，他要管那么多人，我们才算个老几呢。但问题是，无论我们算老几，也可能有一天他就过来了，所以我们又把摄像头调到对准离监控室不远的必经的走道，如果老板走到那儿了，就肯定是来监督我们的了。

但是我们很快又发现，这一着看起来是用来对付老板的，其实是用来对付我们自己的，为了看住老板的行为，我们必须得盯住屏幕，搞得像个私家侦探的助手似的，又好像是被老板娘雇用了似的。

这才洞察了老板的用心。

我呸。

后来我很快被老板抓住上班打游戏的劣迹，我又被炒了。

我又到了人生的下一站。

我仍然做弱电，好像除了弱电我就不能干点别的了。

在我人生又一站开始的时候，我新同事硬说以前我们也同过事，可我不记得了。他很不满，也很奇怪，说，贵人才多忘事，你又不是贵人，你怎么不记得我了，我是小史呀。

我就应该要认得和记得小史吗？

我有点来火，我跟他搅，我说，小史？你在和谁说话呢？

小史说，我和你说话呀。

我说，我？我存在吗？

我新同事吓坏了，瞪着我看了半天，说，你不存在？那我眼前的这个你，是我的幻觉吗？

我跟他开玩笑说，这是我留在世上的影像。

我新同事愣了半天，回过一点神来，恢复了正常，会说话了，他说，那你，翘了多久了？

我说，哦，我根本就没有活过。

我新同事也适应了我的方式，说，好吧，我假装听见了。

好了好了，不开这种无聊无谓的玩笑了，在我的人生的新一站，我和我新同事，我们是分工的，一个上日班，另一个就上夜班。

我们只有在交接班的时候碰一下面，没有其他交集。

今天我上夜班。

在监控室工作上夜班，这活不差，睡觉便是，可我遭遇的老板一个更比一个逊，这新老板竟然让人设计了一款软件，让单位所有值夜班的电话，每隔半小时就响起来，一直响到你接为止，接过电话它会自动记录。我起先不知道它自动记录的功能，就用拔掉线头的办法对它，结果又犯错误了。

我已经记不清这次错误有没有让我又丢了饭碗，我只知道今天我上夜班。不能睡觉。

不睡觉就不睡觉吧，下班回去白天睡，我又没有兼职干其他工作，一份职都来之不易，为了生存，我都练就了左手打游戏的本领，也没找到第二份职。

夜深了，我打游戏，这款游戏真赞，真有哲理，它告诉我，打乱顺序，才能改变方向，改变方向，才能得以存活或者死亡。

监控的探头布满酒店的角角落落，盯着那些进进出出的人，盯着大堂、电梯、走道、楼梯拐角之类，有人半夜出去，有人天亮回来。这跟我有什么关系，我才不会时时去看着他们。

我没那么傻。

一般只有在我出去撒泡尿再回来的时候，我可能会顺便瞄一眼监控屏幕，基本上是漫无目的的，甚至是下意识的。

不过今天稍有些不同，我的顺序颠倒了一下，我这泡尿还没有撒出去，我起身的时候先看了一眼屏幕，就像游戏里设置的那样，我打乱了顺序，于是，改变了方向。

我眼睛的余光，瞄到某一部电梯里，没有人，却有动感，仔细一看，电梯里有一只鸟，正展翅撞着电梯的四壁呢，再仔细一看，又不是鸟了，它蜷缩在电梯的镜面上，一动不动，是只老鼠。我拍了一下自己的头皮，一只鸟和一只老鼠加起来，不就是一只蝙蝠嘛。

别以为这就把我惊着了。又不是美国电梯里的蓝可儿，只是一只走错了地方的似鸟非鸟而已。

我难道不会有一点奇怪？夜深人静之时，怎么会有一只蝙蝠出现在电梯里呢？

我才不奇怪。

不关我事。

我没有好奇心。好奇心也帮不了我什么，我要它干什么。

以往所有的夜晚，对于墙上的画面，我是最多只看一眼，懒得再看第二眼，只是今天我玩的游戏干扰了我的人生，它让我乱了顺序，我竟然又多余地看了一眼电梯，那只蝙蝠已经消失了。

说“消失”那是我故弄玄虚的，怎么会消失呢，只是电梯门打开的时候，飞走了而已。

当然，说消失也没有错呀，它不在电梯里了，不就是从电梯里消失了嘛。

不关我事。

我去撒尿了。

电梯里的人进进出出，正常的人多的是，不正常的人也一样地多。一次，一个男人手持菜刀冲进电梯，按了第九层，说老婆和别人开房，在九层妖塔。

比如又有一次，一个小孩子进电梯，因为个子太矮按不到电梯按钮，就有人替他按了楼层，可是当时电梯里并没有其他人。那么是谁给小孩子按的按钮呢，你们想一想也就知道了。万一你们想不明白，又愿闻其详，可以来问我的。

动物也有，有一次进来一只兔子，把一位坐电梯的小姐吓得花容失色，她的尖叫声更是把同乘电梯的一位老先生吓坏了，老先生说，哎呀呀，哎呀呀，我以为进了只老虎呢。

我继续我的游戏。

应该在监控室值班的保安，不知道躲到哪里睡觉去了，他的对讲机丢在这里，后来对讲机“呼啦呼啦”响起来，我替他拿起来喂了几声，却无人说话。

不关我事。

第二天早上我同事来了，他明明和我一样就是弱电工，但他总感觉自己是我领导，每天交班时总要问我几句话，问问夜班的情况，如果没有特殊情况，他会不满意。每次为了让他有存在感，我都要瞎说八道一番，今天也一样没什么可说的，但好歹有一只蝙蝠，我就说了，昨晚有一只蝙蝠飞到电梯里。

我同事听了，眼睛顿时一亮，竟然有了兴趣，说，蝙蝠？蝙蝠好啊，看到蝙蝠有福的，不能让你独看了，我也看看。

他居然真的要调晚上录像来看，他真是想多了，我打击他说，蝙蝠可不是什么好鸟。

他不管蝙蝠是什么鸟，硬是把我说的那台电梯的监控录像调出来，结果发现那台机器是关闭着的。

这么多台机器，有一台无意中被关闭了，也算不得什么大事，但是我同事非觉得奇怪，还说我奇怪，你奇怪了，明明这一台没有开，你怎么会看到蝙蝠？

我想了想，我回答不出。

幻觉？

梦？

游戏？

有所谓吗？

无所谓。

我同事认为是我记错了电梯，便去调另外的电梯来看。我赶紧撤了。

3. 老宅惊魂

交班后，我就回家了，我到家时，我爸已经起床了，可我爸起床后抓紧时间吃过早饭，又躺下了，只不过是换了个地方，从床上挪到一张旧藤椅上。

我推门进去，他闭着眼睛，没听见。当然他是假装没听见。我不相信他睡了。

正经睡了一晚上，这会儿又睡着了？他只是当作没有我这个人吧。

现在应该换成我睡觉了，我上夜班，白天就是用来睡觉的。

可我睡得着吗，看我爸那死样，我来气呀，我着急呀，要是平时，你当我不存在也就算了，我也可以同样当你不存在，可现在不一样啦，现在的我，出大事了。

我要结婚。

我在哪里结婚。

爷爷奶奶的房间大一点，可以做我们的新房，可是林姑娘怕怕，不敢住。其实我爷爷奶奶走了有好几年了，林姑娘是去年才来的，她和他们没打过照面，不存在害怕不害怕的问题，女孩就是造作，说房间里爷爷奶奶的遗像瘆人，她不敢看他们的脸和眼睛，一看就会哆嗦。

是个胆小的孩子，不怕她今后撒野，但这点小事得听她的，只好把爷爷奶奶那儿简单打扫一下，由我爸去住。原来我爸的房间次之，就勉强做我们的新房。幸好我爸还没死，否则林姑娘又怕怕，那就只能拿我的那个小披间做新房了，那可是太寒碜了，哪里像一个大学生娶另一个大学生，现在一个农民娶另一个农民，另一个农民还要求有小车小房（别墅）小婆婆（年轻婆婆好使唤）这“三小”呢。瞧人家农民，咋不上天哩。

还是来说我的新房吧。自打我妈去世以后，我爸就没有打扫过房间，我要做的事情，就是把我爸的房间打理得像一个新房，那就得把我爸房间里的东西，倒腾到爷爷奶奶房间里去，还得先把爷爷奶奶房间里的东西倒腾出来，扔掉。

现在我站在爷爷奶奶的房门口想了一想，就觉得不对。不对呀，这件事情，无论怎么说，也应该是我爸的事情呀。

我爸才不会赞成我的意见，他闭着眼睛很不客气地说，干什么？我才不。

我是有理的，我理直气壮，我说，爸，你搞清楚啊，这是你住进去，又不是我住进去，当然应该是你进去打扫。

可是我爸更加理直气壮，我爸说，儿，你搞清楚啊，是你要我住进去，又不是我自己要住进去。

我服。

你厉害，你老大。

我还是自己动手吧。

我推开爷爷奶奶房间的门，门绞都已经生锈了，“嘎吱嘎吱”响着，一股灰尘腾起来，呛得我直咳嗽，流出来的鼻涕都是灰色的。从前听老人说笑话，矿工的老婆小便是黑的，这个可以相信。

故事在这里似乎有了一点破绽，既然我家住房蛮紧张，那爷爷奶奶去世后，我们为什么不马上占用他们的房间呢。这个破绽我是后来才补上的，那时候我在外地上大学，雄心壮志地以为自己一定不会再回故乡，老家的事情，在我看来，都是些小破事，由我妈折腾就行啦。后来我听说，我妈确实是迫不及待地想搬腾到大房间去的，可是她一进去，站在那两幅遗像前就透不过气来，到医院一查，竟然得病了。

所以我妈临终前告诉我爸，不到万不得已，就别动那房间了。

可是现在真是到万不得已的时候了。

我一边呛咳一边朝爷爷奶奶的遗像鞠躬作揖，我说，爷爷啊，奶奶啊，不是你们的真孙要来占你们的地盘，是你们的假子要占你们的地盘，你们要生气就生他的气吧，你们要收拾就收拾他吧，他到底是个假子，到底是假子不亲啊。

我这么说了一遍，心里就没有像我妈那样憋屈得透不过气来，倒是觉得蛮松快，只是我没想到爷爷奶奶房间里的旧货竟这么多，好像老两口一辈子都在收破烂似的。

我把街巷里收旧货的大哥叫来了，我本来是想让他白捡去的，权当找人替我打扫卫生了，可是大哥误会了，他以为我是要卖旧货，就跟我斤斤计较，他一计较，我反倒不想便宜他了，也跟他锱铢必较，最后卖了几十块钱。

一个收了钱，一个收了货，两清。

其实我心里还是挺感激这收旧货的，因为他一走，我才发现，我爷爷奶奶房间原来也可以是那么清爽简洁的，我刚要感叹一声，就听到天井里有人大喊一声，喂，你出来！

只有一个“喂”字，谁知道是喊谁的呢，我懒得应声，这小天地里，虽然有我，但还有我爸呢。

只是，我若不吱声，我爸也绝不会吱声。那个人又喊，喂，你出来！

我肯定拼不过我爸，只得从窗户里探头看看，却是那个收旧货的大哥，手里提着一小捆书，一脸愤怒要打官司的样子。

我奇怪说，咦，大哥，你怎么回头了？

大哥把那捆东西往地上一扔，说，还大哥呢，被你个好兄弟骗了，这不是书。

我朝那堆东西看了一下，用一根绳子捆扎着几本，怎么不是书呢。

那旧货大哥弯腰从一捆中抽出一本，朝我扬了一扬，书吗？这是书吗？这是一堆废纸，你自己看看——他走近窗口把那东西塞到我手里，我勉强自己看了一眼，这明明是有字的嘛，怎么不是书。那大哥说，你欺我外地人不识字吗，书上的字是印上去的，你这个是写上去的，只能算废纸。

我真服了大哥，他连印的字和写的字都能分清。

那本子上的字，确实是写上去的，这确实不能算书，它只是一本笔记本，我不能否认事实，但也不想跟他纠缠，就退还他几个钱了事。那大哥大概以为我会跟他纠缠一番，没想到我这么大方，倒有点不好意思了，讪讪地说，下次你多凑一点，可以当废纸卖。

大哥你真是太小瞧我了。虽然我未来老婆的名字就叫个穷，可我还没穷得要卖废纸。我把那本不是书的书往地上一扔，不蒸馒头争口气，我说，不卖。

就在那个本子扔出去的片刻间，有一张纸从本子里飘了出来，比起那个破旧的本子，这张纸更加、更加——反正更加没法说了。那张发了黄的破纸飘落到旧货大哥的脚下，他低头一看，眼神不差，说，是两个字。

我都懒得探出脑袋去看看所谓的两个字是什么字，我知道肯定不会是“馅饼”那两个字。

难道我就不能有一点想象、有一点理想吗？

当然没有。

正如大伙儿深切体会的那样，理想曾经来过，徒留一地悲伤。

可是这旧货大哥分明是闲得蛋疼，他不仅说了两个字，他还念了起来：契约，立字人——什么什么，这是什么字，繁体字噢。

他拿出手机说，我来“百度”一下，一收旧货的，还跟人炫技，我哼哼说，这用得着“度”吗。那旧货大哥说，“百度”太方便了，不“度”白不“度”。

这事虽然和我一毛钱关系没有，但我也不想让一个收旧货的占了先，一伸手，破纸条到了我手里，我瞧了一眼那一连串竖着排的繁体字，立刻像看到亲人似的心潮澎湃起来，拜“魔兽世界”所赐，让我们这些半文盲大学生都认得了繁体字。

我一眼先认出个鄭字，就是姓郑的郑，知道这个立字人叫鄭見橋，另外还有一个立字人的名字，葉蘭鄉，这也难不倒我。可那旧货大哥也是不服，还是想炫出他的风采，他兴奋地说，“度”出来了“度”出来了，“葉蘭”就是“叶兰”，有人名字叫叶兰，也有一种兰花叫叶兰。

其实他口气里还是有一点失望，可能原来以为有多神奇，不料也是普通到不能再普通，只不过笔画多一点而已。他意犹未尽又嚷嚷，我度一个“鄉”字，结果出来“乡村爱情”“乡村艳妇”“乡土”“乡巴佬”“乡愁”，嘿嘿嘿嘿。

我才知道，人不可相貌，一个收旧货的，竟也这么专业，搞得跟考古专家似的。

旧货大哥看了看我，解释说，你以为我是没事找事吧，我告诉你，干我们这一行的，靠的就是没事找事，有一次我把一只臭球鞋掏了一下，掏出了什么，你猜？

我说，银行存折？金镏子？

那大哥撇嘴说，兄弟，你真没有想象力，是一只烂袜子。

我嘿嘿说，烂袜子好呀，烂袜子臭鞋子，绝配。

大哥道，哎，你还别说，我捏了一下烂袜子，感觉里边有东西，是什么，你猜？

我说，大哥，拜托别让我猜了，我脑子里只有一个字。

那大哥也嘿嘿了，说，我就知道你肯定又猜是存折，哈，你又错了，是另一只烂袜子。

我气得说，你烦不烦人。

那大哥说，就是要烦，烦才能烦出花样经来，花样经是什么，你不知道的，花样经就是惊喜，就是一番新气象。

一个收旧货的，还蛮会用词的。会用词的大哥接着说，即使我看到一只已经踩瘪了的饼干盒，还是会没事找事。我扒开来一看，里边有一堆虫子的干尸，闻着有点腥味，犯恶心，我没扔掉，带到小强那里，小强比我小多了，却比我强多了，他说，这是虫草。

我嘴上淡淡地应付他说，真有钱，连虫草都扔。可不瞒你们说，我内心正在热血沸腾呢，一看到繁体字，我就有一种发自体内的热流涌动起来，我就淌着这股热流把旧契约当成游戏看了一遍，这才知道，原来从前有两个立字人郑见桥和叶兰乡，他们立个字据说，因故不能抚养亲子，又因近邻吴福祥半世无子，今将郑之亲子过于吴福祥膝下，日后郑氏永不反悔。还有说到如果吴氏以后有了亲生儿子，吴氏的产业要均分，如果没有亲子，则产业全归郑氏之亲子。还有什么吴氏可以任意教训，亲生父亲不得干预之类，之乎者也，啰里巴唆一套。

可是最后的立据人很奇怪，既不是郑见桥叶兰乡夫妇，也不是吴福祥，而是另外的一个人，简直就是个第三者。

旧货大哥就一直站在那里朝我看着，他的眼睛一直在眨巴，他想多了，他想一张破纸能变出什么荣耀来，荣耀是没有的，连农药也没有。我坦白地告诉他，那是一张50年代初期领养儿子的契约。和他无关，和谁也无关。

大哥泄了一口气。

后来他走了。

我把旧契约重新塞进那本破笔记本，打算连带着一起请它们进垃圾箱了，可就在那一瞬间，苍天哪，灵感闪现了——怎么和谁也无关呢，明明是和我有关的嘛，吴福祥？吴福祥不就我爷爷吗？

可吴福祥是我爷爷又怎样呢，我爷爷早死了，难道还能找他问出些稀罕来吗？

幸好我爸还活着。

我用两根手指拈着那张契约，到我爸房间一看，我爸仍然躺在旧藤椅上回忆往事。我爸看到我走进来，就对我说，你小时候，忒调皮，老是打弹弓，打到了李阿姨的屁股，李阿姨你记得吧，李阿姨一直想吃老爷子的豆腐，可是老太婆不准她进我家的门，结果她的屁股受伤了，她正好借口到我家来，她要把屁股露出来给你爷爷看——

我只好打断他，直截了当问他，爸，郑见桥是谁？

我爸看起来一点也不知道郑见桥是谁，他起先是赖在藤椅上一动不动，可稍稍想了一想后，忽然翘起身来，似乎有点兴奋，说，难道、难道是我？难道我是郑见桥？

我觉得我爸简直是在玩弄我，气得说，你想得美，你不是姓吴吗？我爸说，是呀，那是我跟养父姓的嘛，也许我本来姓郑嘛。

我说，你想得更美，你瞧瞧这纸黄的，你再算算这立约的时间，那时候有你吗——咦，这时间不对呀，哦，不对，应该说这时间正对呀，那时候，就是你躺在茅坑里的时候呀——

我爸重新又躺下了，他朝我笑笑，说，既然我在茅坑里，你还是离我远一点吧，臭烘烘的。

我才不上他的当，我预感到我已经越来越逼近真相，再臭我也得靠拢上去，我急急地说，事实证明，你并不在茅坑里，哈哈——

不料笑声未落，那旧货大哥的鬼影子又出现了，真是大煞风景，我有些恼了，我说，大哥，你到底要哪样，又有什么烂货被我骗了？

大哥尖笑了一声，我一回头，哪里是旧货大哥嘛，分明是林小琼，她冲我笑呢，我顿时魂飞魄散，惊叫起来，林小琼，你为何要扮演旧货大哥——

我被自己的惊叫声惊醒了。

4. 都在土里

我惊魂未定，看看自己的身子，正躺在家里的沙发上，沙发是双人的，不是三人的，不够一个人伸展了身子躺舒服了，可怜我的两条腿，是挂在沙发外的，挂的时间长了，充血了，胀得像两只胡萝卜，我站起来的时候，胡萝卜发出“嘎巴嘎巴”的声响。

我回想着这个奇怪的梦，内心真是十分的奇怪，一个梦，怎么能做得那么逼真，连那破纸上的字我都能念出来了？我不仅能念出来，我竟然还都记住了——我赶紧到我爸那儿看看，他躺在旧藤椅上，睁着一只眼睛，呈现出一个三角形的形状，不怀好意地看着我，满脸是“我什么都知道，但我就是不告诉你”的表情，好像他刚从我的梦里出来似的。

我不给他任何机会，抢先就说，爸，那张破纸呢？

我拿着梦里的一张破纸来为难我爸，我看他还怎么当老大。

可老大就是老大。

老大是不会被我难住的，他对“破纸”一词似乎早有理解，也或者，他刚才真的就在我的梦里，他都看见了？

所以他说，破纸，噢，不是一直在我抽屉里搁着呢吗。

天了噜，这是哪里到哪里了？

我立刻扑到抽屉那里，拉开来，手一掏，怎么不是，梦里的我拈过的那张契约，真的就在我手里了。

我怎能相信，我无法相信。我狠狠捏了自己一把，哎哟，好疼，我醒着呢？这不是梦？可是谁知道呢？

但是，无论是梦是醒，我都很气愤，我气汹汹地问我爸，爸，你一直就有这张纸，你为什么不告诉我？

我爸说，呀，你也没有问过我呀。

他竟然“呀”了“呀”的。

他又说，再说呀，我为什么要告诉你呀。

他还继续“呀”了“呀”的。

呀呀，我爸说，你要装也别在我跟前装，这破纸一直就在抽屉里搁着，你又不是没有翻过我的抽屉，你把我抽屉都翻了成百上千个底朝天了，你早就把它背得滚瓜烂熟了。

瞧我老大，明明私藏着一张破纸，还硬往我头上栽，这就是老大的风范，所以我说过，我服的，我真心服的，老大。

我爸十分瞧不起我，说，哎哟，一张破纸，你又激动，每次看到，你都激动。

我不知道什么叫“每次看到”，难道我老大他还有别的什么破纸，比这个更离奇？反正我是头一次看到，我说，这不仅是一张破纸，它还是一份契约，它更是一个可能。

我爸不屑地说，哎哟，可能，可能什么呢，可能就是我姓郑吧，那又如何，你又不肯承认我是郑见桥，我也不是郑板桥，难道你觉得我是郑成功吗？嘁。

他说话的时候也躺在旧藤椅上。他一直躺在旧藤椅上，他几乎是可以永远躺在旧藤椅上，可以改名叫吴永躺。他说，我凭什么不能躺，我都站了一辈子了，我现在就得躺着，北方人都说好吃不如饺子，舒服不如躺着，虽然我们不习惯吃饺子，喜欢吃馄饨，但是北方人南方人躺着是一样舒服的。

我调戏他说，还有一种说法，好吃不如饺子，好玩不如嫂子。

我爸“哼哼”说，我是独子，我哪来的嫂子，这把藤椅，就当它是嫂子。

我克制住瞎扯的闲心，还是得吹捧我爸。我说，爸，你年纪大，记性好，你应该记得从前的——

一个“事”字还没出口，我爸已经滔滔不绝地回忆起来，从前，哼哼，从前我过的什么日子，你又不是不知道，我一辈子站在那里给人剃头，腿都站出筋来了，筋都磨出茧来了，茧都结出果来了，果都烂出——他扯远了，我不够有耐心，忍不住说，爸，你嘴角边有白沫。

吴永辉真像他的亲爹亲娘，心忒狠了，他亲爹亲娘是抛弃自己的亲生孩子，而吴永辉呢，对自己的亲生孩子不管不顾，我都出大事了，我都要结婚了，他一点也不着急上火，他甚至还说，是你要结婚，又不是我要结婚，我急什么。

有老子这么和儿子说话的吗。

不过你可能也瞧出来了，我并不是真的跟他生气，因为我就是学哲学的，哲学就是这样的，谁讲得过谁，谁就是老大。技不如人，生哪门子气吵。

所以我就说，爸，不跟你玩躲猫猫了，我们打开天窗说亮话，你的卖身契都找到了，你不是被抛弃的私生子，你真心不像私生子那么聪明，只是一个姓郑的把你送给了一个姓吴的而已。

我爸拗着身子说话，觉得累，重新躺了，把身子挺舒服了，说，而已，你既然都“而已”了，还管我姓郑姓啥呢，你真以为找到了姓郑的亲爷爷，你就——他睁着一只三角眼瞄了我一下，不怀好意地说，得了吧你，你妈活着的时候就说，叫花子命穷，拾到黄金也变铜，说得忒有道理。

我说，那是说的你，又不是说的我。

我爸毕竟是老大，他不能够败在我脚下，他轻描淡写地反击说，哦，那你是什么呢，你是大学生命苦，拾到黄金也变土，哦哈哈哈哈，你比我还矬，我是黄铜你是土——好了好了，我好累，你放过我吧。

我爸决定不再搭理我，他闭上了眼睛。

可是别说他闭上眼睛，就算他眼睛瞎了，我还是要撩他的，我说，爸，闲着也是闲着，再说说话吧。

我爸闭着眼睛气若游丝地说，凭什么你要我说话我就得说话。

我说，爸，我不放心你，我得证明一下你到底是死的还是活的——爸，说说吧，说说你爸你妈吧。

我爸紧闭眼睛，从嘴巴的那条缝里，吐出两个字：翘了。

我说，不是，不是翘了的那两个，是另外两个。

噢，我父亲说，破纸上的那两个。

他果然什么都知道。

他果然早就都知道。

那是当然，这张纸早就在他的抽屉里了。

我正琢磨呢，林小琼来电话了，她的声音好清爽，好好听，正好，正好，你睡觉呢吧，我吵醒你了吧？

我赶紧说谎，没有没有，我没睡呢，我等你电话呢。

林小琼说，正好，正好，我告诉你啊，我昨天晚上做梦了，梦见一个白胡子老爷爷和一位白头发老奶奶，他们告诉我，说他们是你的爷爷奶奶，我就很奇怪，你爷爷奶奶不是去世了吗，怎么他们又出现了呢？

我说，怎么这么巧，我也做梦了，我梦见你了。

林小琼开心地笑了，嘻嘻嘻，正好，日有所思，夜有所梦，你做梦梦见我，说明你想我了吧。

嘿嘿，丫头还蛮有文化的，只是照她这说法，那她是在想我爷爷我奶奶了，她不想我，倒去想她见都没见过的两个老死鬼，这实在有点说不过去。

林小琼又说，可是正好不对呀，我在梦里仔细看了看，我见到的老爷爷和老奶奶，不是你家墙上的老爷爷和老奶奶呀。

我一脱口就说，那就是我的亲爷爷和亲奶奶啦。

林小琼惊奇道，咦，正好，你有几个爷爷和几个奶奶呀？

我说，目前看来，各有两个，以后如何，暂不得知。

林小琼说，哎哟正好，你有这么多爷爷奶奶，你好幸福噢——

我先顾不得幸福，赶紧问她，你看到我爷爷和我奶奶，长什么样子？

林小琼说，哎哟，有风度的，老爷爷气宇、气宇，是那个轩昂吧，老奶奶满头白发，哦，不是白发，是银发，哦，银发就是白发吧，反正，反正不是一般的白发，像是焗油焗出来的那种，正好，你知道的吧，焗出来的白发油亮油亮的哦，正好哎，你爷爷你奶奶真的好气派——

我顿时泄了气，回头看看我爸，獐头鼠目，再撒泡尿照照自己，贼眉鼠眼，我们这父子俩，可不敢有气宇如此轩昂焗了油的祖宗，一定是林小琼看错了，看花了眼，不过我也没有打击她的积极性，我只是在心里对她说，你不是说你睡觉时不戴眼镜吗，你不戴眼镜还能看那么清楚吗？

可林小琼真是个好姑娘，她还在为我兴奋，正好，正好，难怪我妈说，若不是大户人家，哪有这种派头。

我奇怪说，咦，你妈怎么知道？难道你妈也看见你梦里的老爷爷老奶奶了？

林小琼说，哎哟正好，你最是幽默了，你老是逗我笑，我笑死了——不说了不说了，你上夜班，很辛苦的，快点睡吧。

林小琼电话结束后，我本该继续睡觉或者游戏人生，那本来就是我白天该做的两件事，可是我为什么会沉浸在林小琼的梦里呢，林小琼说她梦见的白头发老奶奶和白胡子老爷爷，我咋那么熟呢，我好像在哪里见过呢，难道也是在我的梦里？

我和林小琼，我们两梦叠加，难道是在暗示什么，难道是要我做些什么。

什么呢？

无非就是向我的亲生父亲打听他的亲生父亲吧。

那我又为什么要打听我亲生父亲的亲生父亲呢？

可是我爸宁可证明自己已经死了，也不愿意谈及他的亲生父亲，我只得退让一步，我说，要不，说说，说说别人吧。

我爸说，你烦不烦人哪，你让我休息一会儿不行吗，我昨晚睡的时间太长，睡得累死我了，哪儿哪儿不舒服。

你那是浑身屁股疼吧，我只敢在心里呛他，嘴上只管讨饶，我说，爸，我只问一个人的名字，你告诉了我，我就让你睡觉。

我爸说，你要问的是刘明汉吧。

我心下猛吃一惊，老家伙心里果然是一本明细账，那个立据的第三者，正是叫刘明汉。

我表面不动声色，心里怦怦乱跳，赶紧追问，爸，你认得刘明汉？他在哪里？

他在土里。

5. 大妈来了

我爸说出刘明汉的名字后，他就睡去了，扔下我抱着一个埋在土里的名字，傻站着。

我朝我爸看看，也看不出是真睡是假睡，我正不知道自己下一步该往哪里去，好了，有人敲门了。

是邻居胡大妈，来借酱油，她是个坏脾气的大妈，经常和街坊邻居吵架，和我爸吵过，和我也吵过，但她从来不计较，前脚骂得头臭，后脚就进来借东西了，她真是把自己当自己人。不过我才不买她的账，酱油有什么好借的，门口就是小超市，你自己不会去买吗？

胡大妈立刻嚷嚷起来，哎哟，吴正好，你年纪轻轻嘴巴这么啰唆，快点快点，快把酱油瓶给我，我那边油已经入锅了，你动作快点，锅要着起火来了。

我说，哎呀，正好我家酱油瓶也空了，不信你进来看。

胡大妈气得说，小猢狲，这么小气，真像你娘。骂过我娘儿俩，还不解气，又说，晦气，我平时从来不来你家借东西，今天不知怎么了，脚一滑，居然滑到你家来了，晦气。

我爸在屋里开口了，他瓮声瓮气说，喔哟，人家睡个小觉，你们都不让，你们烦不烦人啊。

胡大妈赶紧冲到我爸的房门口，冲着里边说，老吴，可不怪我，我只是来借点酱油，借了会还你的，可你儿子跟我打镲，好像我借了不还似的，我说他像他娘，你说，像不像？难道不像吗？

我说，大妈，我听到啪啦啪啦砰砰砰的声音了，是你家油锅着火了。

胡大妈却呸了我一口，悠闲地说道，你才着火，你家才着火呢。

我说，噢，原来你油没上锅呢，我书读得少，你别骗我啊。

胡大妈气得“扑哧扑哧”吐气，说，小猢狲，幸亏我们家刘青没有跟你处对象，要是跟你处了对象，连口地沟油都喝不上。

她气呼呼地走了，我得意地回头看看我爸，我说，什么刘青处对象，那时候刘青死缠烂打要倒贴我，我才不爱理她。

我爸“哧”了一声说，你真是读书读得少，什么也不知道，你不跟刘青玩，让你肠子都悔青了。他看着我蒙逼的样子，又教训我说，你连刘青姓什么你都不知道。

他这话一出口，我先是幸灾乐祸地瞧着他，感觉这老东西终于糊涂啦，可随即我听到自己脑袋里“扑通”一声响，紧接着有个东西蹿出脑门子上天去了。

灵魂出窍了？

刘青姓刘，刘青她爸姓刘，刘青她爷爷姓刘。

机智的我早就看穿了一切。

你肯定不如我机智，你是猜不着的哦。

刘明汉虽在土里，可刘家还有人不在土里，比如，刚才来借酱油的那个胡大妈，穿着花裤子去大街上跳广场舞的那个胡大妈，她竟然是刘明汉的儿媳妇？

我抓起酱油瓶射箭般地冲了出去，三脚两步就追上了胡大妈，胡大妈吓了一跳，说，怎么，你不借我酱油还追上来跟我吵架？

我说，大妈哎，我先前以为我家没有酱油了，你一走我就发现我家有酱油的，我追出来借给你嘛。

胡大妈疑惑地看着我，不敢相信我忽然变得这么好，她盯着我手里的酱油瓶，担心地说，你，你这里边装的是酱油吗？

我说，大妈，你放心，我书读得多，不会骗你。

胡大妈还是不放心，她摆了摆手，边走边说，算了算了，我也不知道你书读得多还是读得少，我今天不红烧了，我清蒸，不用酱油。

我心想，你可以不用酱油，但我不能不问你刘明汉的事情，所以我就执着地追着胡大妈说，大妈，大妈，既然有酱油，还是红烧的味道正点嘛。

胡大妈停了下来，警觉地盯住我看了一会儿，说，嗯？吴正好，你什么意思？你是不是又动刘青的歪脑筋，你不是吹牛说有个姓穷的跟了你吗，就算没有姓穷的跟你，我告诉你啊，刘青有主了，刘青飞上高枝了，刘青马上要跟人家出国了，你来不及了——

我赶紧讨好她说，是呀是呀，我哭成狗也来不及了，只不过大妈，你别误会了，我不找刘青，我找你——哎哎，你别又一次误会，我找你不是处对象，我是找你打听一个人。

谁？

刘明汉。

胡大妈愣了一愣，似乎她对这个名字不太熟悉，努力地想了一会儿，她想起来，喔哟哟，喔哟哟，是不是那个老死鬼啊，你不提起，我早记不得他的名字了。

我心里那个乐呀，可我不能表现出来，我一旦表现出来，这胡大妈说不定立刻就会否认她认得刘明汉。

我出口成骗说，我听我爷爷说，刘明汉和他是老朋友，你家老公公刘明汉临死的时候，交给我爷爷一件东西——

胡大妈又奇怪说，我家老死鬼刘明汉和你爷爷吴福祥？不对呀，明明是你家吴福祥先翘的，怎么可能——

我这才知道自己的段子没编好，那些老家伙的破事，编得好才怪呢，我也只好丢掉幻想，直面人生，干脆地说，哎哟，没多大事，就是我家有一张纸，是刘明汉写的——

这下子胡大妈不奇怪了，她不仅不奇怪，她还相信了，她不仅相信了，她还联想了，她不仅联想了，她还想多了。

是不是老死鬼有遗产，他立遗嘱了？他遗嘱上怎么写的，是归他的大儿子吧？你可千万别说是几个儿子平分啊！

胡大妈不仅想太多，而且她还想大了，我觉得怪没趣的，忍不住开口呛她，不是你们刘家有遗产，是我们吴家有遗产。

胡大妈一听“吴家有遗产”，一声没吭，拔腿就走，我在背后说，什么人啊，这么狭隘，你们家没有家风吗？你不会学学你们家刘明汉吗，刘明汉可是个热心的人，他还是个立据人——

一个“人”还没出来，胡大妈已经返回来了，什么什么，她嚷嚷说，什么立据人？刘明汉什么立据人，立什么据，要不是遗产，还有什么据可立？

我已经无路可退了，干脆拿出那张契约，塞到胡大妈眼前，胡大妈往后一退，说，我老花眼，你塞近了我看不清。

其实她是不认得那上面的繁体字，但胡大妈不愧为一位正点大妈，广场舞跳得，老黄金抢得，似乎没有什么是她不能做到的，她虽然岁数蛮大了，但手脚麻利，“嚓”的一下就抢了那张纸去，对着不认得的繁体字认真地看了一遍，说，吴正好，你是说，这张破纸里头有意思？

我赶紧说，这张破纸上有四个人的名字，除了你认得的刘明汉，还有你认得的吴福祥，还有一个叫郑见桥，还有一个——

停！胡大妈叫停了我，有些得意地说，你不用说了，我知道，还有一个叫叶兰乡。

我真是又惊又喜，终于逮住了那根狡猾的线头，眼明手快，“嚓”的一下又夺回了那张纸，扬了一扬，追问说，你认得郑见桥和叶兰乡？

当然认得，怎么会不认得，不要太认得噢，胡大妈说，就是我们大院里的邻居嘛，我小时候，他们还抱过我，他们很喜欢小孩的，看见小孩就会抱的，那个叶兰乡，喊自己男人喊郑老师，他们是知识分子的做派，他们就住前面那一进的左边一间——

我惊出了一身冷汗。

假如这郑见桥和叶兰乡真是我爸吴永辉的亲生父母，那事情真是很古怪，同一个大院的邻居，低头不见抬头见，他们亲生父子母子之间，说不定还天天见面呢。

甚至连我自己，很可能也天天和他们擦肩而过的，甚至还喊他们爷爷奶奶了？他们抱过我？或者，至少，他们抱过我爸？

谁知道呢。

这么多年，他们都互相不知道吗？

难道从来没有人看出来这几个人之间长得像不像？

我拔腿就往前面跑去，胡大妈跟在后面着急地说，你干什么，你干什么，吴正好你跑这么快干什么，你跑得再快也什么什么什么——

我动作飞快，已经到了前面这一进的左边的房间门口了，那住户正在走廊上坐着，我上前就问，你们姓郑吗？

那个住户奇怪地看着我，说，你不是后面的吴正好吗，你明明认得我是谁，怎么问我姓什么郑呢，你哪根筋搭错了呢。

胡大妈也跟过来说，是呀是呀，我跟他说的，那个姓郑的人家，早就走了，我记得我上小学以后，就不怎么看见他们了，可能那时候他们就已经搬走了。

我大失所望，但是我不会放弃的，我还执着地朝那屋里张望，恨不得张望出个姓郑的来。

可那住户倒兴奋起来了，眼睛发亮，急切地说，喂，吴正好，你是不是听到什么消息了，是不是要拆迁了，是不是有政策了，是不是——

我泄气地说，是个屁。

我一泄气，那住户也立马泄气，眼神也暗淡了，嘀咕说，是个屁你还跑来放。

我把气撒到胡大妈那儿，我气冲冲地说，胡大妈，你都这把年纪了，你骗我你有意思吗？

胡大妈说，吴正好，我没骗你，他们家前面的那户人家，哦不对，不是他们家前面，是他们家前面的前面的前面，都几十年了，换了好几户，我也不记得换了几户，反正我就记得从前郑见桥和叶兰乡就住在那里——

我一生气，头脑就清醒了，我说，你说你小时候郑见桥抱过你，叶兰乡抱过你，谁信啊？你小时候是在这里长大的吗，你不是经常说你娘家离得很远吗？

胡大妈被问住了，想了半天，她也有点迷糊了，咦，是呀，我是后来才嫁过来的呀，我小时候他怎么会抱到我呢，我又不是童养媳，奇了怪了，那我怎么知道郑见桥和叶兰乡的呢？

胡大妈疑惑归疑惑，但并没有被难倒，她立刻就有了新的想法，跟我说，走，你跟我回家去。

我调笑她说，我跟你回家？干什么？难道郑见桥和叶兰乡在你家里？

胡大妈不仅没呸我，反而坦然承认说，那是那是，要不然我带你到我家看什么呢？

这倒把我吓了一下，我眼神定定地看着胡大妈，不确定自己敢不敢跟她回家，胡大妈看我这屃样，“咯咯咯”地怪笑起来。

老宅子本来就阴气重，狭长的备弄里更是黑咕隆咚阴森森，胡大妈走在前边，我小心翼翼亦步亦趋跟在背后，看着那个鬼鬼祟祟的背影，心里忽然有些迷惑，我这是在干什么呢。

有迷惑就好，有迷惑就会思考，一思考我就清醒了，一清醒我就泄气了，一泄气，提到了嗓子眼儿那的一颗心，就回落下去了，心一落回去，我不再跟着胡大妈鬼混了，我还得回去准备新房呢。

我赶紧折个弯，走进了另一条备弄。

不料胡大妈却不肯放过我，她很快就追来了，她在背后喊道，吴正好，吴正好，你看看，郑见桥和叶兰乡在这里。

我浑身一哆嗦，回头一看，胡大妈举着一个破本子，已经戳到我的眼前了。胡大妈说，就是这个，就是这个，从前老死鬼记的账，你对对看，和你那破纸上的字像不像？

我接过去一看，哧，像什么像。

胡大妈不服，说，怎么不像，怎么不像，像的，真像，简直一模一样，就是刘明汉的笔迹。

我不想再理睬她，转身回自己家去，紧随其后的胡大妈，抢在我前面扑到我爸的旧藤椅那儿，大声地嚷嚷说，笔迹，笔迹是对的。

我爸依旧躺在藤椅上，一脸麻木，胡大妈似乎比我更了解我爸，她上前一看，说，装的。她又靠前了一点，差不多挨到我爸身上了，说，我来试试，老吴，老吴，你爹你妈看你来啦，你不想和他们说说话吗？

我爸闭着眼睛不满地嘀咕说，我正在和他们说话呢，你们跑来操蛋，吵到我们了。

我一听，又上当了，赶紧问，爸，你梦到你爸你妈，他们是谁，是你哪个爸哪个妈呀？

胡大妈“哼哼”说，一只老狐狸，一只老狐狸。她硬是把两份笔迹塞到我爸眼前说，你看看，你睁大眼睛看看，是不是一样的笔迹？

我爸拖长声调说，哎哟，你们烦不烦啊，就算是刘明汉的笔迹又怎么样呢，就算是刘明汉在几十年前做了个立据人又怎么样呢，你们到底想怎么样呢。

他一直躺在那里，“呢”了又“呢”，终于“呢”得胡大妈失去了耐心，说，晦气，晦气，算了算了，本来我还指望能够有些什么呢，守着你们这对父子，我算是服了，我不想要了，什么我也不要了。

本来就没她什么事。

她一撤走，我们这儿空旷多了，地方一空旷，我心里也空旷起来，我像个怨妇似的对我爸说，爸，你又骗了我，她根本不是刘明汉的媳妇，那个字迹，一点也不像。

我爸说，我才懒得骗你，是你自己在骗你自己——你该醒醒了，别老是做梦，梦是反的哦。

我一听梦是反的，心里一惊吓，我醒了。

人虽醒了，梦还在眼前，胡大妈竟然跑到我梦里来骗我，我真的很来气，我气愤愤地说，爸，胡大妈来过吗？

我爸说，咦，你真是两耳不闻窗外事，胡大妈生病了你都不知道？

我没好气地说，病了也不妨碍我问她一些事情吧。

我爸说，那恐怕不行，她说不出来。

我说，怎么，她得的什么病，哑巴了？老年痴呆症？

我爸说，她先是得病了，后来病死了。

死了还不能安逸一点，还在别人的梦里跑来跑去，真有活力。不过，看在她已经死了的分上，我就原谅她吧，不追究了。

我注意着我爸不怀好意的眼神，怀疑是不是我爸操控了我的梦，因为我睡觉的时候，他一直躺在旧藤椅上盯着我，他难道会什么输入法，把他的意念输入到我的梦里去？

只要我掌握了一点点线索，梦就醒了，不是有人操控才怪呢。

小时候我妈带我上街，街上的人问我妈，大姐，你家这猴多少钱买的？

我妈笑得前俯后仰，花枝乱颤，“咯咯咯”“咯咯咯”，像隔壁人家养的老母鸡下了个蛋。

生下个猴，还这么牛逼呵。

无论我妈是不是真把我当猴，我都不能再让人当猴耍，我对我爸说，爸，你累不累啊，干吗老派人到我的梦里去烦我。

我爸有气无力地说，嘁，派人，我有那么勤快吗？

我才不会相信他，我坚定地说，无论怎样，我决定不再做梦。

我爸幸灾乐祸地缩了一下身子，说，那你就不能睡觉了——你不睡觉，可别打扰我睡觉啊。

我说，我不睡觉了，我要醒着，醒着才有行动，行动才能有结果。

我爸说，结果是个屁。

我不受我爸的打击，我也不再对他抱有希望，所以我敢于反唇相讥，我说，爸，既然你是个屁，那我就找放屁的人去。

6. 都怪吴柴金

吴福祥家里穷，他娶了个吴柴金，吴柴金家里也穷，她偷了她奶奶窝藏了一辈子的首饰，做自己的嫁妆，还在村子里到处炫耀，吹牛说这只是小几件，还有很多藏在家里，结果硬生生把一个赤贫的吴福祥，吹成了富农。

村子里要对付地主和富农，吴福祥虽然觉得冤，但他没为自己申冤，赶紧带着吴柴金和她的首饰逃到城里来了。

现在回想起来，吴福祥在农民群众中还算是有点头脑的，他用吴柴金的一根金项链换来一张身份证明，证明吴福祥是贫农成分，因为要寻找亲人，才进城的。

吴福祥和吴柴金走啊走啊，就走到城里来了。

两个乡下人，两眼一抹黑，根本不知道要到哪里去，更不知道进了城要干什么，他们只好继续走啊走啊，最后就走到某某堂这里来了。

他们不仅走到了某某堂的门口，他们还走进某某堂这座宅子里去了。

他们越往里走，越觉得惊奇，因为他们发现某某堂里许多房间都空关着，还有好多间根本连门都没关，就是空开着，几乎没人居住，所以，越往里走，就越空洞，后来当他们想问一问某某堂的出路在哪里的时候，他们才发现，他们已经迷了路，迷失在一个他们完全无法想象有多大的大宅子里。

结果他们被当成特务抓到居委会去了。

这个结果带来意想不到的另一个结果。

最后的结果就是他们成了我爷爷和我奶奶。

不过现在离那个最后的结果还早。

居委会审问我爷爷的时候，我爷爷拿出了村长给他的身份证明，这一张纸，可以证明自己不是特务。

居委会是认这张纸的，他们相信我爷爷我奶奶不是特务，但是，不是特务，你们是谁呢？

我们是从乡下来的。

那你们进城来干什么？

我们来找亲人。

什么亲人？

是我爹。

你爹是干什么的，什么成分？

我爹的成分是穷人。

噢，是穷人，穷就好，穷的都是好人。

据说我爷爷当时就“扑哧”笑了一声，悄悄和我奶奶说，这城里头和乡下真是不一样，我们村里的穷人，就没一个好人，不是偷就是赖，不是赖也是懒，吃喝嫖赌都是他们。

那时候我爷爷刚进城，什么都摸不着头脑，他只是一个新生代的盲流，但是我爷爷似乎先天就具备了盲流的狡黠，他信口开河说，为了找到我爹，我得在城里落脚，所以我在前面那条街上开了个旧书店，店面很小，只能开店不能住人，我到这个大宅子里来，是想找房子住。

一切就像我爷爷编的谎言一样顺利。

恰好大宅子里空空荡荡，需要有人进去填满它，显得有气象，显得有新气象，改朝换代的那种新气象。

就这样，我爷爷就用每个月几毛钱的租金，住进来了。

当然，为了谎言不被戳穿，我爷爷真的到小街上去开了个店，他当了吴柴金最后的首饰，开的当然不是书店，我爷爷大字不识几个，他开了一个老虎灶。

我爷爷原本是想开个澡堂子的，很小的时候，他一年中有一次机会被大人带到镇上的澡堂洗澡，那时候他就想，我以后长大了也要开澡堂。

我奶奶的几件首饰不经他用，他暂时还开不起澡堂，他自我安慰说，其实老虎灶和澡堂也差不多，反正都是烧水的。

爷爷用笼糠把水烧开，街坊邻居拎着竹壳子的热水瓶来打水，也有直接用水吊子或瓦罐子来打的，比自己家烧开水要合算多了。

老虎灶是个好地方，附近的居民，几乎家家户户都要来老虎灶泡开水的，大家说说笑笑，我爷爷很快就和大家熟悉起来，两个乡下人，居然这么快就在城里安居乐业了。

晚上我爷爷和我奶奶躺在松软的床上，回想这一路的惊险，不由心潮起伏，我奶奶说，死鬼，你还蛮会说瞎话的，你爹不是死了吗，你还到城里来找他，难道他的鬼魂在城里？

我爷爷心情好，打趣说，我找的不是他，我找的是另一个爹。

我奶奶说，你有几个爹？

我爷爷说，嘻嘻，你没文化，你不懂，我小时候就听我爹说，有个财主家的对联就是这样写的，天增岁月娘增寿，春满乾坤爹满门。

我奶奶说，爹满门？那是几个爹呢。

我爷爷不想扯了，他有些着急，说，现在不是说几个爹的时候，现在是我想当爹了，我得有几个儿子。

可惜我奶奶肚子不争气，老是不见动静，好长时间过去了，我奶奶硬是没有生出个一男半女来。

好在那时候刘明汉来了。

刘明汉不是一个人来的，他抱了个小男孩进来，确切地说，是个小蜡烛包，包里包着个小婴儿。

我奶奶倒没多大反应，也可能她反应慢一点，还没回过神来，我爷爷已经激动得不得了了，他上前扒开蜡烛包，直嚷嚷，小人，小人，一个男小人！

他是想儿子想疯了。

他疯了一阵之后，又有点清醒了，他一清醒就觉得奇怪了，他竟然责问刘明汉，奇怪，怎么会男小人一个人过来？

刘明汉说，你才奇怪，他这么小，他还不会走路，他怎么会一个人过来，明明是我抱他过来的嘛。

我爷爷说，你？你抱个小人过来有什么用，他会说话吗？

刘明汉说，他这么小，他怎么会说话。

我爷爷说，那就是啦，他又不会走路，又不会说话，那是谁让他过来的呢，难道是他自己要把自己过继掉的吗？

我奶奶总算也反应过来了，她插嘴说，他爹呢，他娘呢，都死了吗？

刘明汉生了气，说，谁死了，你臭嘴，人家好好的，人家亲生的孩子都愿意给你们，你们还咒人家？

我爷爷心里依旧不踏实，可他这是在怀疑什么呢，谁知道呢，爷爷活着的时候，从来不提这事，现在他老人家走了，谁还敢去追问。

反正据说当时我爷爷是有怀疑的，他说，他们家大人为什么不出面？

刘明汉说，咦，难道你不是想收养小孩子，你是想收养大人？刘明汉真的不高兴了，倒逼我爷爷说，你到底要是不要，不要的话，我抱走了，要的人都在排队呢。

我爷爷当然是要的，他要得不行了，所以才会这么顶真，万一刘明汉是抱着个小人来玩玩、随便弄灰他的，岂不是让我爷爷鸭吃笼糠空欢喜。

刘明汉抱着孩子准备走了，我爷爷当然是不会让他走的，如果让他走了，今天也就没有人在这里废话了。

我爷爷说，刘同志，别着急呀，我们肯定是要小孩的，我们只是奇怪，为什么把自己的小孩过继给别人，做父母的却不出面？

刘明汉说，你们乡下人，就是这样贪心，见了小孩，还想见大人？不让你们见大人，是不想让你们双方今后倒翻账，这也是对方的想法。

我爷爷这才领悟过来，还是城里人干净利索，想得周到，不像乡下人纠缠不清，过继小孩，还要吃饭庆祝，大人见了面，认了的，还攀了亲，今后人家反悔了，想要讨还儿子了，还真不好对付。

刘明汉说，就这个意思。

刘明汉都已经意思到家了，可我爷爷还是担心孩子的父母亲会把孩子要回去，那刘明汉说，你放一百个心啦，那父那母，简直就是不父不母，他们把孩子塞到我手上，就跟上部队开路去啦，你现在就是追着去认他们，他们也不会认你的。

刘明汉知道我爷爷还在犹豫，干脆跟我爷爷说到底了，你也别担心万一以后人家回来了，回来他们也不知道自己的孩子在哪里，我根本就没有告诉他们孩子是送谁家的，只要你们自己不说，天知地知，你知我知。

这下我爷爷总算心里踏实了，紧紧抱着蜡烛包，就儿子儿子地喊了起来。

接着刘明汉就拿出了字据，说，字据已经立好了，立据人就是我，我念给你听，你同意的话，签名就可以了。

刘明汉念了起来，就是那个“因故不能抚养亲子，又因近邻吴福祥半世无子，今将郑之亲子过于吴福祥膝下，日后郑氏永不反悔”等等。

就这样，吴福祥吴柴金没有和郑见桥叶兰乡打过照面，就收养了他们的孩子，按照立据人刘明汉的说法，是为双方好，免得以后生出什么事情，这样干干净净，两不相扰。

其实，我后来想，或者说，我现在正在想，他们也许不是没见过面，说不定他们是天天相见，谁知道呢，那纸上写的是“近邻”，远不到哪儿去。假如以我梦中的胡大妈的说法为准，他们甚至同住一个大院，怎么可能不认得，也许他们只是假装不认得罢了。

但是胡大妈也可能是记错了，她小时候又不在这个院子里，她如何知道郑见桥和叶兰乡曾经在这个院子里住过？她还说他们抱过她，这个有点荒唐。

何况胡大妈是一个死人。

总之，我现在感觉到了，经过我的不懈的努力追求，往事他老人家终于来了。

我亲生父亲的亲生父亲姓郑。

其实这个故事是漏洞百出的，里边有许许多多值得怀疑的地方，我只是不想说出来。

我宁可信其真，决不信其假。

甚至说不定，如果需要，我还会以假乱真。

反正我这个人，怎么说呢，你慢慢会知道我是谁。

往事就这样清清楚楚地摆在面前了。

往事就这样不清不楚地摆在面前了。

不管你们信不信。

反正我也不知道我信不信。

7. 认祖归宗

无论我信不信往事，有一件事情我必须去做。

认祖归宗。

干吗不认。

你以为这是个随随便便的祖宗吗，老郑家，那可是个大户人家，到底有多大，不说也罢，说出来怕吓着你们，也怕吓着我自己。

原谅我真的不能做出一个十分详细的介绍，更不能画一张图来示意，那样我很可能会辱没了我郑家之“大”。

我郑大户，可不是挖煤挖出来的，也不是卖军火给恐怖分子卖出来的，更不是腐败腐出来的，那可是我祖宗读书读出来的哦。

书中自有黄金屋，说的正是我郑家。

此外，书中还有颜如玉，说的也是我郑家。

我一说我郑家，你们就猜，我又穿越了。

错啦。我没有穿越，我这叫回忆往事。

很多人都说要和往事干杯。我却不明白为什么要和往事干杯，如果往事十分美好，你干了杯相当于拜拜了，干吗要和美好的往事拜拜呢，让它一直跟随在你身边不好吗；反过来说，往事要是不堪回首，你又干的什么杯呢，你碰来干去的，老是想到它，那不是给自己添堵吗。

比如我吧，但凡我不得不忆起我老郑家的往事，我就臊得慌，想起我的祖宗，我真没脸见人。我祖宗给皇帝当过老师。老师可是光荣的职业，受尊重的，你瞧现在的孩子，一会儿给老师送礼，一会儿又不给老师送礼，无论送或不送，理由都是尊重老师。

我跟我皇帝老师那祖宗，我干什么杯呀，还是把这口苦酒独自个儿闷下去得了。

其实我祖宗的脸也不是我一个人丢掉的。他离我太远了，我想丢也够不着他。多少年来，我们郑家的后代，一代接一代地给我祖宗丢脸，不说那些我连做梦都没见过的先人，单从我曾祖父开始说，我曾祖父丢了一些，我爷爷接着丢，而且他丢得比较大了，他竟把郑家的传承人连同郑家的脸面一起丢了，到了我父亲，虽然他改了姓，但没有改变的是他一直持续地丢祖宗的脸，轮到我丢的时候，我祖宗也已经没什么脸面可丢的了。

据说在什么样的一本书上，有介绍我祖宗留下的那座老宅，叫祖荫堂，那堂有多少大呢，它在哪里呢，历史记载得很清楚，在一个叫作祖荫堂街的地段上。

哪怕过了几百年，我们都能一眼看出来，这个地段就是以我祖宗的老宅命名的。

只是这个地段，现在已经不见了。

一个地段怎么会消失了呢，难道它上了天，或者沉到地底下去了，那样大概就叫沧海桑田吧。

也或者，它还在那里，它就在那里，只是无颜见人，所以换了个面貌，我们就认不出它来了。

人家老话都说，跑得了和尚跑不了庙，但是现在庙不见了，那就得反过来，先找和尚。

和尚是我亲爷爷。

他叫郑见桥。

现在我还不知道寻找我亲爷爷这条路到底有多长，到底要走多久，结果会怎么样。

我估计这件事有点难度，有点复杂，我得腾出身子来对付。

我本来对上夜班一直怀恨在心，但是现在我要找我爷爷，这事情晚上做不起来，必须白天找，晚上找到的，恐怕多半就是鬼了，所以我现在怀念起夜班来了。

我一怀念了，它就离我而去，我三个月的夜班刚好结束，从明天开始，我改上日班了。

虽然命运如此，我还是会想办法的，我和我的同事商量，以我的白班调他的夜班。我以为我同事会大喜过望，感激涕零，哪知他听了我的想法，却十分怀疑地看着我，好像我要骗他什么似的。

我赶紧让他放心，我说，没什么，真的没什么，我喜欢夜班。

他立刻激烈反对说，不对，昨天交班的时候，你还跟我说，你恨死夜班了。

我立刻说，那是我正话反说的。

无论我正话反说，还是反话正说，我都无法让我同事相信我是真心要和他调班。

他始终瞪着一双尖锐的眼睛看着我，他不相信换班这样的好事会落到他头上，他坚持不跟我换。他的警惕性实在太高了。

也难怪，现在骗子实在太多，别以为他们都在我们看不见的地方，都在网线电话线的另一头，骗子此刻也许就在你眼前，也许你眼前的人就是骗子。

比如我同事眼中的我。

换班不可能，我只好找领导，我打电话找我老板请假，理由是我爷爷死了。我老板说，呵呵，你自己都搞混了吧，你爷爷已经死了两次了吧——不等我分辩解释，我老板又说了，你可千万别再说你奶奶哦，你奶奶更可怜，死的次数更多了，还有你妈，连你爸好像也死了，你是个孤儿了，真令人同情唉。

我说，唉，其实这一次是真的，以前死的那个，不是我亲爷爷，现在我找到我的亲爷爷了。

是吗，那他在哪里呢？

他死了，所以我要请假呀。

哦，那你这位嫡亲的爷爷又打算死几次呢？

我想了想，说，算了算了，我也不想老是麻烦单位，这次是我自己死了，这样总可以了吧。

我老板说，你自己死也是可以的，单位有一点抚恤金，让你家属来取吧。

我说，你直接打到我工资卡上吧，我家属知道密码。

我老板说，这也是可以的，还有就是，你既然死了，单位就不客气了哦，就把你除名了哦，哎，你等一等，我看一看职工名单——咦，这名单上根本就没有你的名字，啊啊，我想起来了，你好像早就被除名了，你怎么还打电话来请假？

我气得拍了一下自己的头皮，难道是我记错了，难道这是我的前一家单位，我后来换单位了，难道我连这都搞混了？

可我昨天晚上还明明在那里值夜班的呢。我还在夜班的监控中看到了似鸟非鸟呢。

不过我并没把这件事情太放在心上，因为我现在最重要的事，是找到我爷爷。

我的第一站，当然是居委会。当年的刘明汉，就是居委会的干部，他自说自话代替郑氏夫妇立字据，把孩子过继给了吴氏夫妇，现在虽然刘明汉不在了，但是居委会还在，而且早已经鸟枪换炮，比从前厉害得多了，任凭你有什么难题，他都可以从电脑里调出来。

我到那些服务的窗口看了看，服务的内容挺多挺复杂，有民政残联、劳动保障、居家养老、人口计生等等等等，我一时有点蒙，不知道应该到哪个窗口去，稍稍思忖了一下，我走到“人口计生”那个窗口，朝里一看，是个姑娘，太好了。

我上前一喊：美女——

美女立刻抬头了，朝我笑着，我看到她胸口的牌子，名字叫周小丽，现在居委会也搞得跟政府机关似的，很正规，很高端，这让我高兴，让我感觉有希望，我也朝她笑笑，说，周小丽啊。

我在揣摩她的年纪，但是说实在的，我揣摩不出，她被我盯着看，似乎有点不好意思，停顿了一会儿，我们才对上话。

你办理什么？

我找人——我替我的父亲找父亲。

呵呵，你还绕口令呢——哦，那个，你父亲的父亲，是我们这个社区地段上的人吗？

天哪，这问题绝了，让我如何回答，我差一点脱口说不知道，但机智的我还是及时发现了自己的几乎愚蠢，若我说不是本社区的，她定然不会帮我找人，我赶紧说谎，是的是的，就是我们这个地段上的。

周小丽点了点头，又问，你要找的人，不是流动人口吧，如果是流动人口，我们也登不了记的，他们今天来明天走，你能拿他们怎么办？

我赶紧说，不是流动人口，是固定人口，他恐怕早就流动不起来了。

周小丽这才放了心，噢，那，你要找谁？名字？

名字郑见桥。

多大年纪？

多大年纪，大约八九十岁。

喔哟，蛮长寿的。

是蛮长寿的。

其实，配合她的碎嘴子，我只说长寿就行了，可我也是个碎嘴子，我又多了一句嘴，长寿是长寿，只是不知道是死是活呢。

这下把她惊着了，啊？死的可不行哦，死的我们不找。

我吓了一跳，赶紧胡扯回来，噢噢，我开玩笑的，我怎么可能来找个死人呢，活的，活蹦乱跳。

“哧哧”，周小丽笑了，都八九十了，还活蹦乱跳，呵呵——那，你说的这个人，你父亲的父亲，这个郑见桥，他住在哪里、哪条街巷、门牌号是多少？

任凭我反应快，碰到了这样的奇葩问题，我也得想一想了。

我想了一想，我说，美女，我要是知道他家的门牌号，我直接过去就行了，还来麻烦你干什么，你长得很好看噢。

周小丽摸了摸自己的脸，有些害羞，说，不止你一个人这么说。

有个大婶排在我的身后，她看我和美女调情，心情不爽，说，你们是处对象吗？哪有上班处对象的，耽误工作啦。

周小丽娇羞道，大婶，你别乱说乱点了啦。

那大婶朝她看看，又勾头朝我看看，不解地说，乱点？怎么乱点？你们两个，谁配不上谁呢？

我赶紧说，配得上配得上，我们是破锅子对翘锅盖，绝配。

那大婶说，这不就对了，一看你就是来钓鱼的。

周小丽朝我看看，说，你真是来钓鱼的？

那大婶又掉转枪口呛周小丽说，你都大龄剩女了，还怕人家钓鱼，你赶紧得钓别人的鱼了。

周小丽听了，果然思忖了一下，朝我看看，我发现她的眼神有点散了，她居然盯着我问，你喜欢钓什么样的鱼？

大婶的一只手从我身后戳过来，她揭穿周小丽说，居委会根本不管找人的事，她是有意的。

周小丽不想和大婶争执，他们是有纪律的，对待前来办事的居民，态度一定要好，要很好，所以她笑嘻嘻地说，虽然居委会的确不负责找人的工作，但是我想做个女雷锋呢。

大婶拨拉了我一下，对我说，你别上她的当，她不是女雷锋。

这大婶也太小瞧我了，我何尝不知周小丽不是女雷锋，她留住我，多说几句话，也属正常，其实我自己也想多留一会儿，虽说我已经知道居委会不管找人的事情，但他们为人民服务的精神很感人，说不定能帮我使上点劲呢，我对心怀不满的大婶说，要不，让你先办理，我等会儿再说。

大婶立刻抢上前了，还朝我翻了个白眼，说，这可不是你礼让我的，你本来就排错队了。

不过大婶毕竟还是热心的，她抢上前后又回头对我说，你找人的话，要去派出所的。

我说，我也是这么想的。

窗口里边的周小丽立刻说，可是你不认得派出所的人吧——这样吧，你过去找老马，你跟老马说，是我让你找他的。

我谢过周小丽，往外走，听到那大婶在跟周小丽说话，就是大院里那个吴正好吧。

原来她认得我，假装不认得。

大婶又对周小丽说，你新来的？那你不认得他吧？

周小丽说，我认得他，他要找人，我们都知道。

这我就奇了怪。

我又回了进去，大家看见我，不作声了。

我说，你们知道我来找人？你们怎么会知道，难道我以前来过？

没有人回答我。

我若是来过，我自己怎么会忘了呢？

若是我又在做梦，我希望我快点醒过来。

可是，无论我是梦着还是醒着，我都得去找我爷爷。

8. 单位在哪里

无论是梦着还是醒着，接下来我肯定是到了派出所，见着了老马，老马是个老警察，我觉得他似乎太老了一点，我还没有见过这么老的警察呢，老马见我打量他的年纪，就跟我说，我已经退休了，派出所警力不足，返聘我的。

我说，噢，您老司机，您有经验。

老马说，你要找人是吧？

我赶紧说，是呀，我替我的父亲找父亲。

呵呵，你还绕口令啊——那个，你父亲的父亲，是我们这个地段上的吗？

其实我来的时候，有个妇女正在向老马打听什么事，老马看到我，就把她丢开，来搭理我。那个妇女不高兴，说，老马，你又盯着人家了，你看到男青年都以为人家想泡你女儿噢。

老马被戳穿了，赶紧说，说什么呢，说什么呢，我们办正事呢，他要找人，找人到派出所来是对头的嘛。

那妇女“哼”了一声，说，找人？找鬼吧。

老马不理她了，回头对我说，我已经知道你要找你爷爷，而且，我已经替你找到了。又说，幸亏这地段没有拆迁，老户口的底子都在，如果拆迁了，那就难说了。

我还没来得及大吃一惊，老马已经将一些材料放到我的面前，我低头一看，上面有“吴福祥”三个字。

咦，原来老马也认得我。

这些人，忒狡猾，一个比一个狡猾，明明知道我要找的不是吴福祥，又弄出个吴福祥来应付我，我气得说，谁让你找吴福祥了？

老马说，咦，你不是要找你爷爷吗，你爷爷不是吴福祥吗？

我瞧他那样就知道，想要说服他替我找我爷爷郑见桥不是一件轻而易举的事，但我至少可以先翻一翻我爷爷吴福祥的老户口底子，看看里边有没有鬼。

我打开来一看，怎么没有。虽然别的栏目都正常，户主姓名，吴福祥，没错，吴柴金与户主的关系也没错，迁入一栏，儿子吴永辉，写明是领养，但是最关键的一项，何时由何地迁来本址，这一栏里清清楚楚写着：1951年5月5日由浮云街五十五号迁入。

你瞧瞧，由浮云街五十五号迁入浮云街五十五号。

一切都对上号了，契约上的“近邻”，胡大妈口中的“前一进”，再加上由浮云街五十五号迁入浮云街五十五号，我真的不用再怀疑了。

郑见桥和叶兰乡就住我们同一个大宅院里。

我把这个铁一般的事实告诉了老马，我说，既然你能找到浮云街五十五号吴福祥的老户口底子，你也一定能找到住同一个院子里的郑见桥的老户口底子。

老马朝我摇头说，除非你知道郑见桥现在还住在里边，除非他们和你们家一样，几十年从来没有搬迁过，他如果搬走了，户口也就跟着走了，户口底子也就没用了。

我急得说，“没用”是什么意思，没用了就怎么样呢，丢掉吗？销毁吗？

老马说，这个我就不知道了，那个时候的事情，我怎么知道，我现在虽然老了，你看起来我很老了吧，但那个时候，我才刚刚生下来不久呢。

这我不服的。怎么能因为自己没有经历过，就否认事实的存在呢。这匹老马并不识途，还不如他女儿，他女儿好歹还给我推荐了一个她爸，难道他真的什么都不打算提供给我吗？

老马说，我知道你不满意，我再帮你想想有没有其他办法——他用力地看了看我，又强调说，若不是你，我才不会这么卖力——其实还是有一个办法的，你可以去找你爷爷、就是你所说的你的亲爷爷哦，找他的单位，单位里都有档案的，就算人调走了，档案跟着走了，但是对方单位的商调函会留着的，单位就是这个好，就算人死了，档案总还留着的。

单位，嘿，单位，老马你怎么会想出这个词来，你难道就是我一直在期盼的那个救星吗？

我正要感谢老马，老马却又说，若不是你，我才不会这么卖力呢——你有三十了吗？

我说，我二十八。

老马说，不过你蛮看老的，看起来有三十多了，我女儿三十一，看起来才二十几。老话说，女大三，堆金山——

我赶紧抱着老马的“单位”逃了出来。

我当然以为我抱了个宝葫芦，这里边一定能够变出我爷爷来，但是当我逃出来后一想，才知道我被老马热情地耍了，什么单位嘛，我连郑见桥都不知道，怎么会知道郑见桥的单位呢？

我十分努力，想呀想呀，我想出了唯一的一点线索，就是胡大妈所说的，从前叶兰乡称郑见桥为老师，但这未必就能证明郑见桥真是做老师的，连胡大妈都知道那是知识分子的做派。

何况，那可是死去以后出现在我梦里的胡大妈哎。

现在可是难煞我了，如果把老师这条线索掐断，郑见桥就像是断了线的风筝了，如果沿着老师这条线索，我的面前会有成千上万的风筝，无数个学校，无数个教育部门，还有无数个科研机构，无数个什么什么什么，那里边的人，不都是老师吗？

更何况，现在的风气，任何人管任何人都叫老师，甚至我听说那种地方的女孩子，管客人也都喊老师。当然，那种地方我没有去过，只是听说，不为准。

老师其实还很多，还有“三人行，必有我师”之类的说法，岂不满大街都是老师，我要从中找出一个我并不认得、不仅没见过面、甚至连照片也没见过的老师，那是什么？

那就是大海捞针吧。

我没那么傻。

我回家了。

我家有个废物。

我总想着废物能不能再利用一下呢。

我本来已经放弃了对我爸的探索，应该是好马不吃回头草。幸好我不是一匹好马。

我回家的时候，我爸仍然躺在旧藤椅上，这也太不公平了。

我心里来气，到沙发上躺下，隔着房门和我爸对话。

这样我和我爸都躺着，我稍微感觉公平一点。

通常我和我爸习惯差不多，喜欢躺着。我偶尔抬起身子看看我爸，他一直闭着眼睛，我拼不过他的时候，我会说，爸，你在睡觉吗？通常他是不回答我的，他懒得说话。也有的时候，他如果有一点兴致，就挤对我说，废话，不睡觉我闭上眼睛干什么。我说，那你反正是睡觉，为什么不躺在床上，干脆一天二十四小时都躺床上得了。我父亲说，那不一样，老躺床上很累的，要换换花样才有精神。

说得真好。

我终于又服了。

我承认我爸是老大。

哪怕他躺在藤椅上永远不再起身，他也是老大。老大有老大的风范。这老大的风范，就是让人捉摸不透，哪怕是亲生的儿子，也是知人知面不知心。你看看他，那就是一张白痴空洞的脸，可过一会儿再看呢，似乎又是一张老谋深算、洞察一切的脸了，搞不清到底哪张是他的真正的脸。

有时候我感觉，我爸已经开始老年痴呆了，因为他经常答非所问，比如我跟他说房子，他会说，你还皇子呢。我气得说，你不光脑袋傻了，你耳朵也聋了，我说的是房子。我爸就说，我认得你，你是吴正好的同学，你上次来骗过我了，我不会再上你的当了。然后就朝我翻着白眼，一言不发，表示不再上当。

可另外的一些时候，我又觉得，我爸其实是很狡猾的，他的痴呆样子，是装出来的，他是装痴卖乖，浑水摸鱼呢，比如我又和他说房子，我爸就说，你别着急，房子还没有过户呢，你现在伺候我，让我满意了，我挺尸的时候才会过户给你。

又气得我说，爸，看起来你像个老糊涂，其实是个老浑——我没敢把那个“蛋”字说出口来，我爸却高兴得笑了起来，儿，你爸就是一个蛋，一个囫囵的蛋。

面对无从下口的一个蛋，我得把蛋磕碎了。我磕了一下，蛋清和蛋黄流出来，我爸淌着口水说，你要找人，顺着找是找不到的。

我傻，我说，为什么？

我爸说，人就像水一样，要流走的，你要找的人，都在你前面，已经流走了，你追？你踏着风火轮也追不上。

他还知道风火轮，我却一头雾水，我说，那我怎么办呢？

你抢先到尽头去守着吧。

尽头是哪里？

人人都要去的那个地方吧。

我爸呀我爸，你还真是废物被利用了，你还真是用大了，你让我如梦初醒，大彻大悟，我应该到那个终点去寻找他们，或者，去守候他们。

那个地方叫殡仪馆。

没有谁最后能避开这个地方直接就走了。

我爸他，难道是个神？

或者是个鬼？

无所谓，反正鬼神本来就是一家的。

我到达殡仪馆的时候，已是下午时分，虽然太阳还挂在天上，但看起来已经有几分不真实，我仔细看了看，怀疑它是不是太阳。

馆子里场面很大，但有些冷清，这很正常，我以前也参加过遗体告别之类的活动，那都是在上午，早晨，还得赶早，越早越好，悼念大厅很忙碌的，大家都想抢头一场。

有时候忙中出乱，头一场刚结束，第二场的人就挤进来了，结果连遗像也没来得及换，就这样遗体告别了。

一个人被告别了两次。另一个人没有告别成。

我不知道为什么要抢先，我也不想知道为什么，反正都已经死了，反正都是一个死，还分什么早晚呢。

但有些人、有许多人，他们就是这样想的。

比如我爸，他早就跟我交代过，我死了，你得给我抢头场。

我说，那得看你死得巧不巧了，你死的时候，万一有比你重要的人物也死了，那头场就被他们抢去了。

我爸说，不可能，我的命很硬的，他想跟我一起死，我克也克住他，不让他断气。

只听说有克死人的，没听说克着不让人死的，这就是我爸，老大。

在老大的指点下，我来到殡仪馆，我感觉应该算是来对了，所有的人，得从这里过，谁也跳不过去。

下午做告别的场子很少，几乎没有，我走到值班室看看，值班人员只有一个，是个女的。

桌子上搁了一堆炒熟的白果，我一想，这正是白果上市的时候，她还蛮会拣时令货的。我看她吧唧吧唧嚼得香呢，我忍不住说，你把白果当花生吃呀，白果有毒性的，不能多吃吧。

她笑了笑，又朝嘴里扔进几颗，边嚼边说，毒？我不怕的。

我也没有去琢磨她的言外之意，只当她是无知者无畏，我早已经从空气中闻到了一股异样的味道，不过我只是闻一闻而已，我不会在乎的。本来嘛，这就不是个正常的地方，气味当然也不会是正常的嘛。

我看了看这个不怕毒的女子，提着小心说，你在这里工作，你一个人值班，胆子好大哦，你都不怕哦。

这女的道，怕什么呢，怕死人活过来，还是怕活人死过去。

她这么一说，我倒笑了起来，也不觉得这馆里阴气瘆人了，死人活过来，这是好事，皆大欢喜，活人死过去，这是正常事，悲喜随缘。

我先把我的身份证取出来，交给她看看，说明我不是坏人，她却不要看，只是问我是不是来登记的，又问家里谁死了。我说，我来找一个人，我不知道他生死，所以只好先假设他已经死了，因为如果他死了，你们这儿会有他的名单。

这女的笑了起来，说，你倒蛮有想法，找人还有这么个找法，没见过，你是谁？你不打算告诉我你是谁？

她这话里好像有些怪，但我无心追究，我的心思不在我自己身上，我说，你且别管我是谁，凡是人死了，是不是都会从你们这儿经过，都会在你这里登记。

她说，那倒是的，除非他们偷偷地土葬了。停顿了一下，又说，不过现在谁还会偷偷土葬，没那个孝心、更没那个闲心。

我说，那就对了，我来对了，你能不能替我查一个人的名字，看看他有没有从你们这里经过。

这女的又笑了笑，说，我们倒是都电子化了，查起来不难，不用翻箱倒柜。

我谢了她，我说，你比一般的人好多了，你都没有怀疑我什么。

她却反问我，你怎么知道我没有怀疑？把怀疑放在脸上，那是一般人的做法。

我说，嘿，那你不是一般的人。我说得兴起，索性跟她开个大点的玩笑，你不会不是人吧，你都不怕毒。

你也可以这么想，我无所谓。

我们无聊地聊了几句，我就报出了郑见桥的名字，她又问我死人死去的年份，可我哪里知道年份，其实我连郑见桥在不在这里也不能确定，我只是来试探一下，但我怕她嫌麻烦推托，赶紧给她提供更多的信息，我说，我还有很多信息的，比如郑见桥的年纪，年纪，大约八十几吧，哦不对，九十多了吧。

她朝我笑笑，我要找的人，连年岁也不知道，她倒并不见怪，她在这里见多了，肯定是见怪不怪的。

虽然我有些浮躁，她却显得十分淡定，还开导我说，你别着急呀，既然我答应帮你找，我会有办法的——只要输入人的名字，他就出来了嘛。

她口中喃喃着说，八九十岁，这把年纪了，先往前五年去找吧。一边说一边翻到五年前的名册，“啪啪”地打了“郑见桥”三个字，顿时，电脑上出现了七八个郑见桥，把我吓了一跳。

我找一个郑见桥都这么难，她那里一下出来这么多，够我用的了。

她一看，又笑了起来，说，这一年有这么多郑见桥，我们再换一年试试。

感觉她是在当游戏玩儿了。

果然在另一年头上，也有好几个郑见桥来这里报到。

她见我有些傻眼，跟我说，你仍然不用着急，我们用排除法，比如这个，年纪不对，排除掉；比如这个，女的，你爷爷不会是女的吧，排除掉；再比如这个，哎，这个有点像，我们看一看。

把这一个郑见桥详细资料调出来一看，也不对，这个人是个农民，身份和郑见桥完全对不上。

我们花了些时间，把凡是输入了电子系统的名册都查了一下，然后再一一排除，排除到最后，我又傻眼了，这么多的郑见桥，竟然连一个也没有留住。

我傻着眼说，这是什么意思呢？

很简单，她简洁明了地说，要么就是没死，要么就是在几十年前就死了，你选吧。她见我为难，又替我着想了，说，算了算了，别选了吧，你还是回去问问你的亲生父亲吧。

我气不过说，别，别，我可不想再问他了，出这种馊主意，叫我到殡仪馆来找人。

她却不同意我的想法，她说，他叫你到殡仪馆来找人，怎么是馊主意呢，挺聪明呀。

我气道，他是绝顶聪明，那聪明都是用来弄屄我的。

她“咯咯咯”地笑起来，她真喜欢笑，如果没有林小琼，我也蛮喜欢她的。她笑着说，你皱个眉头装模作样半天了，我都没戳穿你，你打算装到什么时候哈。

什么，我蒙逼了，我说，我装什么？

她说，你装不认得我吧。

我说，难道我认得你？

她说，你认不认得我，我也不能勉强你，反正我认得你，吴正好。

刹那间我惊讶万分，哦不，不是惊讶，是惊吓，我惊吓万分地说，你怎么知道我是叫吴正好？

咦，我们是小学同学嘛，她可不像我一惊一乍的，从从容容地说，从你小时起，我就知道你是吴正好。

我有点乱了，但是我知道要努力镇定我自己，我一镇定后就想起来了，我说，你别逗了，刚才我来的时候，给你看了我的身份证。

她说，我才没看，同学还要看身份证吗？

她说得有理。如果她真是我小学同学，我喜欢。

我小学同学说，吴正好，你从前不是这样的，你从前是一言不发的。

我说，那是因为从前我不知道我亲生父亲还有个亲生父亲。

我小学同学笑道，天要黑了，要不这样，你先回家找你亲生父亲再问问，然后你再来找我，你不用找别人哦，你找我就是了，我不怕麻烦的，同学嘛。

有同学真好。有小学同学真好。

我走出来的时候，四下里果真都黑了，我小心地四处张望，看看能不能遇上个有哲理的鬼，如果遇上了，我很愿意和他谈谈哲学问题，自从大学毕业，我还没有机会和任何人谈过哲学呢。

我估计我又在做梦了，不料这一回我偏偏估计错了，我清醒着呢，我坐了公交车返回城里，到家我看见我爸躺在旧藤椅上，我上前就责问我爸，为什么让我到殡仪馆去，晦气。

我爸说，殡仪馆有什么晦气的，死了去不了殡仪馆，那才叫晦气。

我说，可是我还没死，别说我了，连你都没死，我去殡仪馆干什么。

我爸语气轻佻地说，走走场子吧，走熟了，到时候不会迷路。

我气得说，那是你哦，不是我。

我爸说，无所谓啦，就算你代我去走场子，有什么不可以嘛，你又不是不知道我的情况，我哪里走得动，我躺着都累死了。

我不想听他说躺着累死，我必须得问他，我说，爸，你那亲生父亲，到底是什么时候死的？

我爸说，什么时候死的，这个得去问医院吧，人死的时候，医生会看看手表，报说，几年几月几日几点几分，我都经历过三次了，医生的样子都差不多。

我气得说，难道，你又要让我去医院？

我爸说，这个随你，我只是说个道理而已，人死了，到火葬场，那之前，多半在医院。

这就是他的逆流法则。

那么到医院之前呢。

在家里。

在家里之前呢。

在单位里。

又回到单位了。

如果要说鬼神的话，我爸不是神，充其量是个鬼，而且是个懒鬼，笨鬼，装模作样鬼。

我估计自己不会再去殡仪馆，但我仍然没太死心，那毕竟是一条值得一走的路，我想拜托殡仪馆那小学女同学替我留心一下，即使在从前的名单里找不到我爷爷，说不定在今后的名单里他会出现。

我打电话到殡仪馆找我小学同学，接电话的问我小学同学叫什么名字，我才想起我忘了问她名字，但好在昨天下午只有她一个人在值班，我说，就是昨天下午在办公室值班的那个。

接电话的人笑了起来，你开什么玩笑，昨天下午是我们闭馆休息的时间，谁会在这里接待你哦。

我不服，我说，就算闭馆休息，难道没有人值班吗?

那人道，值班当然是有的，那是保安人员，在外面巡逻，不是在办公室，闭馆的时候，我们的办公区是全封闭的，没有人进得去。

我打了个喷嚏，顿觉身上寒丝丝的，嘴上却不肯饶人，我说，那她就是从你们的停尸房里爬出来的啦。

那人道，你要是这么想，我也没办法，反正我没有看到。

9. 一张纸

我一筹莫展了，我走入死胡同了，但是这时候林小琼来了，莫非她才是我的天使。

林小琼心疼我，说我瘦了，憔悴了，说煲了汤给我喝，但是我并没有看见她带着汤罐来，也许她确实是煲了，但是忘了带来。我没有戳穿她。

林小琼对我真好，她从来都不谈她自己的事情，一心只惦记我的事情，她对我说，正好，正好，其实你如果找不到人，就不找人，找一张纸也是可以的。

我有点惊奇，林小琼啥时候能说出这种让我不太明白的话来。

我疑惑起来。

纸是什么？

纸有那么重要吗？

纸不是一撕就碎了嘛。

林小琼说，正好，你不能这么想。一张纸有时候也是蛮重要的。

比如籍。

籍不就是一张纸嘛。

比如户籍。就是证明你存在的一张纸，或者换个更直接的说法，这张纸，就是你，有了这张纸，就有了你。

又比如房籍。如果你明明有一所房子，但是你没有那张纸，有谁会承认那房子是你的呢。

虽然我们知道一张纸不等于一个人，也不等于一座房，但是如果没有这一张纸，你试试。你是谁，你不是谁，你有房，你没有房，没人能说了算，就是一张纸说了算。

总之，一张纸就是有这样的力量。

我真的惊讶，咦，林小琼，你现在真会说话。

不是我说的。

谁说的?

我妈。

咦，她妈什么时候又来了。

咦，我管她妈干什么。

我还是顺着林小琼的提醒，问她，假如我去找纸，那我是先找人的那张纸呢，还是先找房的那张纸呢?

林小琼笑道，嘻嘻，正好，你真幽默，你越来越幽默了，正好，你是明知故问，嘻嘻嘻嘻。

其实我不仅是个幽默的人，我还是个会吸取教训的人，因为我在找人的问题上已经走了许多弯路，碰了许多钉子，现在我知错了，我就要往房管局去找纸了。

我在去往房管局找纸的路上，经过居委会，我看到周小丽站在门口，她远远地就看到了我，等我走近后，她很高兴对我说，哎，吴正好，你又来找你爷爷?

我说，我不找我爷爷，我现在要找一张纸。

周小丽说，你爷爷是一张纸吗?

我说，也可以这么说，如果找到一张纸，也许就什么都能解决了，一张纸就是这么重要。

周小丽认同我的话，她点头说，是呀，婚姻也是这样的，一张纸，你就结婚了，再一张纸，你就离婚了。

我说，是呀，都是一张纸，出生是一张纸，死亡也是一张纸。

周小丽说，喔哟，什么生生死死的，你年纪轻轻不要太悲观欧，你需要居委会帮你什么呢。

我告诉周小丽我要去房管局查询房产档案，不知道是不是需要居委会开个介绍信给我。

周小丽说，开什么介绍信呀，找个熟人就是了。她真热情，她说，你去找袁平吧，就说我让你去找他的。

咦，上次她让我去找老马，据说老马是她爸，这次这个袁平又是谁呢。

周小丽见我疑惑，笑道，袁平不是我爸，他是我前男友。

我有点不踏实，前男友，万一是吵翻了分手的，我送上门去，岂不是堵上我自己的路。我犹豫说，要不，麻烦你先打个电话给袁平。

周小丽说，没事的，你只要报上我的名，就行。

我去房管局找到袁平，我说是他前女友介绍来找他的，袁平脱口说，噢，小芳。

我说，不是。

噢，是小玲。

不是。

是小红。

不是。

袁平笑了笑，说，不上你当了，让你知道我有这么多前女友。

我有求于他，我可不敢捉弄他，我赶紧说，是小丽。

这下袁平犯糊涂了，小丽？哪个小丽，啥小丽，姓啥？

姓周吧。

袁平不好意思地笑了笑，咦，难道我还谈过一个叫周小丽的？也不是不可能，大概谈的时间太短，我忘了——唉，不管她了，反正就算不是我前女友介绍你来的，我也要为你办事的，反正我们就是办事员，反正我们天天办事，说吧，你要办什么事？

我说我要查询房产档案，袁平说这个太简单，现在查询工作流程很规范，填写查询申请书，交到窗口，窗口审查一下，所谓审查也就是看一眼啦，然后决定受不受理，一般都会受理的，受理了，就交费，根据物价部门核定，费用一共有四个方面，档案保护费、房产证明费、复印档案工本费、咨询费。

袁平真是有经验，我刚有一些疑问，他就已经看出了我的想法，赶紧告诉我，是先查档后付钱，免得档没查着钱就先出去了。

真是合情合理。为人民服务。

我听明白工作流程，心下不免得意，感觉事情大有希望，这个城市的所有的房子的那张纸，应该都在这个门洞里。

袁平告诉我，接下来的程序，就是填报证件，首先是身份证，这个不难，我随身带着呢，别说身份证，连我家的户口本，我的考级证，我的驾照，我的银行卡，都带来了，我是有备而来的。

看到我拿出这么多东西，袁平笑着说，你想多了，不需要这么多。他挑去了我的身份证，朝我伸手说，还有呢？看我发蒙，就知道我业务不熟，他主动跟我说，是房屋所有权证。

我说，那是什么。

那是证明你有房产权的东西。

我仍然发蒙，那是什么。

就是，唉，就是一张纸吧。

咦，我就是来找那张纸的，如果我有那张纸，我还来这里干什么呢？

袁平挠了挠头，可是，那张纸是最关键的，如果你没有那张纸，我们怎么知道有没有那张纸。

我也挠头，我要是有那张纸，我还来找那张纸干什么？

袁平两手一摊，哦，原来你都没有所有权，你都不知道房产是谁的，你怎么查询房产。

我说，是周小丽让我来找你的。

袁平说，周小丽也没有用，除非她有一张纸。

我有点着急了，跟袁平说，这样，这样，你让我从头说起，让我把这个故事从头说起。

故事不用说，故事不用说，袁平挡住我说，现在故事太多了，你只要把房屋所有权证、就是你说的那张纸，拿来，就可以查询了。

我灰溜溜地出来了，站在房管局门口，想，果然出师不利，一个前男友，还把人家给忘了。

可我又能往哪里去呢，我就一直站在那里，袁平下班的时候，看我站在那里，朝我笑了一笑，就走了。

我指望擅长做梦的我，能够做个梦来指引我的去处，可是偏偏一夜无梦，梦这鬼东西，不要它的时候，它天天来，想它的时候，它偏不来。

第二天早晨起来，我觉得自己仍然没有找到可去的地方，所以我仍然到了房管局门口，站在那里，袁平上班的时候看到了我，下班的时候又看到了我。

他停了下来，说，我服了你。

我惊喜说，我可以去找纸了吗？

袁平说，你想得美。

我泄气说，那你服我有什么用。

袁平说，我给你介绍个人，他也许能帮上你。

我奇怪说，奇怪，你们政府都办不成的事，找一个个人，反而能办得了？

袁平说，有些事情就是奇怪的，不奇怪你就办不了事。

根据袁平的指点，我在麻将馆里找到了那个人，虽然袁平并没有告诉我他的名字和他的长相，但是在众多的麻将客中，我一眼就认出他来了，我穿过好多张桌子和好多个人，走到他身边，拍了拍他的肩。

他把麻将一推，跟麻友们打个招呼，生意来了，你们继续。就和我一起走了出来，边走边说，知道你要来找我。

我和他握个手，说，我是吴正好。

他笑了笑说，我知道你是吴正好。又指了自己的鼻子说，我，骗子。

我失声一笑，骗子？还有人自称骗子的，没听说过。

他家就在麻将馆隔壁，他领我进去，我四周看了看，发现他家里有许多纸，大部分都是广告，内容是代办各种事情，处理各种难题，无所不包，一应俱全。

我看了看这些纸，问他要拿这些纸干什么？他说是要到大街上去张贴的，今天因为打麻将，还没来得及贴出去。

骗子无暇和我闲聊，他催促我说，喂，你到底怎么说，到底委不委托，我时间很宝贵的，我劝你别犹豫了，快点委托吧。

这种事情我闻所未闻。

但是无疑我相信了他的话，他还真是个骗子。面对一个真正的骗子，我毕竟是犹豫了，我满腹怀疑，我说，你公开张贴这样的广告，难道不怕警察来找你。

骗子说，呵呵，警察也是我的客户，他们有难办的事也来委托我。

我说，那你的业务，是怎么开展的？

骗子说，骗子的业务，还能怎么开展，骗人呗，说谎呗，就是胡说八道，胡编乱造。

我说，谁会相信你呢，我就不会相信你。

骗子笑了笑，当然有人会相信，你想想，别说我这点小敲小打，雕虫小技，有个人穿个长袍，说自己是孙中山，还有人信呢，有个人连龙袍也不穿，说自己是乾隆，也有人信，还有人说知道某地埋了几十吨黄金，这都有人信，还都被骗了去一起挖，你说你是任何人，都会有人信，你说你有任何什么东西，也都会有人信。

我信了。

我把我要找一张纸的业务委托给了骗子，骗子报了价，我和他议了价，双方合拍了，我问他要多少定金，他说不要定金，办成了才付清。

真有道德操守。

做事不要定金，我没见过，他说这是自信，我且信他。

工作开始后，骗子并不回避我，他还邀请我和他一路同行，难道是要向我炫耀他的技术水平，让我看看骗子怎么骗人。看起来他一点也不怕我告发他，他咋那么信任我呢。

骗子告诉我，针对我的委托要求，这回他打算冒充律师，因为只有律师出面，才可以不出具产权证，当事人也可以不到场，写个委托书就行。

骗子见我不服，耐心指点我说，你可以在场，但你不能作为当事人在场，你没有经验，一下子就会被戳穿的。我真没想到他的心理学也学得这么好，我甚至想哪天试试跟他谈谈哲学。

那我是什么呢？

你是助理，是替我拎包的。

我虽然仍有些不服，但暂时也没有办法胜他一头，只得先认了。

他先给我看了一应俱全的材料，律师事务所的介绍信，“我”的委托函，他自己的律师证原件及复印件，法院开具的受理案件通知书等等，我仔细地看了看，看不出真假。

我们一起到了袁平那儿，袁平中规中矩地工作，但他分明已经记不起我来了，这个我可以原谅他，他一天要接待很多人，哪能个个记得，我又不是美女，美女他也不见得都能记得，连前女友都能忘记的人，我不能跟他计较。

可是这个骗子，明明就是袁平介绍给我的，他怎么也不认得呢？

我管不了那么多，我只管从他那里找到我要的那张纸。

骗子告诉袁平，他接了一桩房产官司，现在需要查询房产档案，袁平按章办事，问材料带齐了没？当然是齐的，骗子拿出来交由袁平一一检查，袁平果然没有火眼金睛，看不出真假，然后骗子拿到了一式两份的“房地产登记资料查询申请书”，开始填写。

袁平朝我看了看，对骗子说，大律师，你这个助手，看起来木头木脑的，连张表都不能填，还要你亲自动手。

骗子顺势就把表格推到我面前，一边对袁平说，人不可貌相，他会填的。

我低头一看，骗子已经把大部分内容填好了，只剩下最后一栏，房屋所在地，这个我知道，在我心里早就烂熟了，我赶紧填上：祖荫堂街。

袁平接过去看了看，对骗子填写的内容认可，对我填的有疑问，祖荫堂街，几号呢，怎么没有门牌号？

这下子我拽起来了，我说，没有门牌的，不用门牌号的，祖荫堂街，整一条街，都是我——一个“家”字未出口，我猛然清醒，赶紧改口说，都是我们委托人家的。

袁平说，哦，是吗，那好大一个家啦。

我有些麻木，听不出他的口气是羡慕还是揶揄。

三个工作日后，查询结果出来了，四个字：查无此房。

骗子安慰我说，别担心，办法多的是，房产证遗失啦，遗产继承啦，拆迁啦，可以一个个试过来，我们先试房产证遗失怎么样，去申请房产证丢失后补办。

我们又到了袁平那儿，袁平仍然没有在意我已经来过三次了，他仍然按章办事，看了骗子提供的除丢失的房产证之外的所有材料，齐全，妥了，查询申请收下去了。

仍然回去等三个工作日。

结果仍然是四个字：查无此房。

骗子仍然安慰我，我有点受不起安慰了，我说，怎么，还试第三种办法吗？

骗子说，每次都不一样嘛，先简后繁，这一次要比第一次复杂一点，虽然他说查无此房，但我们认为是有此房的，而且确实我们丢失了房产证，这样，我们到报纸上去登遗失公告，待公告期满——

我眼前一闪亮，脱口说，公告期满，房子就出来了？

10. 遗失公告

遗失公告登出来的第一天，事情就乱套了。

遗失祖荫堂街郑氏老宅房产证，房产证编号填的却是我爸现在这个房子的号码，完全对不上榫头。

起先我对骗子的做法是有所怀疑的，但是骗子跟我说，反正每天报纸上有那么多的遗失公告，谁会去注意这个报屁眼缝里的事情呢，就算有人注意到了，他又怎么会知道房产和房产证编号不一致呢，就算知道了，又有谁会顶真呢。

真是谁知道呢，这一次骗子也失算了，偏偏有人知道了，还顶真了。

那天报纸刚刚出来，不到半小时，就有一个人打我电话了，自报是看了我的遗失公告打给我的。

我有些奇怪，我问他是怎么知道我电话的，他说是报社告诉他的，我又问他是谁，他说我不用管他是谁，那我只好问最后一个问题，你打我电话找我有什么事。

那边口气顿时激昂起来，嗓门儿也大了，什么事，你还问什么事，你登记遗失的那处房产，明明是我家，你登个屁报，登了报也不会变成你家的。

那一瞬间我又惊又喜，又喜又惊。惊的是我祖荫堂街郑家的房产居然另外有主，喜的是居然真有祖荫堂街我郑家的房产，我一激动脱口就说，你是祖荫堂街吗？

那边的人生气说，你说什么呢，我是人，我不是街。

我赶紧说，对对对，你是人，你是人，我只想问一下，你家真有祖荫堂街郑宅的那张纸吗？

那边停顿了一下，疑惑地说，你说什么，祖什么什么？哦，我没戴眼镜，我戴上眼镜再看一看，喔哟，不好意思，是我看错了，我是福荫堂街。

什么玩意儿。

我呸。

这个人讪讪地退走了，很快又来一个电话，说，你别痴心妄想，你别挖空心思，我才是遗嘱继承人。

这些日子我跟着骗子和袁平他们，也学了几句行业用语，我说，你是遗嘱继承人，我还是法定继承人呢。

那遗嘱继承人急了，说，你以为我在骗你吗，我手里，我现在手里就抓着那张纸，就是遗嘱，经过公证的——你加我微信，我发给你看，眼见为实！

你别以为我被他唬住了，我现在也已经见多识广了，我说，你经过公证有什么了不起，我还做DNA鉴定了呢——你加我微信，我发给你看，眼见为实！

这边电话还在叨叨，有人敲我家的门了，我爸照旧死活不开口，不动身，躺在旧藤椅上，连“哼哼哼”的力气也没有。

我一边接着电话，一边去开门，一看，是我邻居，佟叔。佟叔看到是我开门，并不和我说话，无视我的存在，径直穿过我身边，走到我爸面前，说，老吴你搞什么鬼。

我听到电话那头还在说，我有遗嘱，你有DNA，我们各有砝码，可以坐下来谈嘛——

我才不想和他谈，我任凭他在那里“喂喂喂”，一边朝着佟叔使眼色，那边果然泄气了，说，神经病，打到一半就不打了，神经病。

挂了。

这厢瞧我爸那死样，开始我是以为佟叔和我爸有什么过节儿，来找我爸算账呢，本来抱着幸灾乐祸的心情，想看个戏，却不料佟叔和我爸交换了一次眼神后，立刻掉转枪口对准我说，吴正好，是你搞的吧，你登记的那个房产证编号，怎么是我们这个院子的编号，你以为如此无赖就能如愿以偿？

我说，佟叔，您蛮会用成语哦。

佟叔气哼哼地说，虽说不关我一个人的事，虽说你们的阴谋不可能得逞，但是我气不过，宅院里这么多人家，就你们吴氏父子幺蛾子多。

佟叔话音未落，我的手机又响了，真热闹。

这个人是来向我打听祖荫堂街在哪里，我的天，我要是知道祖荫堂街在哪里，我就直接去了，还登什么遗失，玩什么游戏呀。

然后另一个人又来问，祖荫堂街的那个老宅是不是叫仁厚堂。我喷他说，你用脚指头想想也知道，祖荫堂街的老宅叫什么堂。

那人愣了半天，估计是在用脚指头想问题，可是他的脚指头智商比较低，想不明白，他就挂了电话。

当然也有正能量，比如有一个人就是来鼓励我的，他说他手里有一本旧书，书名叫《名宅故居》，翻到第二十五页，就是介绍郑氏老宅的。

我大喜，赶紧问他，郑氏老宅，在哪里？

他说，这书上写的，祖荫堂街祖荫堂。

我再问，它在哪里。

电话里有他翻书的声音，他说，在这里，在这里，印在书上。

还有一个我意想不到的人也来凑热闹，就是林小琼，她正在上班呢，溜出办公室给我打电话，说，正好啊，你终于找到那张纸啦。

我沮丧地说，可惜它又遗失了呀。

林小琼却一点也不沮丧，她鼓励我说，正好，别气馁呀，遗失了好，遗失了就说明本来是有这张纸的嘛。

咦，她又说出这样的话来令我惊讶，我忍不住说，小琼，这话是你妈说的吧。

林小琼笑了起来，“咯咯咯”“嘻嘻嘻”，正好，你越来越幽默，越来越聪明了——我不和你说了，我们老板要骂人了。

前面的这些人，除了我邻居佟叔，其他人都是通过电话和我纠缠的，发展到后来，他们干脆直接找上门来了。

我也服了他们，我也服了报社，我只留了我的电话，并没有留我的家庭住址，他们居然也能找到。

现在站在我面前的这一位，干脆直接说他就是郑见桥，虽然有一瞬间我大惊大喜，但是，我怎么能相信他是郑见桥呢？

我已经无法可想，只得催促自己，你快醒来吧，你快醒来吧。

或者我再换个方向说，你快睡着吧，你快睡着吧。

可是我一直也没有醒来。

或者说，我一直也没有睡着。

我方寸大乱，想挣扎也失去了方向，好在我还有个可以依靠的骗子，我找到骗子，我对骗子说，乱了，乱了，乱得一塌糊涂了。

骗子安慰我说，就是要它乱，乱中才能出对。

只听说过乱中出错，没听说过乱中出对，当然，我相信，骗子的套路和一般人不一样，套路多，套路深，套路花式花样，这才称得上是骗子嘛。

骗子听我汇报刊登遗失公告后的各路反应，起先他又是摇头又是皱眉，任凭我一路往下说，待听到《名宅故居》，他先是叫停，然后又要我详细说。

我详不细，我只好说，据说，那本书上确实有祖荫堂街祖荫堂，可惜了，只在纸上。

骗子跳了起来，向我伸出手，我有些蒙，说，你要什么？

骗子说，咦，你说的呀，《名宅故居》。

我说，那就是几张纸，而且它在人家手里，人家也没有要给我的意思，我也没有向他要的意思。

骗子叹息说，哎呀，助手就是助手，不知道什么才是重中之重。

我怀疑说，难不成那就是重中之重？

骗子说，难说，我要亲眼看了才知道嘛，你留下那个人的联系方式了吗？

我顿足捶胸，我自打耳光，我说，唉，助手就是助手，没想得那么远，唉，到手的故居弄丢了。

骗子却反过来安慰我说，故居怎么会丢呢，它好好地待在那里呢，你只是丢了一本旧书《名宅故居》而已，多大个事，你不必如此自虐，我们找去就是了。

骗子又带上助手出发了，这一回我们不到房管局了，我们到地方志办公室，骗子告诉我，地方志就是记下这个地方上所有的历史传统，有人称他们为当代司马迁。

司马迁我知道的，我虽然是学哲学的，但是历史我也知道一点，我没有见过司马迁，现在有幸站在当代司马迁面前了，我才发现，这是个五大三粗阳刚气十足的汉子，毕竟时代不同了呵。

当代司马迁自称姓王，老王一听我们问《名宅故居》，立刻生起气来，急吼吼地说，你们可别上当，那不是我们编的，是民间几个人自发瞎搞的。

骗子说，那它是非正式出版物？

老王说，出版不出版也就罢了，关键是那上面的东西，都是他们道听途说捕风捉影胡搞出来的，不能算数的。

他这一说，我傻了眼，抢先于骗子跳了起来，我责问老王说，你凭什么说人家的不能算数，难道只有你的才能算数？

老王小瞧我一眼，骄傲地说，那是当然，我是唯一，要说南州城里的名宅故居，都在这里——他拍了拍自己的肚子，谁也别想跟我比。

骗子毕竟比我成熟，比我有城府，他不跟老王扯别的，切入主题说，既然南州的名宅故居都在你肚子里，也就是说，你想拉就能拉出来啦。

老王挺了挺肚子，显得那里边货很多，所以他十分干脆地说，说，你说，哪个故居，没有我拉不出的。

我又急了，我又抢先了，我说，祖荫堂街祖荫堂，祖荫堂街祖荫堂。我念经似的念了两遍，还想念第三遍，老王制止了我，朝我摆了摆手，似乎认输了，气势也瘪下去了，低声说道，这个，我真不敢说知道。

他竟然还摸了摸肚子，好像个孕妇在摸肚子里的孩子似的，却摸得一脸茫然。

骗子拔腿就往外走，我急得在后面追，我边追边喊，喂，喂，你等等我，你别把我丢下。

骗子跑到外面，站定了，等我追上，一把揪住我的衣襟说，我问你，你是在耍我是不是？你让我帮你找的你家的祖产，那个什么狗屁堂，到底是有的还是没有的？

我支吾着说，那当然，那当然，那是当然——

骗子说，当然什么，当然有，还是当然没有？

我被逼无奈，只好坦白说，那是当然，当然我也不知道呀——

骗子对我产生了强烈的不满，这个不满还影响了他原先一直保持着的自信，他的目光在我脸上扫来扫去，似乎想扫出我到底是个什么样的人。最后，他确信了自己的分析和判断，他对我说，老鬼失撇，我被你小子耍了。

冤哉枉也。

不过骗子并没有给我申冤的机会，直接又说，原来你是要我帮你骗出一个子虚乌有的房子来？我告诉你，这个有点难度，我们议的这个价做不到的。

我感觉他要加价了，赶紧捧他说，师傅，你一直很牛掰的。

骗子赶紧摇头摆手说，你千万别喊我师傅，在你面前，别说掰牛，连鸡也掰不了，我自信全无了。

我得留住他，我主动说，那么我们重新议价？再加价？稍一停顿，我又鼓动他说，你开价，你尽管开，我们重新谈，没什么不可以谈的。

骗子犹豫起来，看得出他十分为难，我的加价虽然有诱惑，但我的任务高难，他想了一会儿，摇着头说，算了算了，我不议了，我搞不过他们。

我有点摸不着头脑，说，他们是谁？

骗子说，他们就是他们，他们就是你们——算了算了，我退出，钱我退还给你。

我说，咦，你不是没要定金吗。

骗子说，哦，我晕了，我不仅没要定金，我还倒贴了不少。

这是真话，他制作那些假件，因为是高仿，费用不小呢。

一时间我忘记了自己的烦恼，失声痛笑了起来，我说，你这是赔本生意啦，你这营生是怎么做的，你这名声是怎么出来的？

骗子羞愧道，自我出道以来，还没有失过手，没想到你竟是我的滑铁卢，我大意了，人不可貌相，你看起来像个二货，其实是个天才。

能把没有的东西、不存在的东西找出来，这不是天才还能是什么。

骗子碰上我这样的天才，他不再犹豫，彻底败退了。不议了，不议了，他说，我服了，我只是个骗子而已，我又不是魔术师。

这下子我抓瞎了，骗子都不干了，我还能找谁帮我？我急得说，不行不行，我们有言在先，你得完成任务，哪怕，你给我指条路也好。

骗子说，指条路？有啊，你自己做骗子，一定比我更有想象力。

骗子临走时还真诚地对我说，你要是成功了，你得告诉我一下，我拜你为师。

骗子把我丢弃了。

我好孤单。

现在只剩下我一个人了，我将孤军奋战，我得亲自当骗子了。

我在家里对着镜子照来照去，看自己像不像骗子，又对着镜子练习说话，看看能不能做到像骗子那样，说谎的时候脸不变色心不跳，然后我再对着镜子扮各种不同人物的表情，一会儿是律师，一会儿是律师助手，一会儿是法官，过一会儿我又扮起了我爷爷。如果我就是我爷爷，那多直接，我还扮什么其他角色，我还找什么房子。

我爸躺在旧藤椅上，眼睛睁开一条缝，看见我在镜子面前照来照去，终于有了一点点兴趣，他说，难道咱家的镜子，成了照妖镜。

我说，爸，就算我家出了个妖怪，也帮不了我，所以，我决定不当妖怪，我改行当骗子。

正说着呢，就听到有人进我们家的小天井了，听脚步声我就知道是林小琼，林小琼到窗口一探头，笑了，说，正好，我就知道你在家。

我说，你今天下班早。

林小琼说，哪里噢，我老板一走，我就开溜了，我心里放不下你，不知道你走到哪里了啦。

我看着林小琼，我的眼神好无辜，我说，林小琼，我走呀走呀，其实我内心很苍凉，因为我想起我的一个朋友写的一首歪诗，砍棵大树做木马，骑着木马走天下，走了半天才发现，木马的缰绳没解开。

林小琼听了，愣了一会儿，不过她很快就不再纠结于那几句歪诗，恢复了乐观，她对我说，正好，正好，咱们不骑马，咱们骑驴吧。

一听个“驴”字，我的心头竟然一惊，我惊愕地说，小琼，小琼，什么驴？

林小琼说，是我妈的驴，我妈说，从前有一个老王，买了五头驴，他骑上一头驴回家——林小琼讲着讲着就忘记了后面的情节，她说，老王数来数去，少了一头驴，他着急了，后来，后来——她不好意思地笑起来，说，后来，后来，正好，我忘记了，后来少了的那头驴子到底在哪里。

我倒是知道少了的那头驴在哪里，但我得继续装下去，我配合她说，小琼，看你急的，要不，我们帮着老王去找驴吧。

林小琼反应过来了，急得说，不要帮老王，不要帮老王，我妈说了——

又是她妈。

怎么在我和林小琼中间，处处有她妈。

我调戏她说，林小琼，不是你记性不好，肯定是你妈没说清楚，她根本就不知道少了的那头驴在哪里。

林小琼赶紧说，正好，正好，你别着急，我妈知道驴在哪里，我妈说，驴就在你家的老宅——

林小琼那里一个“宅”字刚一出口，我突然觉得脑袋开窍，灵魂冲天而出，急急地逃走了。

我赶紧将它抓回来，塞进脑袋。灵魂一回来，我幡然猛醒，恍然大悟。

林小琼啊林小琼，哦不，不是林小琼，是她妈啊林小琼她妈，你真是林小琼她妈。

当我一醒来一恍悟的时候，惊喜得一屁股坐在地上了。

但是且慢，我历经了许多波折，我现在比从前镇定多了，我觉得好像还没到我喜乐的时候，我不仅是个有悟性的人，我还是个谨慎的人。

我学着骗子的样子，把骗子带着我做过的事情，又重新做了一遍，我带上证件和材料去找袁平，所不同的是，现在我已经从律师的助手升职成律师本人了。

袁平还是没有认出我来，他只是公事公办，认真地核对了我的身份证和律师证，点了点头，说了一句长得蛮像的，这就过了袁平这一关。

真相就这样露出水面了。我找到了浮云街五十五号郑氏老宅的档案，房主姓郑，叫郑之简。

郑之简啊郑之简，你一定是我的亲祖宗。我激动得赶紧往家里奔跑，跑到我们家大院门口，我一抬头，那高高的砖雕门楼上的某某堂，那模糊了的某某两个字，我现在认得它们了。

我一到家就赶紧地跟我爸说，爸，那两个字，我认出来了，就是“祖荫”。我爸躺在旧藤椅上，闭着眼睛说，哎呀，你认得它们叫“祖荫”，我还以为它们叫“仁厚”呢。我赶紧说，爸，你读书读得太少，你就是个瞎子，你还是听我说“祖荫”的故事吧，你可得提着点小心脏哦。

可是没等我说个开头，我爸就打断了我，说，呀，原来你忙来忙去就是忙的这个呀，你难道不知道，我们一直住的就是你爷爷的房子呀。

我气得吐出一口血来，这口血真恶心，简直不像人血，我赶紧又咽了回去，我跟我爸说，你早知道？你早知道为什么不早说？

我爸说，你也没有问过我呀。再说呀，早说和晚说，有什么区别呀？

他还呀个没完了。

我爸是个鬼。

比鬼还鬼。

我妈来了，她实在看不下去了，毕竟我是她身上掉下来的肉，被她老公这么玩弄，我妈也不答应，于是我妈附体于我，借着我的嘴痛骂我爸：老鬼三，老棺材，老物什，老不入调，老十三点，老翘辫子，老什么什么，老什么什么。

我爸说，喔哟哟，死都死了这些年了，嘴巴还这么凶啊。

我妈说，我告诉你啊，我现在在这边可是有身份的人，你小心到时候我给你打到十八层下面去。

我爸说，咦，真是前世不知道本世，本世不知道下世，你前世一个无知妇女，到那边居然还封你官了，封你个什么官呢。

我妈说，群主，最大的官，你们那里没有吧，都没听说过吧，out了吧。

我和我爸都喷笑出来了。

我妈见我和我爸和解了，才下了我的身，走了。

看来我爸对群主还是有所惧怕，所以对我的态度有了些改变，他跟我说，哎哟，你顶真得来，那个什么祖荫堂街，本来就是没有的嘛，是我随口一说，他们就当真了，相信了，还胡乱写到书上。

我说，爸，你有事无事，为什么要瞎说八道？

我爸说，说着玩玩吧。

你玩得倒是开心，你玩死我了。

我爸说，这么说起来，怪我咯。

当然我也不傻，我很快发现我爸又在骗我，那本《名宅故居》是好多年前编印出来的，掐指一算，那时候我爸还穿着开裆裤呢，他能说出什么“祖荫堂街”来。

只是现在我的当务之急，不是和我爸对质，戳穿他的谎言，而是抓住要害，直奔目标：继承郑氏老宅。

我不会为了报复我爸玩我而和他翻脸，毕竟他才是第一继承人，虽然他已经有点风烛残年，但还没老到翘的时候。

你醒醒吧，别做梦了。

我醒过来，发现自己躺在沙发上，我爸躺在旧藤椅上，我“嘘”了他一下，他不理睬我，只是懒洋洋闭着眼睛。我说，爸，你明明知道这里就是爷爷的房子，你为什么不肯说出来，你怎么能够藏在心里这么长时间，你怎么不憋出个尿毒症来。

11. 吴永辉的脸

吴永辉终于长到十四岁了。

十四岁有什么值得傲娇的呢，十四岁算是什么特别的年纪吗，难道不是人人都有十四岁吗？

可是并不是人人都在十四岁那年知道了自己真的有两个爸爸和两个妈妈。

吴永辉到现在还记得很清楚，那一天他在狭长昏暗的备弄里奔跑，忽然有个黑影挡在他的面前，吴永辉先是看到一双露出了脚指头的布鞋，然后他一抬头，才看清了是住在前一进的那个郑老师。

前后两进的住户，进出大宅，是共用同一个备弄的，所以他们经常在备弄里相遇，只是以往的郑老师，走在备弄里，永远都是低着头，缩着身子，紧靠着墙，本来备弄就很窄，靠着墙走，肩膀上会擦到墙灰，郑老师也不知道要拍一拍，所以他经常白着一只肩膀走来走去。

而吴永辉在备弄里的表现算得上是野蛮的，他和任何人在备弄里相遇，从来都不会喊人，不打招呼，从来都是擦肩溜过，只作不认得，不翻个白眼就算是客气了，十四岁那时候，他已经从一个不懂礼貌的小孩子，长成了一个不懂礼貌的少年。

但是今天他不能擦肩溜过了，因为郑老师撞上了他，更准确地说，始终低着头的郑老师，今天抬起了头，还挡住了他。

郑老师穿一件洗得发了白的蓝色列宁装，神色显得有些犹豫，可是当他发现吴永辉想从一侧溜走的时候，他的身子却毫不犹豫地张了开来，挡住了他。

吴永辉不高兴了，他又不是被刘蓝花挡住了，他凭什么要高兴？他不高兴地说，喂，好狗不挡道。

这是他爸他妈常说的俚语俗话，身为知识分子的郑老师明知这话很粗鲁，却并没有嫌弃，他还微微地笑了一下，好像在鼓励吴永辉多用这种通俗生动的词语。不过，没等吴永辉再想出一句类似的话来，郑老师已经不再犹豫，他已经坚定起来，只是，他的声音是压得很低的，他对吴永辉说，孩子，你知道你是被收养的吧，你从小就知道的，对吧。

关你屁事！吴永辉粗鲁地说，关你屁事！

郑老师没有受到吴永辉的粗话的影响，他仍然压低声音说，你知道你的亲生父亲是谁吗？

吴永辉呸他说，呸，我不知道，我也不想知道，反正不是你！

郑老师眼睛顿时闪亮了，但是他的脸色却很奇怪，少年吴永辉是看不明白的，又像笑又像哭，脸掬成了一团，他忍不住抓住了吴永辉的手臂，说，怎么不是我，就是我呀，我是你爸爸。

吴永辉甩掉他的手。

吴永辉当然不相信。

虽然从小到大，小朋友一直在念念唱唱，说他是从茅坑里捡来的，但是他妈妈吴柴金把小朋友臭骂后，小朋友四散逃走，吴柴金把吴永辉抱在怀里说，他们放屁，他们烂舌头，他们烂屁眼，他们生疔疮，他们短寿命。然后，吴永辉就释然了。

所以，当郑老师说出“我是你爸爸”片刻之后，吴永辉尖声叫喊了起来，不可能，绝不可能！

郑老师十分尴尬，他似乎没有想到吴永辉会是这样的反应，也许他正准备张开臂膀，等着吴永辉扑到他怀里痛哭相认呢。

吴永辉的反应是又气又恨，他满脸通红站在他的面前，说，不可能，你不是我爸爸！

郑见桥愣了半天，低声说，孩子，你为什么不相信呢？

吴永辉理直气壮，高声说，我有爸爸。

郑见桥低声说，孩子，其实，一个人也可能会有两个爸爸的。

不可能，我只有一个爸爸。

郑见桥低三下四地做着吴永辉的思想工作，他说，孩子，你听我说，我没有必要编造一个谎言，事实总是存在的，因为你是被领养的，所以你会有两个爸爸和两个妈妈。

郑老师越是低声，吴永辉就越是高声，吴永辉高声质问郑老师，如果你真是我的另一个爸爸，为什么到今天才告诉我，从前我们天天见面，你为什么看见我只当不认得我？

他已经十四岁，已经有了一点思辨的能力，他虽然粗糙，虽然没文化，但面对突然冒出来的第二个爸爸，他开始动脑筋了。

所以他的问题，竟然难倒郑老师了。郑老师努力地想了想，小心翼翼、一字一顿地回答说，因为，因为，我们，可能，要出事，出了事，我们，就再也没有机会说出事情的真相了。

这个回答肯定得不到吴永辉的认可，而且，郑老师越是吞吞吐吐疙疙瘩瘩，吴永辉就越是爽快，他立刻就骂人说，真相个屁，你放屁！

郑老师继续说，孩子，你要知道，有些事情，并不像你看到的那样，有些事情，表面是一种样子，背后是另一种样子。

吴永辉读书不用功，肚子里没几滴墨水，郑老师的话，他听个半懂不懂，除了骂骂粗话，他嘴上是说不过郑老师的，气得伸手去推郑老师，他原以为郑老师是大人，他是推不动的，哪知道他手一触到郑老师身上，竟把郑老师推得站立不稳，晃了几晃，最后倚到了墙上。

一个孩子竟把一个大人推了一个趔趄，不过郑老师并没有生气，反而惊讶地笑了起来，对着吴永辉说，咦，你力气好大，咦，你长大了哎。

吴永辉被他这么一说，也有些意外的惊喜，他朝自己的手看看，正想探究一下这只手是否已经长大，忽然发现郑老师的眼神飘忽起来，穿过他的头顶，往后面去了。

吴永辉没来由地浑身一哆嗦，回头一看，叶老师正站在他身后呢。

叶老师人很瘦弱，戴着一副近视眼镜，风一吹就要倒的样子，那没什么好怕的，只是她悄没声息地出现在背后，让人不爽，吴永辉继续着刚才说到一半的话，因为叶老师的出现，他更加重了语气，用了更恶毒的词语，他说，我才不信你的鬼话，你造谣，你放屁，你们是五类分子，你们是资本家，你们是反革命，你们是特务——

叶老师脸色煞白，她像一只受了惊的兔子，弓起背，佝偻着腰，尖利而又虚弱的目光从眼镜的上方射出来，一迭连声地说，你你你，你说谁，你说谁是特、特、特——你听谁说的？谁让你说的？

吴永辉甩了甩肩，把叶老师的目光甩掉，他无赖地说，没有谁，就是我，我自己想出来的，我自己说的。

叶老师已经吓得说不出话来了，站在那里两条腿直哆嗦，像尿急了似的，还是郑老师稍微镇定一点，说，孩子，你还是个孩子，你不可能想出来，你是从哪里听来的，还是在哪里看到的？

吴永辉朝他翻个白眼说，你不长眼睛吗，街上的大字报，画了你们两个，嘿，跪在地上，还有黑叉叉，哼哼，黑叉叉还想来骗我，还造谣，你想干什么，我告诉你，我爸我妈是贫下中农工人阶级，你们是特特特！

叶老师“哎呀”了一声，一只脚在地上踊来踊去，一只手掐住另一只手的虎口，压低了声音，但那声音还是那么尖厉刺耳，她问郑老师，你都跟他说什么了？

郑老师说，我说了，我都跟他说了。

叶老师身子一晃，人都瘫软了，站都站不稳，斜靠到墙上，郑老师赶紧去扶她，叶老师不要他扶，她对着吴永辉直摆手，说，不算，不算，他说的话不算数。拉着郑老师转身想走了。

吴永辉可不想就这么放过他们，他双手叉腰，挡在他们面前，气势汹汹地说，你们还说不说了？

郑老师张了张嘴，似乎还没服气，叶老师抢到郑老师前面，一迭连声说，不说了不说了不说了。

吴永辉大获全胜，蹦跳着回家了，吴柴金问他，永辉啊，你这么高兴，碰到什么好事了？

吴永辉说，我把冒充我爸的人打败了。

吴福祥和吴柴金对看了一眼，他们笑了笑，吴福祥说，是郑老师吧？是郑老师对你说的吧？

吴永辉说，你们知道？

吴福祥说，知道归知道，你可别相信他们。他们知识分子，说话曲里拐弯的，不可相信。

吴柴金补充说，他们胡说八道，没有的事。

吴永辉终于可以安心睡觉了。

可是其实他并没有安心，晚上他习惯偷听父母亲说话，今天也不例外。

父亲说，咦，他们终于忍不住说出来了，他们当初明明答应永不说穿的呀。

母亲说，他们说话不算数，他们还算知识分子呢，知识分子也不好相信。

父亲说，什么知识分子，他们马上要完蛋了，我听刘明汉说，马上要搞到他们头上了。

两夫妻说着悄悄话，吴永辉正偷听得入渠，忽然听见小院门“轰”的一声巨响，好像门被撞破了，吴福祥和吴柴金赶紧跑出去，吴永辉懒得起来，趴在窗户上往外看，原来是来了一队人马，臂戴红袖章，手持红缨枪，冲进来就杀气腾腾大声叫喊，郑见桥，郑见桥，郑见桥是住这里吗？

吴福祥仗着自己成分好，还洋哈哈地跟人家打镲说，找郑见桥啊，你们找郑见桥干什么呢？

那一队人立刻将吴福祥团团围住，直逼着他说，你是郑见桥？你就是郑见桥？

吴福祥拿捏着说，我呀，你们仔细看看，我像郑见桥吗？

那一队人围住吴福祥看了又看，终于有个人说，不像，是不像。

他们丢开了吴福祥，又去围住吴柴金，问，你叫什么？

吴柴金说，我叫吴柴金。

那边有人笑了起来，什么名字，封资修。

另一个说，不是封资修，是老地主。

再一个说，这个也不像，郑见桥是男的嘛。

忽然有人发现了趴在窗口的吴永辉，大声喊起来，这里还有一个。

一队人又围到窗口，盯着吴永辉看了又看，说，这个更不像，年纪太轻，郑见桥有这么年轻吗？

另一个说，不可能，郑见桥解放的时候就是反革命了，怎么会像他这个年纪。

再一个又不同意这一个的话，说，什么解放时是反革命，他解放前就是特务。

还有一个补充说，他老婆是女特务。

叽叽喳喳。

说了一圈，他们中有一个人醒悟过来，发现上当了，说，不好，他们是有意跟我们兜圈子吧，不会放了风让真的郑见桥逃走吧。

他们再一次围攻了吴福祥和吴柴金，追问郑见桥在哪里。吴福祥装聋作哑，吴柴金假痴假呆，看上去就是一对弱智夫妻，偏偏吴永辉聪明伶俐，他趴在窗口上嚷嚷，我知道，我知道，郑见桥他们住前面那一进的最西头，郑见桥穿蓝颜色的列宁装，叶老师戴眼镜，四眼狗。

一队人就“呼啦啦”冲了出去。

吴福祥和吴柴金同声喊了起来，永辉，你怎么可以这样，你怎么可以这样。

吴永辉说，呸，敢冒充我的亲生父母。

吴福祥、吴柴金又齐声嚷道，他们就是你的亲生父母呀。

吴永辉继续呸道，呸，我没有亲生父母！

嘿嘿，你们听听，这是什么话，以他的说法，他倒是和孙悟空一样，从石头缝里蹦出来的。

不过，我可没有说过这是我爸少年时的经历，以我爸现在的样子，你无论如何也想象不出他十四岁的时候会是什么样子。

但是事情仍然是有蹊跷的，如果这不是我爸给我讲的故事，那我又是怎么知道这些故事的呢？

其实，我很想得通，到底是谁泄露了秘密，或者这些事情是不是我自己想象出来的，都无所谓，反正总之，现在我超爽。

还是先回到当时吧，当时吴永辉的阴谋并没有得逞，他虽然出卖了自己的亲生父母，可是当一队人冲进前面一进院子的时候，郑见桥和叶兰乡真的已经望风而逃了。

他们再也没有回到这个院子里来。

谁也不知道他们到哪里去了。

也没有人关心他们到哪里去了。

他们好像从地球上消失了。

一直到今天。

大概谁也没有想到过，几十年以后，我会把他们挖出来。

我说，爸，我现在总算是搞清楚了，你之所以一直不告诉我，爷爷奶奶一直就和我们住在同一个院子里，是因为你实在没脸面对你的亲生父母。

我爸说，你别逗我笑，我懒得笑，我笑不动，你要是让我笑，我会累着的。

我说，爸，你可以不笑，但是你无法抵赖，你就是没脸。

我爸无赖说，我抵什么赖，我本来就没有脸，不用你说，你见过我的脸吗，它在哪里呢?

12. 终于轮到郑见桥了

别以为我爸开了口，谜底就出来了。

离谜底远着呢。

我爸说，喔哟哟，你折腾个啥哩，你亲爷爷和亲奶奶，我都认得，你到底要找他们哪一个嘛。

我说，我才不要找他们，我要的是他们的这个——我用脚尖踮了踮我家的地皮，说，喏，就是这里。然后我又伸出长长的手臂，对着空间绕了一大圈，说，喏，就是这里。

我爸说，喔哟，那可有些麻烦，这个是你爷爷的，你得先找到你爷爷呀，可就算你找到了你爷爷，万一你爷爷不肯给你呢？

哼哼，老东西又玩我，我爷爷，该有一百岁了吧，一百岁是多少岁，我还从来没有想象过。

他还会在这个世上吗？

或者他会在另一个世上？

难说，以我爸这样的妖孽脾气，他的亲生父亲，恐怕也不会正经到哪里去，他会是一个按部就班、墨守成规的人吗？说不定一百岁还真活着，也说不定死去了又活过来了。

可是我拿什么来证明呢？

无奈的我还得在我爸这里打主意。我还真离不开他。

我真诚地对我爸说，爸，我们摊牌吧，你连自己的脸都没有保住，你还有什么秘密可保守的呢？你敢不敢跟我打赌，我赌爷爷肯定不在这个世上了。

我爸泄气地说，没劲，咱爷俩下的一样的注，无所谓输赢。

我继续挑逗撩拨他，我说，按照物质不灭定理，他现在应该在另外的某一个地方。

我爸赞同我说，那是当然。

我乘胜追击，说，他在哪里？

他在土里。

他以为又把我闷住了，其实才不，我要的就是这个答案。我说，在土里才好，只要他在土里，就不怕他逃跑，嘿嘿，他被压在坟堆下面了。

我爸“咯咯咯”地笑起来，边笑边说，喔哟哟，喔哟哟，你要笑死我了，你要累死我了，原来你是要找你爷爷的坟墩头啊。

我知道他要弄㞞我，看我好戏，我已有应对，我说，我已经有主意了，我找公墓管理处，那里会有登记的，几号坟是谁家的，是谁来给死人买的墓地立的碑，一查就查出来了。

我感觉我将到他军了，我得意地“哼”了两声。

我爸说，喔哟哟，你要找你爷爷的坟，孝子啊，贤孙啊，你怎么不早说呢，你爷爷的坟，我知道的呀，在凤凰山公墓的墓区里。

我很吃惊，我真的很吃惊，原来他真的什么都知道，我脱口而出，你是怎么知道的？你怎么又知道了？不可能，这几十年来，你从来没有说过，你连一个字都没有提过，怎么一下子就知道得清清楚楚了？

我爸拉长了声调说，咦，我怎么会不知道呢，我怎么不是知道得清清楚楚呢，我每年都去给他上坟的，他住在几排几号我都知道，那条路，我熟得闭着眼睛也能走到。

我真是，真是受惊了，受大惊了，惊得我差点坐在地上了。

我爸又抢我的先，呛我说，你可别问我为什么不告诉你，你也从来没问过我呀，每年我都要烧点菜带出去，我出去的时候，你正眼都不看一眼，你以为我是去郊游野餐呢吧。

我只好承认说，爸，你批评得对，我过去不关心你，也不关心爷爷，现在我要开始关心了，这样吧，你带着我，我们去看爷爷。

我爸一口回绝说，不行，清明节我已经去过了，我干吗一年要去两趟。

我说，爸，你是孝子吧。

我爸说，孝也要孝得有分寸，太孝了，就过分了，就是过犹不及，太热情了不好，要拿捏好分寸。

我激将他说，怎么，太热情了怕爷爷把你带走。

我爸才不会中我的计，他只是关照我说，你就算再怎么想见你爷爷，也不能把他从地底下挖出来啊，再说了，你就算真挖出来，也只是一堆灰，一堆灰是不会和你说话的，你真有什么话，还不如跟我说。

我说，我不是要和他说话，我只是要亲眼看一看，被你隐瞒了这么长时间的事实。

我把我要去凤凰山公墓看爷爷的事告诉了林小琼，林小琼惊叫起来，哎呀呀，哎呀呀，正好，正好，我也要去，终于找到爷爷了，我也要去看爷爷，我终于可以看到爷爷了。

一口一个爷爷，听着比我还亲。

我说，咦，你去干什么。

我觉得她有点矫情，又不是逛商场，又不是看电影，是到坟地里去，她一个女孩子，不但不害怕，还这么积极，干什么呢。

林小琼又发嗲了，她一发嗲，我就没办法，只好答应带她一起去。

也好，本来我一个人去找一个野豁豁的陌生的坟墓，心里不免有点异怪，现在有了林小琼个二货，很好，二货祛邪气祛阴气，我就答应了，跟她约好了时间地点，到时候我去接她。

这一天风和日丽，是个好日子，到约定的地方一看，不是只有林小琼一人，还有一个人，我立刻猜出来了，是林小琼她妈。

这是我头一回见到林小琼她妈，但是其实我早就从林小琼嘴里听了她妈很多很多回了，我一直觉得我和林小琼之间有个第三者，如果我的感觉是对的，这第三者就是她妈。

所以我一直对她妈有所忌惮，可是我越忌惮，她妈就出现得越多，到后来林小琼简直三句话不离她妈，什么什么是她妈说的，什么什么又是她妈说的，今天很好，干脆把她妈带来了。

我不方便直接反对，但我也忍不住要嘀咕说，我要去的地方是我爷爷的阴宅，又不是爷爷留给我的祖产，她要看哪样的门道？

林小琼见我脸色不好看，她又发嗲了，她依偎着我，又推又揉，把我浑身骨头都搡酥了，别说她妈一起去，就算是她姥姥她奶奶她七大姑八大姨一起去，我也无力反对。

林小琼亲热地挽着我的胳膊，一边走一边悄悄地跟我说，正好，正好，我妈给我取个名字叫林小琼，你知道她自己叫什么名字吗？

我说，难道叫什么富？

林小琼说，正好你真聪明，你真幽默，我妈叫刘金灿。

真是好名字，金光灿灿，晃得我眼睛都花了，晕。

乡村公共汽车到了坟地这一站，下车的就我们仨，我们怕错过站头，早早地就站到车门口等候，其他不下车的乘客，都用奇奇怪怪的眼神看着我们，还有人议论了一遍，一个人说，他们这一站下去干什么？

另一个说，这一站能有什么，就是上坟吧。

再一个说，哪有这个时间上坟的。

然后他们七嘴八舌说，是呀，他们看起来也不像上坟的。

他们上坟什么东西也不带吗？他们怎么好意思空着手去上坟呢？

是呀，现在又不是上坟的时节，公墓那里什么也没得卖。

在他们的议论中，我们下了车，就直接往山上去了。凤凰山并不高，也不陡，林小琼也不觉得累，还兴高采烈地说，正好，正好，我们就像是春游哎。

我怀疑说，现在是春天吗？

林小琼说，正好，你真幽默，我们是郊游哎。

我们在墓区里走着走着，树越来越多，再走走，就像换了一处人间，外面明明是阳光明媚，一到这个区域里边，越走越阴暗，山风一吹，浑身都想哆嗦，我暗想着，幸好林小琼和她妈刘金灿一起来了，否则我一个大男人说不定会给吓尿了，多丢人。

照我爸说的几区几排几号，挨着一座一座的墓碑走，挨个看着墓碑上刻着的一个一个的名字，一个一个的照片，看到他们朝我微笑，我心里怪怪的，觉得他们好像很想和我说话似的，我心里一紧张，脚下就加快了。

走着走着，我们就找不准排和号了，这些排和号或者是变得十分模糊，或者干脆让人看不清、看不见了，可再走几步，它们又出现了，又看得清了，真叫人想不通，如果是风吹雨打，那应该是一律被打掉了，为什么会隔三岔五，有一搭无一搭呢？

我正在奇怪着这墓地里的奇怪现象，林小琼在身后惊叫起来，郑、郑、郑——

我和刘金灿过去一看，这个死去的人叫郑一回。

除了一个“郑”字是一样的，其他两个字都差远了。

刘金灿不高兴了，批评女儿说，瞧你一惊一乍的，你看到个姓郑的，就以为是你爷爷啦？

咦，她这算是什么称呼呢，“你爷爷”？连我都还吃不太准郑见桥到底是怎么回事呢，她那里倒已经十拿九稳“你爷爷”了。

性子真够急的。

我正琢磨这刘金灿什么来路，忽然间半路上跳出一个人来，挡在我们面前，大喊，呔，留下买路钱！

林小琼“哦”的一声尖叫，两眼紧闭，瘫在我身上，我感觉她是晕过去了。

还是刘金灿胆大心细，她十分淡定地说，买路钱？有呀有呀，是纸钱哦，我们是来上坟的，不会带现钱，只带了纸钱，面额1000亿，有人民币，还有美元，你要哪一种？

这人顿时“呵呵”地笑了起来，说，和你们寻个开心的，瞧你们吓的，现在是新社会，没有强盗土匪，没有绿林好汉，没有路见不平，没有拔刀相助。

此人穿着一身迷彩服，两眼炯炯发光，神情兴奋，一口气说了多个没有什么什么，没有什么什么，又围着我们三个转了一圈，上下打量一番，说，咦，你们不像是来上坟的，你们像是来走亲戚的。

林小琼醒过来了，听说走亲戚，她高兴地说，是呀是呀，我们就是来走亲戚的，我们是来——什么话？我得赶紧堵住她，我可不想触此霉头，到鬼住的地方走亲戚，我们岂不也成了鬼，大不吉利的。

我指望林小琼她妈懂事，批评女儿几句，指点迷津，不料刘金灿这回却不仅不批评女儿，还夸赞她说，小琼说得对，我们就是来走爷爷的亲戚——她朝我翻个白眼，又说，怎么啦，难道认个亲戚还分死的和活的吗，难道只有活的才算是亲戚，死去的亲戚就不是亲戚了吗？

她还蛮有逻辑的，我不能说她不对，我只好支吾说，对你们来说，爷爷算是亲戚。

刘金灿和林小琼没有听清我说的什么，母女俩沉浸在走亲戚的喜悦之中，她们朝那个迷彩服谄媚地笑着，想从他嘴里问出郑见桥的坟墓来，迷彩服却朝她们摆了摆手，又指了指自己的脑袋，还挤了一下眼睛。

这哑语是啥意思，刘金灿和林小琼解不出来，刘金灿看着林小琼，林小琼看着我，她那眼神我受不了，分明是在说，正好，正好，你是天才，你肯定知道。

我受到鼓舞，一激动，脱口而出，他说他脑子有问题吧。

迷彩服一听，高兴地朝我竖拇指，说，你猜对了，我脑袋有毛病，人家说我是神经病。

刘金灿“哧”的一声嘲笑了他，说，神经病，头一回碰到，还有人自己说自己是神经病，真是神经病。

那迷彩服一听，赶紧解释说，不是神经病，是神经质，就是神经有点过敏，我是吓出来的。

林小琼听到一个“吓”字，差一点又晕倒了，好在她妈强壮，撑住了她，说，站好了站好了。

我浑身打个激灵，脱口说，站好了，站尊敬了，这四周的眼睛，都看着你呢。我这可不是吓唬林小琼的，我是自己吓唬自己的，只是我堂堂一男儿，在坟堆里抽筋，挺难为情的，我得把恐惧转嫁给林小琼。

那迷彩服听了我的话，竟然跑到我身边，说，我要和你握个手。

我说，为什么？

迷彩服说，我来这地方这么多年了，还是头一回听到有人和我的想法是一样的，我得和你握个手。

他的手伸过来，我也不得不伸出手去，只感觉他的手冰凉冰凉的，差点冰得我缩回去。

握过手后，迷彩服指了指坟地四周说，我刚来的时候，就知道他们都在看着我，可我这么说了，人家都说我神经质。

刘金灿来火了，说，是神经病。

她有些着急了，见我不急着找郑见桥，却和一个迷彩服扯个没完，她急出办法来了，回头朝某个方向一看，大声说，哎哟，管理员来了！

迷彩服抱头鼠窜，一眨眼就逃走了。

刘金灿奸笑一声，冲着迷彩服的背影说，哼，跟我装神弄鬼，你还嫩了点。又回头冲我说，你也嫩了点，这种人，就是在坟堆里混饭吃的，看到有人来扫墓，就来套近乎。

林小琼却吓得依偎在我身边，一边拍着小心脏一边颤抖着声音问我，正好，正好，刚才这个人，他是鬼吗？

我也吃不准呀，我也心虚呀，可是我得强作镇定，我说，小琼，又用词不当了吧。

刘金灿吓走了迷彩服，简直是神采飞扬，她也趁势批评和教导了一下林小琼，她说，林小琼，人是人，鬼是鬼，你应该说，刚才那个人，他是人吗？或者说，刚才那个鬼，他是鬼吗？

我赶紧插一杠子，我说，林小琼，你人鬼不分啊。

虽然我们批评了林小琼，虽然我们碰到了一两个莫名其妙的坟地人物，但刘金灿的情绪却没有受到影响，整个过程中她一直十分兴奋，好像我们不是去看望早就去世了的我的爷爷，而是去看望一个从海外归来的高富帅亲戚。

刘金灿因为高兴，说了很多话，可是她不知道言多必失吗？果然，后来她就露馅儿了，她说到叶兰乡了。

刘金灿回忆说，那时候，叶兰乡在家里偷偷地抽烟，害怕别人知道，一听到敲门声，立刻就把烟藏起来，来不及藏，就塞到被窝里，她家的被子，上面全是烟头烫出来的洞，她以为别人不知道，可一晒被子，人人都看得见。

我反应不迟钝，所以顿时奇怪起来，刘金灿居然知道叶兰乡？刘金灿不仅跟着八字未见一撇的女婿跑来看死去的郑见桥，刘金灿居然还说出了叶兰乡的事情，而且还是那么细的细节，虽然我没有听说过，但听起来倒不像是假的，不像是编造的。

这里边有什么蹊跷呢？

刘金灿到底是谁？

不等我琢磨出刘金灿是谁来，就听到旁边有人说话，喔哟哟，你们终于来了呀。定睛一看，又从墓碑中冒出来一个活生生的中年妇女，脸色白潦潦的，手里拿着一支笔和一瓶油漆，正在涂抹墓区的那些排号。

这妇女指了指迷彩服消失的地方，你们别听他的，他不是这儿的人。

我们都已经知道她在干什么了，她被我们逮了现行，我大声呵斥说，原来是你把那些排号涂抹掉了，你想干什么？

这妇女笑着说，咦，要是不涂掉，你们一下子就找到了，那就不需要我们了呀。

我气得说，强盗逻辑啊，你不怕我们报告管理员？

那妇女仍然笑道，哟，那就是管理员自己先带头涂的，我们才跟着涂的。

我已经气得说不出话来了，自诩老辣的刘金灿也被惊着了，在坟地里碰到这样的人，料她也是头一回，她一时语塞，她要重新酝酿自己的情绪了。

那妇女若无其事说，我是有良心的，我不做缺德事，我的这一片，只是涂掉几个号码，他们在那边的，不光涂掉号码，还修改号码，叫人家更加找不到了——好了好了，不说号码了，我在这坟头上讨生活，你们那坟头杂草长得比人都高了，是我帮你们拔草的，碑上的名字也是我帮你们描的，我要是不描，你们来了人都找不到了，你们的坟头现在这么干净，都是我帮你们收拾的，清明的时候你们不来，冬至的时候你们也不来，我看不到你们，今天终于给我碰着了。

咦，这个妇女也奇怪，连我们自己都不知道我们要找的是哪个坟头，她倒知道帮我们清扫了哪个坟头。

这妇女反应甚快，不等我们说出自己的疑惑，她已经抢先说了，喔哟，别那么斤斤计较，就算我收拾的不是你们的坟头，也肯定是你们邻居的，左邻右舍嘛，看在邻居的分上，来嘛，你们不吃亏的，可以让你们家的祖宗，和邻居搞好关系嘛，过得和谐开心嘛。

咦，一个穿行在墓地里的乡下妇女，还知道这一套说辞，不过我才不会着她的道，我学着刘金灿说，我们是来上坟的，只带了冥币，你要不？我虽然是学的刘金灿，但我毕竟跟她是有区别的，她使用的是纸钱，我使用的是冥币，你们看出境界来了吧。

那妇女说，没带现金不碍事，可以支付宝——她见我们如此小气，有点来气了，说，你要是真把冥币烧了给我，我也能收到的，我是两边跑跑的，两边的币都用得着。

林小琼又吓着了，又怕怕，直往我身后躲，不料这一躲，反而躲出一片新天地来了。

只听林小琼再一次尖叫起来，郑、郑、郑——

这一回她可是“郑”对了。

原来我们吵吵闹闹的时候，郑见桥就在我们身后，只是我们光顾了找他，一直没有找到他。现在我们一掉转身，我们就已经站在郑见桥的坟前了。

碑上刻着“郑见桥之墓”几个字，却没有立碑人的名字，这回没等我反应过来，林小琼个二货，加了速，已经抢先说了出来，咦，人家墓碑上都有立碑人的名字，儿子就儿子，女儿就女儿，孙子就孙子，还有一大串十几个的名字，可是爷爷怎么没有，什么人也没有，一个人也没有，搞得好像爷爷是绝子绝孙似的。

对这个二货我简直无言以对。

爷爷的碑到底是谁给立的呢，难道我爸又骗了我？可是，如果不是他立的碑，他会每年来上坟吗？

刘金灿觉得林小琼岔开了思路，她大声嚷了起来，林小琼啊林小琼，你到底是要找爷爷，还是找立碑的人呢？

咦，明明是我的事情，在她那里竟然就变成林小琼的了。

本来这墓地里安安静静，我爷爷睡得正香，刘金灿这一嚷嚷，立刻扑腾出动静来了，从坟头那里飞起一只黑乎乎的东西，林小琼眼尖，失声叫喊，可是她又喊不出个名堂来，只是在那里尖声嚷道：一只、一只，哎哟哟，一只、一只，黑的、黑的鸟。

真是个无知的孩子。

我说，小琼，不是鸟，是蝙蝠。

起先我还没在什么意，等我自己说出了“蝙蝠”两字，我心里顿时一惊，我认出它来了。

我心里说，好你个鸟东西，你竟然从电梯里跟出来，一直跟到坟地里，你这是啥意思呢，你是想吓唬我吗？

不等我继续自己的思想，刘金灿高兴得拍手跺脚说，蝙蝠，蝙蝠，好东西，好东西，林小琼，我说的吧，福来了吧。

林小琼四处探望，她是在找“福”呢吧。

刘金灿却噤了声，慢慢地靠近墓碑，竟然伸出手去抚摸，她倒不忌讳这是死人家的墙，奇怪的是，一摸石碑，一个聒噪的妇女竟然安静下来了。刘金灿还慢慢地闭上了眼睛，看起来真是有情有义有真相。

我和林小琼，能干什么，只能面面相觑。

过了好半天，刘金灿突然有了动静，她猛然睁开眼睛，牙缝里“嗞嗞”地出风，说，不对呀，不对呀？

我一慌张，赶紧问她，哪里不对？哪里有问题？难道这里边不是我爷爷，或者——

刘金灿打断我的废话，尖声地喊了起来，不对呀，叶兰乡呢？叶兰乡怎么没有合葬啊？

她的尖厉的声音在墓区里回荡，惊起了乌鸦，惊得树叶扑簌扑簌往下掉，惊得她家林小琼，一屁股坐在墓地上了。

刘金灿不管不顾，激动得接着喊：难道、难道叶兰乡还活着？

这难道不是一个晴天霹雳吗？

这真是一个晴天霹雳。

第 二 部 分

1. 谁是叶兰乡

我是叶兰乡。

我不是叶兰乡。

大家都叫我叶兰乡。

我知道我必须是叶兰乡。

以前我也试过，我说，我不是叶兰乡。

结果，他们就让我吃药。

在吃药和承认是叶兰乡之间，只有一种选择。

当然，我选择我是叶兰乡。

问题是，本来他们并不知道我是谁，是我自己告诉他们我是叶兰乡的。

自从我说了我是叶兰乡，他们就一直认定我是叶兰乡了，再也不能改变。

但是谁知道呢。现在我听到脚步声了。脚步声越来越近了。

院里的护理小关走进我的房间对我说，我还一直以为你是孤老呢，原来你是有小辈的呀。

自从小关分配来护理我，她一直对我奴颜婢膝的样子，服务态度好得不得了，她对院里其他老人可不是这样的，爱摆脸就摆脸，爱训斥就训斥。总之我在她这里，可是享受了特殊待遇的。

当然我也知道原因，虽然我已经很老了，但是我有一颗年轻的心，不是我换了一颗年轻的心脏，而是因为我这颗心，一辈子都在投机取巧，见机行事，我把它练得滴溜溜转，它想停也停不下来，想老也老不去，呵呵。

在养老院我确实是个特殊的人物，先不说别的，就说住宿吧，其他老人都是好几人合住一间，双人间就算是土豪了。

他们挤他们的，我是非住单间不可的。

当然，单间是单间的价格，可我住得起，你咬我啊。

当然，这不仅是钱的问题，院里床位很紧，在外面排队要进来的人很多，有的人排到能够进来的时候，已经奄奄一息，有的一直排到死也没有进得来。所以他们也曾经动员我省出一点空间来。他们很会说话，说，年纪大了，一个人住虽然安静，但是并不太安全，两个人在一起反而互相有个照应。

我才不要。

我说，不行的，我天天晚上说梦话，我说梦话就跟白天和人说话一样，会把聋子都搞得夜不能寐的。

要不你们叫个人进来试试?

他们看得出我不好惹，就算了，连试一试的想法都打消了。

反正我支付给他们的钱，是足够我住单间的，还绰绰有余，不像其他人，为了一点住院费，一点伙食费，鸡毛蒜皮，斤斤计较。

我才不和他们算计这些小钱，我高级知识分子，有丰厚的退休金，为了让他们放心，我不会像其他人那样拖拉扯皮，我干脆直接让单位把每个月的退休金汇到养老院，这可乐坏了他们。

我如此大气，他们也不好意思再跟我狗皮倒灶。单间就单间吧，其他老人有意见就有意见吧，还有老人进不来就进不来吧。院里都替我扛着。

就这样我因为比别人多几个钱，就成了养老院的特殊人物。我在这里享受最好的待遇，可是但凡一个事物，总有它的两面，我享受到最好，承受到的却是最坏，那就是忌妒。

那些老东西，个个蔫坏，当面不敢拿我怎么样，一直在背后嚼舌头，然后护理小关就把她们的舌头再嚼给我听，其实就算小关不嚼过来，我也能听到，就算我听不到，我也能想到。

以我这辈子见过的世面，这些温室里长大又长老了的老黄花，哪里是我的对手。

呵呵，不说了，说多了有卖弄的嫌疑，但有一件事情是必须说清楚的，就是我的反击，我若是不说，你们还以为我是个软柿子呢。

她们有她们的阴招，我有我的恶习，谁跟我过不去，我就去勾搭她喜欢的老头儿，一勾一个准。有一阵我一下子勾搭了几个老头儿，那些老东西，天天围着我转，搞得我像个女皇，他们像弄臣一样。

原本大家在这里都很寂寞，一个老太在心里喜欢一个老头儿，就不会太寂寞了，可是如果她喜欢的老头儿被别的老太抢走了，那她是不会善罢甘休的。

只不过，她们很会衡量对手，很会随机应变，如果这事情发生在她们互相之间，那毫无疑问她们会明目张胆地干起来，甚至大打出手，抢走的，再抢回来。很好玩。

但是到了我这儿，她们不敢，她们变得老老实实，低眉顺眼，指望我把她们的老头儿放回去。

我才不稀罕这些糟老头儿，只要她们服了，我个个都会放回去的。

然后她们得回了老头儿，至少在相当一段时间里，可以不嚼我的舌头。

过段时间再嚼吧。

其实，她们嚼她们的，无论小关挑不挑拨，我才不在乎，我抢她们的老头儿，实在是因为养老院太无聊，跟我的风云人生不相配。

这么说起来，我挺可恶。

我是可恶，我不仅可恶，我还有帮凶。

小关就是我的帮凶。

我需要帮凶。

我的帮凶小关经常看着我，看着看着，她就忍不住说，您身体真好。言外之意，老东西你怎么还不翘。

她以为她照顾我照顾得好，我就会把她当亲人，我死的时候就会把遗产留给她，嗬，她想多了。

我不厚道，小关对我尽心照顾，我却经常弄屄她，我弄屄她的最好的办法就是信口开河，吹嘘自己有存款有房产有珠宝却没小辈，我又说，我生不带来死不带走，今后总是要留给一个谁的。我又说，我都忘记了我今年多大岁数了，我觉得我大概有一百岁了，我已经老得不能再老了，我的人生快要闭幕了。

等等等等。

害得小关整天心神不宁，老是惦记着，有一次她实在忍不住问我，您的珠宝金首饰都不随身带着吗？您藏的地方可靠吗，不会被人发现吧？

眼看着小关人就瘦了一圈，又瘦了一圈。

院里大多数糊涂老东西，完全不知道我是谁，只有院长稍微了解我一点皮毛，院长听说小关瘦了又瘦，过来说我了，她说我不应该这样对待一个年轻的孩子。

我说，孩子？哪来的孩子？我只看见一头狼。

院长从来说不过我，她退让一步，说，叶老师，就算她是一头狼，看在她小心伺候你的分上，你也不要老是捉弄她，叫她活得胆战心惊，就怕得罪了你。

我“嘻嘻”一笑，我说，那是她活该，谁让她来撩拨我，她还试探我能活多久，这我能告诉她吗？

院长承认我说得有理，她又退了一步，有气无力地争辩说，即便如此，你也不应该骗她呀。

我说，不是我想骗她，我没办法不骗她。

院长无奈地摇头，笑。

其实我说的可是大实话，无论是小关还是谁，谁栽到我手里都一样，我没法不骗人，我的人生的最大的也是唯一的习惯，就是信口开河，我从第一次开口说谎，已经过去了大半个世纪了，我早已经习以成谎，早已经没有真话了，或者说，哪句是真话哪句是假话我自己也不知道了，我成了一个惯骗。

而且我会用不同的骗术骗不同的人，我很坏，也很调皮。

只是养老院上上下下也不能拿我怎么样，像我这样的取款机，他们是要好好供着的。

我进养老院好多年了，那个单位的领导和管老同志工作的人，隔三岔五，逢年过节，会带些保健品来看望我，说几句身体健康新年快乐之类，就走。他们都是后来进单位的新人，我不认得他们，他们也不认得我，我是自称的，他们也是自称的。自称就自称吧，反正只要单位每月按时把丰厚的退休工资打到养老院的账上，我就能舒舒服服地有质量有尊严地活下去。所以，无论他们自称什么，我都无所谓，哪怕他们是冒充单位的人，我也可以不戳穿他们的。

有一次他们居然还把东西送给了另一个姓叶的老头儿。

难道人老了，就不分男女了吗？荒唐。

还有一次单位搞什么纪念活动，有人找出了多年前的合影送来给我看，我说我老眼昏花，看不出哪个是我了。他们还热心地指给我看，喏，叶老师，这个就是您，您坐在第一排的中间，您是个人物哦。

我怀疑他们眼睛都瞎了。

其实他们才不关心到底哪个是我，他们只是完成一个任务，在总结材料和宣传材料上写一笔，我有心玩他们一玩，我说，这个人明明不是我，她倒像是我认得的另一个人。

可能我的口气有点认真，他们中间有一个人有了点疑心，说，可是这个人明明就是叶兰乡叶老师，如果她不是您，或者说，如果您不是她，那您是谁？

不等我糊弄他，他的同事已经说了，哎哟，你怎么跟老年人计较呢，你又不认得她，你管她是谁呢。

真有他们的。

那个起了点疑心的人自知错了，不再疑心。

再有一次是冒了一点险的，我竟敢跟他们吹当年的事情，他们听了大受教育，建议我上电视台的一档往事回忆节目，我余兴未尽，竟然答应了，但事后我冷静下来，仔细想了想，算了，不冒这个险了。毕竟还有好多老人没死呢，我不能以为他们都死了。

还是回到小关吧。

小关虽然一直对我很好，但是今天有点异常，现在她站在我面前，完全变了样，她竟然双手叉着腰，有点恶霸的样子，不过她的眼神却没有气势，完全是失落的，失望的，甚至是绝望的。

我才不理她的态度，我说，小辈？我的小辈？在哪里？

小关说，在管理处，他要进来看你，正在办登记手续呢。

难怪我听到脚步声了。

我问小关，他说是我的小辈了吗？

我这样一问，小关的眼神顿时有了变化，希望又重新回来了，她明显激动了，说，您是没有小辈的，对不对，那一定是骗子，您别担心，您看我怎么来揭穿他们收拾他们。

你瞧这小关，性子急的，我都还没想好呢。

谁说太阳底下没有新鲜事，现在新鲜事情就找上门来了，又有自称的人来了。可他自称什么不好，非要称我的小辈，我明明是没有小辈的呀。

人还没进门，就已经露馅儿了。

按照小关简单朴素的想法，既然我没有小辈，那自称小辈的人，必定就是骗子啦。她这想法也没有错，只是武断了一点。

就算真是骗子来了，我也不担心，我也用不着想什么法子来对付骗子，或者说，这点雕虫小技，完全不值得我费什么心思，打发他们，那是举手之劳。

说不定，我心里还蛮希望他们冒出来走一圈。

我在养老院的日子，实在太沉闷，太乏味，凡是有自称什么什么的人来找我，我都欢迎，这很好玩的，新鲜，刺激。

进来的这个年轻人，自称叫吴正好，他进来也不先向我这个“长辈”请个安问个好，直截了当就问我，你是不是叶兰乡。

真是不懂礼貌，也不知是什么人把他教成这样。

不过，他不懂礼貌，我不能跟着他一样不懂礼貌，我和蔼客气地说，这位小哥，你找叶兰乡吗?

他愣了一愣。他大概没想到，我都这么老了，看上去不仅老态龙钟，感觉都行将就木了，这么老的一个老东西，居然还会跟他兜圈子，他有点蒙圈。

不过他只是蒙了片刻，眼睛忽然一亮，感觉他那笨脑瓜子里有两根神经“啪”地搭上了，他“嘿嘿”一笑，说，咦，你的神态好像一个人。

小关已经忍不住了，跳出来说，算啦算啦，骗子手段也就这样，这种套路我们早就知道，你真不算高明。

小关这么早揭露他，下面就不好玩了，我赶紧打圆场说，你别听她的，小姑娘就是满嘴跑火车——对了，你还没有回答我呢，你是来找叶兰乡的吗？

吴正好说，是呀，他们告诉我，你就是叶兰乡，你是吗？

我才不会马上回答他呢，我还得调戏他呢，我说，如果我是，你会怎么样呢？如果我不是，你又咋样哩？

我有意用了两种方言跟他纠缠，他果然有些着急，说，你别管我怎么样和咋样，你就说你是不是吧？

我有滋有味，继续调侃他说，如果我说出我是不是叶兰乡，我有什么好处呢？

这话小关最爱听，所以她又出来横插一杠子，并且偷换了主题，说，是呀，你来找叶兰乡，你想得什么好处？

吴正好居然脸红了，他还蛮腼腆的呢。腼腆的人也能选择骗子这个职业吗？

别说他腼腆，就算他跪求，我也还得再难为难为他，我说，小伙子，今天是你找上门来的，是你来麻烦我的，所以，应该你先回答我的问题，你要找叶兰乡，那你是他什么人呢？

小关急了，插嘴说，他才不会是什么人，叶兰乡是什么人也没有的。

吴正好憋屈了半天，脸都涨红了，支支吾吾说，我，我，我是她、哦不，我是您孙子。

我一失嘴像个少女般地“哈哈”大笑起来，我虽然装了一口假牙，但假牙品质好，装牙的技术也好，我现在说话和真牙一样利索，笑起来更是不费劲。我曾经很感谢帮我装假牙的医生，医生却说，这和假牙没有关系。医生说得对，这得归功于我这一辈子用嘴皮子用得多，练出来了，人都老了这嘴皮子的能力也不衰退。

那是，我容易吗，我这一辈子，若没有这张嘴皮子，若不是它翻来覆去拨弄真假，我活得到今天吗？

我看着红脸孙子，我高兴地翻着嘴皮说，孙子，孙子哎，你个孙子哎。

我重新仔细看了看他的脸，还真有点熟悉的感觉，但是到底是和谁长得像，我一时又吃不太准，往事毕竟过去好多年了，从前我熟悉的人，他们也一定不再是从前的样子了。

这个自称是我孙子的吴正好，以他这年纪，应该不知道这世界上还有我的存在，到底是谁让他来的呢？

在这个世界上，除了小关这样心存歹念的人，别的还有谁会关心我的存在？这么多年来，我只和提供退休工资的单位有关系，和其他任何人没有任何关系。

难道是单位发现了什么？

难道是单位派了个人来试探我？讹诈我？

我并不着急，我慢慢试探，我朝吴正好笑道，孙子哎，你怎么到现在才想起来认我这个祖宗，幸好我还没翘——

我一说了个“翘”字，他就“扑哧”一声笑了，说，咦，您和我爸口气一样一样的。

如果他是我孙子，他爸不就是我儿子吗？

嗬，我不仅有孙子，我还有儿子哎。我一下子变得好富裕。

小关一听我喊他“孙子呀”，以为我已经认下了他，急得团团转了，她手指着我，尖声地说，不对的，不对的，你根本就没有子孙的，你就是一孤老。

我顺嘴说，是呀，我一直就是一孤老——猛然间我看到了小关机智的眼神，我才发现我言多有失了，我怎么能按照小关的思路往下走呢，那样会走出问题来的，我赶紧把话扯了回来，我说，你们闹了半天，我都给闹糊涂了，当然，小关说得对，我现在确实是个孤老，但我从前不是，我有男人的。

小关抢着说，你男人死了，你就是孤老！

我不能说她说得不对。

吴正好已经渐渐克服了他的腼腆，胆子渐渐大起来了，他走到我床边，靠我很近，他亲热地说，您是我奶奶，郑见桥是我爷爷，前天我去看过爷爷了。

小关尖叫了一声，说，不可能，不可能，郑爷爷早就死了，你不可能看到他的，你个骗子，奶奶，你看，我说的吧，他是个骗子吧。

其实我心里有数，这孙子看起来真是去过郑见桥的坟地了，这小关，连这点脑筋都转不过来，还想设套路给我钻。

不过，话得说回来，我可不是个盲目乐观主义者，我虽然乐观，但我不盲目，我一点也不怕小关算计我，但是不该给她知道的事情，我是决不会松口的。

现在我孙子来找我了，我认是不认，我认了怎样，不认又怎样，这一切都不是小关该知道的，我会避开她的。我避开小关的办法多的是，随口就想出一个，我说，小关哎，我想吃个蟹壳黄，你去买吧。

她可落下几块钱，颠儿颠儿跑去赚这点小钱了。

小关一走，我就要和我孙子短兵相接了，我说，孙子哎，你说你昨天去看你爷爷了？

这吴正好赶紧点头，差不多要赌咒发誓的样子。

我说，孙子哎，既然你送上门来了，我就饶不过你了，我跟你说，我几十年没见你爷爷了，我想去看你爷爷。

吴正好大吃一惊，赶紧解释说，我说看我爷爷，是看死去的爷爷哦，我是到爷爷的坟地上去，在凤凰山公墓。

我说，我也不一定非要看活着的爷爷，死的也行。

吴正好有点犹豫，他大概没想到我这么难对付，我虽然一口一个“孙子哎”，但谁都听得出来我的老不正经，不能把我的话当真，除了小关那样的智商。

我见我孙子犹豫，又将他的军说，怎么，我不能看爷爷吗?

吴正好躲不过我，只好推托说，奶奶，您年纪这么大了，凤凰山公墓很远的，还要上山，您走得动吗?

我说，那好办，你弄个轮椅推我去吧。

吴正好又被我难住了，他看了看我，支支吾吾道，要轮椅推?您看上去能走路的呀。

我说，我本来是能走路的嘛，但你不是说我年纪大了，怕我走不到爷爷的坟上，所以我要坐轮椅嘛。

吴正好又推托说，可是我家没有轮椅，我不能因为去一趟凤凰山就去买一把新轮椅吧。

嘿，孙子，句句按照我编写的剧情对答嘀，真乖。

我继续对台词，我说，不用买，养老院这里就可以租，走，我带你去租。

我走在头里，他站在我屋里，先是不动，后来看我走出去了，他也只好跟出来，在我背后说，奶奶，奶奶，您怎么这么着急，您怎么说风就是雨。

我说，看爷爷的心愿，都有了几十年了，这风刮呀刮呀，都刮这么久了，雨还没下来。

吴正好自然也不是什么善茬儿，但是他分明没有把我想象成一个厉害的对手。这也不能怪他，他又不认得我，他怎么知道我是谁。

但有一点是可以确定的，他有求于我，他的眼神和小关有得一拼。

现在既然他不得不去租借轮椅，他也想通了，不仅不再犹豫，还上前扶住我，真像个孙子。

我们到了养老院管理处，一问，租借轮椅需要交一笔押金，数字还不小，吴正好说，我不知道有没有带这么多现金，我平时一般不用现金。

管理员说，没事，可以刷卡，也可以用支付宝或者微信支付。

吴正好还是掏出现钱来了，他数钱的时候有点心疼，嘴里“嘶嘶”响。

我乘机煽风点火，我说，小张呀，我怎么觉得你的押金太便宜了呢，你可别太给我面子啊，真的押这么一点就够了吗？这点钱不够买一把轮椅的钱呀，万一我们把轮椅带走了，你们不是赔了嘛。

吴正好拿我也无法，只能哀怨地看着我。

我才不会心疼他。

管理员小张说，叶老师，这是旧轮椅了，不值一把新轮椅的钱，我们是童叟无欺的。

吴正好大概没有使用过轮椅，小张推出轮椅交到他手上，轮椅在他手里扭来扭去不听话，最后居然转得对准了他自己，脚下不稳，一个趔趄扑到轮椅上去了。

我乐得哈哈大笑，我说，孙子哎，你不是我孙子，我孙子不能这么笨。

吴正好急了，涨红了脸说，这不能说明我笨，这只能说明我手脚不利索，大户人家的子女都这样，头脑发达，四肢笨拙。

咦，他居然有得应对，看起来是认真做了些功课才来的，只可惜他没有做在点子上。

我说，好好好，孙子，你头脑发达，我问问你，你真以为我要你用轮椅把我推到凤凰山去？

吴正好不知道我葫芦里卖的什么药，他生怕着了我的道，不敢随便接我的嘴了，愣愣地看我，看了半天，回了点神，慌张起来，说，不用轮椅？您这么老了，又爬不动山，难道要我背您上去。

我嫌弃他说，孙子哎，你真不是我孙子，你一点也不了解我，你以为我真的要去坟地，我没那么傻，累不累啊，我又不指望土里的那堆灰还能保佑我。

吴正好听我一说，又奇了，说，咦，真是和我爸说话一样一样的，他也把去世的人统称为灰，在土里之类。

我再一次哈哈大笑。

可能因为我太得意忘形，可能因为我今天哈哈笑的次数太多了，我的假牙终于忍受不住了，上排牙“啪嗒”一下子摔了出来，掉在地上。

吴正好吓傻了，紧张地看着那排牙齿，不知道怎么办好了。

我瘪着嘴说，你捡起来呀。

吴正好似乎有点怕那排牙齿，他有点犹豫。

我瘪着嘴笑道，介系（这是）你奶奶的牙，又不系（是）老虎的牙，又不系（是）叫你虎口拔牙，你怕什么呀。

吴正好明明不想碰我的假牙，他嫌恶心，但他又不得不为我做这个事情，他胆战心惊地用两根手指头夹起了我的牙，拎在半空中，不知道该往我嘴里塞呢，还是该怎么办。

我提醒他说，孙子哎，牙掉地上了哎。

这下他总算反应过来了，说，噢，地上脏的，要洗一下。

这才替我去冲洗了假牙，我戴上后，瞧着他还心有余悸呢。我说，孙子哎，你连假牙都怕，你还想干点别的什么事？

吴正好说，我不是怕，我是没见过这东西。

我说，那你家没有老人，他们没装过假牙？

吴正好说，我爸人是有点老了，但牙齿却没有老，还伶牙俐齿的，我爸的养父养母，老了以后，牙齿掉了就掉了，没有装假牙。当然到后来，他们也不需要装了。

这孙子，经过了假牙的考验，人渐渐活络起来了。

果然，不等我说话，他主动就问了，奶奶，您既然不打算去凤凰山看爷爷，那这轮椅借来干吗呢？

我说，你推我出去玩玩吧。

吴正好刚刚活络了一点的神经，又被我难住了，他听不懂我。本来嘛，他是谁，我又是谁？哼哼。

我说，你不是我孙子吗，孙子不能陪奶奶出去走走吗？

吴正好分明不相信我的话，只是怔怔地看着我。我可不管他有多么的不明白，我不客气地往轮椅上一坐，他就只好推我出来了。

出养老院，需要家属签字同意，因为我一直是没有家属的，所以我已经多年没有出养老院了，现在好不容易有个人送上门来自称家属，我还不赶紧地利用他一下。

养老院也没有对吴正好验明正身，就相信吴正好是我孙子了，让吴正好签了字，我看看吴正好的脸，知道他有些窃喜，他大概觉得事情来得太容易，他说什么他们居然就相信了。

当然他是高兴得太早了，要想带我走，得把他的身份证押上。

吴正好不理解了，他们争执起来。

这个说，怎么还要押身份证，没见过。

那个说，咦，不押身份证，我们怎么知道你是谁？

这个说，咦，我不是我奶奶的孙子吗？

那个说，你说是谁就是谁吗，你以为我们会随随便便相信人吗？

这个吴正好朝我指一指说，咦，我奶奶可以作证呀。

那个管理员说，老人的话，作不了数，万一她已经患有什么症，但是院里不知道，就只能听她瞎说了？上次有个老人，还说她孙女是她的姐姐呢，那你怎么办？

我又差一点笑起来，只是想到假牙已经掉了一回，我就算了，没笑。

吴正好取出身份证的时候，我看了一眼，住址还真是那个地方，我的年轻的坚强的久经考验的心脏，也忍不住异样地跳动了一下。

我们终于走出养老院的大门了。

吴正好经过几次尝试，慢慢掌握了推轮椅的窍门，手脚也还不算笨，不像他自己所说的郑家人“头脑发达，四肢笨拙”。

我才不会让他这么好过，正当他感觉自己学会了推轮椅，有了骄傲情绪的时候，我说，停。

我从轮椅上站了起来，算了算了，我说，我要下来，我坐不惯轮椅，我又没瘫没瘸，为什么要我坐轮椅。

吴正好又摸不着头脑了，我要的就是这效果，叫他知道我的难缠，他会知难而退吗？

吴正好心里肯定窝火，但他有求于我，他不敢对我耍态度，忍着难受的小心脏，小心翼翼地说，奶奶，轮椅是您自己提出来要用的呀。

我朝他翻个白眼，我说，我爱坐的时候就坐，但是现在我不想坐了，你可以不理我，但是你如果不理我，你辛辛苦苦、费尽周折找到我，结果就等于一场空哦，不是吗？

吴正好只好老老实实说，是。

我说，你能认识到这一点，那就好。

但是，吴正好是不会善罢甘休的，所以他又说，但是奶奶，我们不去凤凰山看爷爷，我们到哪里去呢？

我说，你认为我是叶兰乡，那我就到叶兰乡家去看看吧。

吴正好精神顿时振奋起来，眼睛也闪亮了，激动地说，哎哟，叶兰乡家就是我家呀，我从前一直不知道，最近才知道，原来这么巧，奶奶，原来您一直和我们住在同一个院子里。

吴正好把轮椅推回养老院退了押金，陪着我坐公交车，上车下车的时候，他都小心地扶着我，真心做孙子的样子。

我们走进那条叫作浮云街的老街，街上的行人看到吴正好陪着我，就一直打量我，但他们打量不出我是谁。

他们当然打量不出。

吴正好屁颠儿屁颠儿地告诉他们说，嘿，这是我奶奶，叶兰乡，她就是叶兰乡呀！

可是那些跟我们擦肩而过的人谁也不相信他，甚至根本不理睬他，有人朝他翻白眼，有人用异样的眼光看他，有人嘀咕说，咦，吴正好怎么了啦?

到了老宅大门口，恰好有几个老头儿老太结了伴，从老宅里出来，要到广场去，看到我们，他们停了下来，不过他们并不看我，好像我根本不存在似的，他们只瞪着吴正好，说，吴正好，不可以瞎说啊，叶兰乡早就死了，你搬出个死人来吓唬谁呀。

另一个说，不是搬出个死人吓唬人，是搬出个假人来骗人。

再一个说，人倒是个真的，不过看起来像是假的，可能因为她太老了。

我说，孙子哎，你看看，没有人认得我，所以，你得重新想一想，你是不是找错人了。

吴正好说，不可能，我绝没找错人，您就是叶兰乡，您就是我奶奶，他们不认识您，是他们瞎了狗眼，还有，他们中有许多人是后来才搬进来的，他们根本不可能认得您。

我们且不理他们的非议，径直往老宅里进去，狭长的备弄，依旧是那样阴森森的，依旧是那样的昏暗，几十年过去了，许多东西发生了巨大的变化，连我都老成一个老妖精了，唯独这老宅里的备弄，偏偏就没有享受到新世界的阳光。

吴正好小心地扶着我，我看得出来，他既怕我脚下有闪失，更怕我思想上有顾虑，他小心地说，奶奶，您知道我要带您去看谁吗?

我说，孙子哎，你让我看谁就看谁，我都不会有意见。

吴正好十分欣喜，说着就到了他家的那一进，推开吱呀作响的小门，是一个屁眼大的小天井，天井里有一口屁眼大的小井，走廊上有一只旧藤椅，旧藤椅上躺着一个人，闭着眼睛。

吴正好激动地扑上前，用劲摇他。

我说，孙子哎，这人年纪看起来也不小了，你用这么大的劲摇他，别把他摇散了架。

吴正好说，不会的，我不用劲摇，他不肯醒的。他一边摇一边大声喊起来，爸，爸，你快看看，谁来了，你快看看，我找到谁了。

吴正好他爸那死样，明明是假睡，却装得跟死猪似的，被吴正好推搡了半天，才有了一点点动静，拖长了声调说，哎哟，我难得睡个觉，你又吵醒我，你烦不烦呀，你累不累呀。

吴正好到了他爸面前，语气轻佻起来了，他说，爸，再烦再累，我也心甘情愿，因为我找到人了呀！

吴正好他爸仍然闭着眼睛，口中也只有一丝丝气息，阴阳怪气道，喔哟，你找到个谁呀，有这么重要吗？

吴正好再次激动地大喊，你妈，爸，你妈！

他爸啧他说，你妈，你才妈！

吴正好说，爸，这不公平，我妈死了，你妈却还活着。

他爸这才睁开了眼睛，嘴里嘀咕说，我妈？我有妈？我怎么会有妈？他似乎费了很大的力气抬了抬身子，朝我看了看，他一点也不激动，轻描淡写道，哦，你从哪里找这位小姐来诈唬我呢。他说过后，又仰面倒下。

嗬，老不正经，和我也有得一拼。

吴正好说，爸，你别做个不孝子，她是叶兰乡，是你妈，你亲妈！

吴正好他爸笑了起来，不过他始终躺着，不起来，他躺着笑着跟吴正好说，喂，小子，我跟你说过多少遍，叫你别逗我笑，我累，我笑不动。

吴正好口气有点重了，他说，爸，你先别笑，你坐起来，睁大眼睛，仔细看看，她是不是叶兰乡，你也许有很多年没见过她了，你也许一直都觉得没脸见她，所以到今天你都不敢正视她，是不是？

吴正好他爸把眼睛眯开一条缝，我以为他是真的要看看我了，哪知他根本没把我放在眼里，好像我根本就不存在似的，他倒是蛮喜欢看吴正好，他看着吴正好说，小子哎，你真不是我儿子，我儿子不能这么傻，是她告诉你她是叶兰乡吗？还是谁告诉你她是叶兰乡？

吴正好愣了一下，这个问题像钉子一样钉在他心里，自打他在养老院看到了我，一开口就喊我奶奶，根本不由我分说，我呢，凭空冒出来一个孙子，挺好，我就顺着嘴喊他孙子吧，有便宜为何不占。

其实我们心里都清楚，我可没有承认这个事情哦。

这会儿吴正好被他爸将了军，他的反应快极了，心思也坚定极了，立即就说，她就是叶兰乡，用不着谁告诉谁，她就是叶兰乡！

其实，本来我倒是存有一份心思的，既然吴正好找到了我，也正好我闲得无聊，我让吴正好带我回老宅子，也蛮想和他们叙叙旧，扯扯陈年往事，如果扯得高兴，谈得投机，说不定我就把事实真相告诉他们。可是现在我改变主意了。

这父子俩可不是什么好鸟。

我把事实真相告诉他们，他们立刻就会卖了我，会搞得我活无立锥之处，死无葬身之地。

好了好了，我就算不怕他们，我也怕了他们，我对吴正好说，孙子哎，我得走了，你送我回去吧。

吴正好又想求助他爸，他爸死活不睁眼，吴正好急了，大声说，爸，胡大妈来了。

他爸终于睁了睁眼，但还是拿捏着说，小子哎，别吵吵，我正在和你胡大妈说话呢——他脸上露着坏笑，哦，对了，胡大妈让我转告你，她说你上当啦，嘿嘿，你上个当，胡大妈着什么急呢，八成她还在替刘青着想呢，死了也不放过你，还在为你着急呢，她非说你找错人了呢。

吴正好带着哭腔跟他爸说，爸，你可别吓唬我，我费了九牛二虎之力，才找到奶奶，你可千万不能听信死鬼托梦瞎说，她若不是我奶奶，那我还得重新再找起来——还好，就在这一瞬间，这孙子忽然反应过来了，他急切地对我说，不对，不对，如果你不是叶兰乡，你怎么知道浮云街五十五号，你怎么会知道旧地重游，是你让我带你到这里来的，你肯定和这个地方有关系，你如果不是叶兰乡，你怎么会知道郑家的老宅子？他说着说着，愈发提醒了自己，坚定了自己，变得更加理直气壮起来，又说，我想起来了，你在养老院住，难道不是叶兰乡吗？我进养老院找你，登记的被访人名字就是叶兰乡，如果你不是叶兰乡，他们怎么会带我去看你？

这孙子，以为自己逻辑性强呢，以为只要有逻辑有推理就有一切呢，孙子哎，你差远了去。

且容我慢悠悠地开导开导他，我说，孙子哎，你别着急啊，我没有说我不是叶兰乡，是你爸说我不是叶兰乡，你得跟你爸讨说法，而不是像蚂蟥一样叮着我哎。

我这一开导，这孙子又更慌了，他可怜巴巴地瞪着两眼，看我，又看他爸，他还四处张望，莫非还想看看那个死去活来的胡大妈？

他真是十分相信别人说的话。这孙子心思太活泛，谁说什么他都能信，连他爸梦里的一个死鬼说的话，他都会放在心上，搞得自己全无主张，心乱如麻，他一会儿觉得我比较好搞，一会儿又觉得我比较难搞，一会儿又觉得还是他爸好搞些，于是他重新再折回到他爸那里。看他这么折腾来折腾去，我都有点于心不忍，他爸却于心很忍。

吴正好将自己的身体竖到他爸面前，让他爸躺在那里感觉一座山压下来了，可他爸真是泰山压顶不弯腰。

吴正好说，爸，你若坚持说她不是叶兰乡，你必须告诉我到哪里去找叶兰乡，否则，否则，否则——

他爸笑道，否则什么，否则你就当我是叶兰乡？

老东西真能扯，害得我“扑哧”一声笑了出来，我想收住笑，可我实在收不住，我赶紧捂住嘴，不想让假牙再掉下来。

吴正好完全迷失方向，听到我笑，他又折回来对付我，他无赖地对我说，否则，否则，你就是叶兰乡。

他真是鬼迷心窍。他心里明明已经怀疑我的身份了，但他却坚决不问我是谁，这孙子，他怕问出了我是谁，叶兰乡就玩儿完了。

他既然不问我是谁，我干吗要告诉他我是谁。

他不知道我是谁，他就不会知道谁是谁。

活该。

2. 1958年春天的郑见桃

1958年的春天，事情就要来了。

早已经起风起雨了，郑见桃个傻叉，完全不知道，浑浑噩噩。

那时候她正在想着谈婚论嫁。她的未婚夫叫王立夫，是师范学院中文系的讲师，专攻宋词，把个宋词研究得通体透明，淋漓尽致。每当他开课讲宋词，必须要把学校最大的阶梯教室空出来，否则根本容纳不下，除了中文系的同学，其他系科的同学也都来占位子，甚至还有许多老师来旁听。

后来王立夫就得了个美誉叫“宋词王”。

郑见桃从女师毕业，分配在中学里教语文，业余时间来师范学院进修，听到了王立夫的课，听到宋词，即刻走火入魔，如痴如醉，陷进去再也不能自拔。

“宋词王”在讲台上讲“梦里不知身是客，一晌贪欢”，讲“别时容易见时难，流水落花春去也，天上人间”。郑见桃泪流满面，差一点如《红楼梦》中宝玉听黛玉葬花，“恸倒山坡之上”。

王立夫总是围着一条脏兮兮的五四式围巾，那一段时间，郑见桃连做梦也一直梦见这条围巾，围巾算是彻底缠上她了。

郑见桃本是大家闺秀，一直是端着架子、自我约束的，结果稀松一下就拜倒在一条破围巾之下，抛掉架子，穷追猛打，直至王立夫最终投降。

王立夫所在的中文系没有完成右派的指标，开了好几次大会推选右派，可是老师们都很谦虚，个个谦让，最后的一个名额始终落实不下去。这天他们又开会，正赶上王立夫感冒，老是咳嗽，还打喷嚏，唾沫星子在会议室里直飞，很不雅观，王立夫是个知书达理的夫子，很知趣，他在再一个喷嚏来临之前，赶紧跑到走廊上去打了。

会议也开不下去，一直僵持着，对于那个珍贵的名额，大家推来让去，有人甚至提出用击鼓传花的办法，总支书记觉得这个办法也不是不可以考虑，但偏偏有个胆小的老师，提着小心说，这个，击鼓传花是游戏呀，会不会认为我们把反右派当儿戏？

总支书记吓了一跳，立刻批评了提出击鼓传花建议的老师，大家的目光都集中在这位老师身上了，眼看着这个多嘴的老师就要被推选出来了，这时候大家听到王立夫在走廊里打了一个响亮的喷嚏。

这个提议击鼓传花的老师立刻说，咦，王夫子还真是个夫子，打个喷嚏，咳个嗽，都要避开公共场所。

另一个老师说，他平时就很知趣的。

这样话题就从那个提议击鼓传花的老师那儿转到王立夫这里来了，接着就自然有人说到他宋词讲得太好，太受欢迎啦等等。

再接着，就有人讨论说，他怎么能把宋词讲得这么好呢？

又说，是呀，他讲新中国的新诗有讲得这么好吗？

那肯定是没有这么好的，要不然，他也不会被叫个“宋词王”，可能会被誉为“新诗王”呢。

接着再往下讨论，说，是呀，为什么他不能把新中国的诗词讲得这么好，难道他心里对新社会有什么不同看法吗？

难道是不满吗？

难道是怎么怎么怎么吗？

等到王立夫擦了鼻涕进会议室的时候，他已经被推选出来了，有人还热情地拍了拍他的肩，向他表示祝贺。

总支书记上前紧紧握住他的手，说，谢谢谢谢，我代表中文系全体师生，感谢王老师为中文系所做的贡献。

事情就这样结束了。

事情就这样开始了。

这一切发生的时候郑见桃不知道，那几天她被调派到乡下去支农，一个月后回来，第一时间跑到王立夫的教师宿舍，那儿已经人去楼空，同宿舍的老师看起来似乎很心虚，支支吾吾，死活不肯说王立夫到哪里去了，也死活不肯说出了什么事。

爱得死去活来的心上人，忽然人间蒸发，郑见桃怎么也想不通呀，但是她从那个老师嘴里什么也打听不到，她又不能对老师动粗，她又不能钻到老师肚子里去看看，好一个温室里长大的大家闺秀，对着爱人忽然失踪这样的残酷的事情，她还能怎么样，哭吧。

郑见桃坐在王立夫的床沿上，两行眼泪就“哗哗”地淌下来了，简直不可收拾，那个老师有点慌了，说，喂，你别哭了呀。

郑见桃睁着泪眼，边哭边说，老师，我不能不哭，我只能哭，我没有别的办法——

那老师说，那你、你实在要哭，别在我这儿哭行不行？人家看到了，还以为、以为那个、那个什么呢！

郑见桃继续哭，继续坐在王立夫的床沿上哭，哭得花枝乱颤，好像下决心要把王立夫哭出来，而且，她的哭声越来越大了。

那老师终于被她哭崩溃了，顶不住了，赶紧松口把总支书记卖了，说，这种事情，不是我们普通老师可以定的，你去问领导吧。

郑见桃到总支书记办公室，追问王立夫老师到哪里去了，总支书记叹息一声说，其实外面都张贴了公告，你又不是不识字，你明明知道王立夫现在不是老师了，他是敌我矛盾，他是中文系最后揪出来的右派，是差一点漏网的右派，右派是要被发配的，他被发配了。

郑见桃说，但是我要知道他现在到哪里去了。

总支书记咬紧牙关，也和那老师一样，不肯说出发配之地，他看了看郑见桃又红又肿的眼睛，说，你哭好了，你尽管哭，反正我这个人，最不怕的就是哭，我家爱人，三天两头哭，白天黑夜哭，我习惯了。

郑见桃抹了抹眼睛说，我不哭了，我的眼泪已经哭干了。

总支书记心头一喜，赶紧说，那你，你走啊，不送啦。

郑见桃说，我不会走的，打听不到王立夫的去向，我是不会走的。

总支书记说，但是你不能一直待在我们这里，你又不是我们的人。

郑见桃说，我生不是你们的人，但是死了我可以做你们的鬼，找不到王立夫，我也不想活了，我可以死在你们这里了。

总支书记摇头叹气，说，见过痴情的，没见过如此痴情的，为了一个发配了的未婚夫，居然——

他真的注意到郑见桃的眼神了，他真的相信郑见桃会为了爱情牺牲，总支书记认㞞了，但是他还是不敢随便把王立夫的去向说出来，憋了半天，走到办公室的墙边，郑见桃以为他要拿头去撞墙呢，结果不是，墙上有一张地图，总支书记抬手指着地图上的一个地方，郑见桃过去一看，是一个县的县名。

长平县。

这才知道王立夫被发配到苏北的县城去了。

郑见桃二话不说，直接就回家了。

这是她多年来头一次踏回郑家的老宅子。

她早就从家里搬了出来，父母双亲都不在了，哥哥嫂子早年参加革命队伍，时隔不久就双双被踢了出来，虽然还能在政府部门混口饭吃，可也只是夹紧尾巴才能守住的残羹剩饭。他们起先还想坚持自己的革命干部身份，后来历经了镇反、三反、五反、新三反、三改造、肃反等等等等的运动，早已经肝胆俱裂屁滚尿流。

郑见桃完全没有想到哥嫂会是现在这㞞样，哥哥郑见桥，堂堂郑氏传人，器宇轩昂，出口成章，滔滔不绝，结果成了个半哑巴，不到万不得已，决不开口，一味躲在角落里洞察世态。

她的嫂子叶兰乡，出身名门，但她很快已经从一个气质高贵、温文尔雅的淑女变成了一个神经兮兮、说话颠三倒四又尖刻无赖的泼妇。

说他们是革命干部队伍中的蜕化变质分子，还不承认？

从这种阴暗糜烂的封建家庭走出去，郑见桃有意挑了一所外地的女师，去住校了，等到毕业回来，分配了工作，就住单位提供的集体宿舍，条件再差，她也不愿意住回家去。

但是现在不行了，她必须要回家，她要回家和哥嫂告别，她要追随王立夫去了，此生不知何日还能再见。

家里的门虚掩着，郑见桃没敲门，径直走进去，一眼就看到嫂子叶兰乡斜靠在床上抽烟，两眼紧对着烟头，成一对斗鸡眼。

叶兰乡全神贯注在烟上，神志在云里雾里，根本没察觉有人进来了，等到透过烟雾猛然看见郑见桃已经在眼前了，叶兰乡吓得赶紧把烟头往被子里一塞，慌慌张张滚下床来，尖声叫喊，你、你、你怎么不敲门就进来了？

看到嫂子的狼狈模样，郑见桃一时间忘记了自己的忧愁，笑起来了，说，咦，我自己的家，我敲什么门呀。

烟头在被子里燃了起来，发出一阵焦煳味，叶兰乡明明闻到了，就是不动弹。郑见桃盯了嫂子一眼，上前一掀被子，灭了烟，才发现被里子上全是烟洞。

叶兰乡上前抢过被子，紧紧掖住，然后又用手在空中挥舞着，想把烟雾赶走。

恰好郑见桥从外面进来了，看到妹妹来了，不是高兴，而是紧张，甚至有些不知所措，反正一言不发。

郑见桥回来了，叶兰乡的香烟危机也过去了，心里有了些底气，尖刻的脾性又起来了，撇着嘴，阴阳怪气道，你不是和这个家彻底划清了嘛，你不是坚决不回家嘛，怎么说话不算数，自打耳光？

郑见桃说，我不是回家，我是来跟我哥做一个彻底的告别，我要彻底走了，走得远远的，从此以后，你们也不知道我在哪里，我也不知道你们——

郑见桥不吭声，叶兰乡抢着替他说，你如此绝情，你哥没有出问题呀，他没有新问题，你哥的问题五二年就有结论了，现在没有新问题。

郑见桃说，呵呵，哥，你不用紧张，不是你有问题，是我有问题，王立夫，右派，发配了。

叶兰乡顿时朝着郑见桥尖叫起来，我说的吧，我说的吧，你还不相信，你还说不可能，我早就说过，这个王立夫，肯定会出事的。

她的声音尖厉刺耳，郑见桥赶紧“嘘”她，又指了指墙。

郑见桃说，别说隔墙有耳了，我嫂子这女尖音，可以穿透半个南州城了啦。

叶兰乡气得说，你王立夫都发配了，你还嘴凶——先前是你要和我们划清，其实我们是有结论的，是人民内部矛盾，可是王立夫不一样——

郑见桃说，是呀，现在轮到你们跟我划清了——我就正式通知你们，我今天回来，不是回来，是离开，是告别，但是告别之前，还有一件重要的事情我们要做个了断。

哥嫂愣愣地看着这个鬼怪百出的妹妹，不知她又有什么幺蛾子。

郑见桃道，我这一走，你们知道的，是去找王立夫，他现在落难了，生活肯定很苦，我要支持他，给他力量，所以，过去我不稀罕的东西，我现在要要回来，属于我的，你们不能独吞——

叶兰乡尖刻地说，咦，你给他爱情就行了，还需要其他什么东西呢，其他任何东西，不是都不入你眼的吗？

郑见桃愣了一下，这就是她一直以来的想法呀，可事到眼前，才发现这样的想法确实行不通了，会饿死人的。所以，为了爱情，她也必须成为一个世俗的人，一个需要物质保障的人。

于是她开口了，这是她有生二十年来，第一回谈论到物质和金钱。她说，哥，亲兄弟明算账，亲兄妹也一样，父母亲走的时候，留了多少给你们，男女平等，我们应该平分的。

郑见桥依然默不作声，叶兰乡尖叫起来，郑见桃，郑见桃，你说什么啊，哪里有什么账可算，郑家的东西，除了以前充了公的，其他留下的，也都给你哥哥作掉了，上交的上交，捐献的捐献，哪还有什么东西。

从前嫂子刚刚出现在她家的时候，还是一个和郑见桃差不多的出身名门的淑女，所以那时候郑见桃和她不相上下，互相都能应付，但是现在的嫂子不一样了，她成了另外一个人，完全不是从前的那个叶兰乡了，如果郑见桃还是从前的郑见桃，那她无论如何也对付不了嫂子了。

为了王立夫，我必须改变我自己。

郑见桃这么想着，对付哥嫂的主意顿时就生出来了。好像这些鬼点子，一直在某个角落等着她呢。

蒙我？郑见桃哼哼着说，想蒙我，我是有备而来的，我有记账本。

她从背包里拿出个本子，朝哥嫂扬了扬。

叶兰乡不吃她那一套，谁知道那里边写的什么东西，也许她就是唬一下人而已，也说不定就是她自己胡乱写上去的。

郑见桥还不能认清自己的已经发生了变化的妹妹，倒是有一点相信，小心地问了一句，记账本上，记有什么东西？

郑见桃说，有一对玉蜻蜓，还有一尊玉观音，还有一个金——

叶兰乡抢着说，那个，玉蜻蜓和玉观音，都捐给南州博物馆了，不信你可以去博物馆打听。

郑见桃是聪明的。只是在从前，她不需要太聪明就能过得不错，但是现在不行了，现在她必须把她的聪明才智调动起来，使用出来，她才能应付日子。

恐怕连她自己也没有想到，一旦她的聪明才智调动起来，使用出来，她会成为一个什么样的人。

此是后话。

现在先不说。

现在的郑见桃，满腹的心思就是救王立夫，所以她的聪明才智很快就派上用场了，她没有被嫂子轻易唬住，她的手朝嫂子一伸，说，噢，捐了，捐献有证书的，证书呢？一边说一边又大笑起来，呵呵呵，露馅儿了吧，这本子上根本就没有玉蜻蜓和玉观音，我骗你们的，你却说捐给博物馆了，这说明了一个事实：你在说谎——她不再和他们啰唆，转身进了自己原来住的那间小屋，扔下目瞪口呆的哥嫂在自己的房间里嘀嘀咕咕地商量起来。

郑见桥担忧地说，看我妹妹的样子，是真的要走了，我们要不要劝一劝她？现在外面这种样子，太可怕。

叶兰乡却“哼哼”说，外面的样子可怕，家里就不可怕？

郑见桥停了停，赞同地说，也是，也是，谁又能够永远躲在家里不出去，就算你不出去，人家也会来揪你出去。

叶兰乡又强调说，她要是不走，一定会牵连我们、玷污我们的。

郑见桥说，玷污我们？你说得好像我们就很干净似的，难道我们不污吗？我们一身污点，洗也洗不尽。

叶兰乡说，正因为如此，所以我们不能再增加污点了，我们拼命洗，洗一点少一点，我们努力洗，哪怕用一辈子的时间来洗，但是如果一边洗一边又沾上，那真是永远也洗不尽了。

郑见桥不作声了，连哼也不哼了。

叶兰乡继续道，你这个妹妹，可不是别人，即便她不栽在王立夫这里，她今后也一定会栽在别处的。

哥嫂的对话，郑见桃都听见了，他们本来也就是要说给她听的。她是铁了心要追随王立夫的，那可是爱情，那可是忠贞，至少也应该得到哥嫂的鼓励和祝福，或者也许哥哥还是会挽留她的，但她决不会接受挽留，她必定要追着爱情而去的。哪里想得到，哥嫂却在背后这么非议她，一气之下，她席卷了家里的所有可以带着的钱财，不告而辞。

那一天天正擦黑，郑见桃溜出来，走在长长的阴暗的备弄里，听到嫂子叶兰乡的喊声，永梅，永梅，天黑了，回家吃饭了。

郑见桃来气呀，气得血脉贲张，哥嫂把送了人的孩子要回来了？居然不告诉她？或者，是他们又生了一个孩子，她居然不知道？

愤怒。

不过她转而又想，这好像也不能完全怪哥嫂他们，是自己一直不肯理睬他们，从多年前出去上学，到毕业后回南州来工作，她都不愿意回到老宅子。

叶兰乡的声音还在回荡，永梅，永梅，回家吃饭了——尖厉的喊声在狭长的备弄里变了调，变得飘忽，变得颤抖，变得那么的不真实。

郑见桃就在这不真实的飘忽的声音中离开了自己的老家，离开了这座老宅子。

现在郑见桃只剩下最后一件事要做的，就是回到自己的学校，要求调动。

这事情应该不复杂，走掉一个人和挤进一个人比起来，那肯定要受欢迎得多，可是偏偏郑见桃那校长，爱校如命，学校的名声比天大，一听竟然有老师主动要求调动，立刻生气，说，你这么不明不白地主动要求调动，不知道的人，还以为我们学校有什么问题，连你这样的人都留不住，所以，你得告诉我，你必须要说清楚，你为什么要调动，要调到哪里去。

郑见桃没有退路，只好如实相告，未婚夫右派了，发配到苏北乡下去了，自己要求调到那边县城的学校教书，和未婚夫团圆，请校长放行，发个商调函到长平县中。就是这样。

校长一听，赶紧摆手说，算了算了，你这个故事编得太没水平，别说我堂堂一校长，就是看门他大爷，也不会信你。

任凭郑见桃怎么赌咒发誓，校长也充耳不闻，还批评她说，你别胡搅蛮缠了，你看看你，年纪轻轻一个女教师，注意点形象好不好，你都说得唾沫星子直飞，你嘴角边都是白沫了。

又说，反正你怎么说我也不相信。

再说，再退一万步说啊，就算我相信，我也不会放你走，你是我们辛辛苦苦培养的老师，干什么要送到别人手里去让他们现成享用？

郑见桃当然也生气了，但她的聪明才智已经被调动和释放出来了，想收也收不回去了。她知道这校长执拗，任凭她软磨硬泡也解决不了问题，小脑筋一动，改口说，既然校长这么关心我，我好感动，我受教育了，我不要求调动了。

校长大喜过望，说，哎，我的政治思想工作，还管点用啊。

郑见桃转身到了学校人事部门，人事部门的老师是个老教师，年纪大了，眼神又不好，上课老是被学生找碴儿，教不下去了，就放到人事部门，反正也就是坐在那里，对着一柜子的纸，不需要跟什么人打什么交道，眼神不济也无所谓，如果有个外调之类的需要，学校也不敢支派他去，都是另找学校干部去。

郑见桃找到老教师，拿出一张纸条交给他，说，这是校长写给你的。老教师拿着条子左看右看，似乎有些怀疑，又不知道该怀疑什么，犹犹豫豫地说，校长他，为什么要写条子给我，他有事情都是当面和我说的呀。

郑见桃随口胡诌说，校长出差了，事情又十分急切，他来不及亲自找你，让我带条子给你，这不是很正常吗？

老教师又对着纸条看了半天，仍然不知道该不该怀疑，仍然犹犹豫豫地自言自语，这个，是校长的字吗？

郑见桃就拿出另一张纸，说，你仔细看看，这是校长的字，是不是一样的。

当然是一样的，两张都是她自己写的嘛。老教师反复核对，确实是一个人的，这才认了，到柜子里去找郑见桃的档案，找着找着，又怀疑了，说，咦，你的档案怎么会让你自己来拿，一般的调动，都是组织上直接调用的，怎么会交给个人拿着呢？你要自己的档案干什么？

郑见桃轻描淡写地说，我怎么知道，又不是我要我的档案，是校长要的，我也不知道校长要我的档案干什么？我只是猜想，可能我有好事临门了吧。

老教师想了想，说，难道要提拔你当副校长？

郑见桃虽然大敌当前，却不慌不忙，还有心思跟他捣个江湖，说，为什么是副校长呢？

老教师说，咦，我们学校刘副校长不是右派了吗，不是缺了一个副校长吗？

郑见桃说，哦，我觉得我可能是教导主任吧，从普通教师一下子到副校长了，太快了吧。

老教师又想了想，承认说，你这话有道理，那就是说，张教导主任可能会提拔当副校长，你就是——好了，你的档案材料找到了。

把一份薄薄的牛皮纸档案袋小心地交到郑见桃手里，还是觉得怪怪的，嘴里嘟嘟囔囔，没见过，没见过，自己拿自己档案的，没见过。总觉得心里不踏实，又指着档案袋的封口对郑见桃郑重吩咐说，这上面是封好的，你千万自己不能私自打开啊，私自打开是要犯错误的。

郑见桃说，我为什么要打开，我才不感兴趣，这只是几张纸而已，我自己人都在这里，我还关心我自己的那几张纸吗？

老教师说，哎，你不能这么想，如果没有这几张纸，说不定你这个人，你这个人——

郑见桃拿到了档案，得意忘形，轻佻地说，如果没有这几张纸，我这个人怎么啦，就没啦？

话音未落，人已经不见了，她连哄带骗拿到了自己的档案，当然赶紧地拍屁股走人。

亏她溜得快，没过一会儿，老教师就在校园里看到校长了，颇觉奇怪，赶紧上前问了校长，校长急得一拍大腿，大喊，没有的事，没有的事，是她冒充我的纸条。

老教师说，可是我核对过，跟你的笔迹是一样的。

校长说，两张纸都是她冒充的，怎么能不一样？不扯别的了，赶紧又问，她有没有说到哪里去？见老教师摇头，校长心一沉，忽然就想起来了，郑见桃说过，要他向长平县中发商调函的。

肯定是往长平县去了。

校长追到长途汽车站，开往长平县的末班长途车刚好出站，郑见桃坐在长途汽车上，看着校长他们四处奔找，哈哈大笑。

这一笑，把郑见桃的灵魂都笑出了窍，瞬时间，她感觉自己的灵魂已经载上了另一个人，那个人冲着车下的校长脱口而出：

哼，跟我玩。

她后来也曾经怀疑这几个字是不是从她嘴里出来的。但事实就是这样。

校长无奈，冲着汽车屁股喊，郑见桃，你拿走自己的档案，就是拿走了你自己的身份，小心弄丢了，你一辈子都找不到自己的身份！

我呸。

乌鸦嘴。

一语成谶。

那是后话了。暂且不表。

且说郑见桃，就这样哈哈笑着坐上了开往乡下的长途汽车，向着爱情，向着忠贞，向着梦想，出发了。

3. 1958年冬天

郑见桃乘坐的长途车终于到了长平县，一直到下车的时候，郑见桃才突然想到一个问题：除了那个总支书记的手指了指地图上长平县的位置，其他情况她一无所知，根本不知道王立夫在县城的什么地方，哪个单位。

不过郑见桃才不担心，她一向自以为聪明过人，凭她那好使的脑瓜子想一想，一个大学中文系的老师，还能发到哪里去，总不外乎在学校，或是其他的与文化有关的单位吧。

只是县城总共只有一所中学两所小学，打听来打听去，没有王立夫，再追到文化馆一看，顿时来气，这什么破单位，在一座老庙的一个角落里，黑咕隆咚的屋里，墙上糊着一些宣传画，郑见桃定睛看了半天，才发现桌子那边坐着一个干瘪瘪的男人，一点声息也没有。

郑见桃仔细看了又看，居然看不出他的年龄，不知道他是个老人还是中年人，或者是个年轻人，但无论怎样，她有求于人，还是先喊了一声老师。

这老师坐着没动，两只眼睛的眼白在昏暗中显得特别的大，大到几乎看不见眼黑了。

郑见桃差一点笑了出来，先忍住了，问道，人呢，长平县文化馆的人呢？

这老师一听郑见桃这么说，立刻从座位上站了起来，紧张地说，你干什么，你打听文化馆干什么？

郑见桃性子急，就直说了，老师你是文化馆的人吗？你们文化馆还有其他人吗？有没有新来的，有没有一个叫王立夫的人？

老师像是受到了重大的打击，一屁股坐了下去，喃喃地道，果然是这样，果然是这样，果然来人了——又一下子站了起来，瞪着郑见桃说，你不能来抢我的饭碗，我别的什么也不会干，我一下地一晒太阳就会晕过去的，我只能写写画画——

郑见桃见他如此紧张，十分好奇，十分有兴趣，一时又忘了自己是来追寻王立夫的，跟他打起岔来，说，那你原来是干什么的？

老师说，我、我不干什么，我就是，我就是在家的——

哦，郑见桃说，你是地主家的少爷啊，或者，你自己就是地主啊。

老师愈发紧张，说，不是的，不是的，定成分不是这样定的，我七岁时我父亲过世了——

郑见桃哈哈大笑说，哦，我知道了，你七岁就是地主了。

那老师说，不是地主，我们家没有那么多田。

郑见桃说，不是地主？瞧你个㞞样，不是地主，也是富农。

老师再次一屁股坐下去，喃喃道，唉，我早就有预感，你们查出来就要换人了，你一个小丫头，要来抢我的饭碗，我、我——

郑见桃逗他说，你、你、你怎么呢，你和我拼命吗？

老师说，拼命我拼不过你，我也不敢和你拼命。

郑见桃说，那你怎么办呢，乖乖地把位子让给我？

老师忽地又站了起来，朝她看了半天，忽然就捂着脸哭了起来，越哭越伤心，越哭声音还越大，隔壁房间的什么人听到了，过来探头看看，脸上嘻了一下，又缩回去了。

老师哭了一会，放开手，抬起泪脸看看郑见桃，郑见桃看着老师那张丑陋的脸，忽然一下子，似乎万念俱灰了。

破地方，谁稀罕，她骂骂咧咧摔门而出。

哪里会万念俱灰。

这郑见桃，真的成了灰，也不会万念俱灰的。

可是这时候，走出文化馆那破地方，她已经山穷水尽、身无分文了。

从哥嫂那里弄来的钱，都已用尽，身边还有几件物件，都是上好的货，可是没用呀，货不能咬着吃，也不能躺着睡，当铺早就被取缔了。

但是郑见桃不能相信啊，她相信了，她就是死路一条嘛。她只能选择不相信，在这个倒霉的小县城里到处打听当铺。

也有人蛮同情她，却没法帮助她，还有的人，警觉性一高，就心存歹念了，到派出所去告发她。

公安的警觉性更高，积极性也更高，出动了人马来找她。

这很好找呀，县城就那么一条街，她正在街上瞎晃悠呢，一眼就能看出与众不同嘛。

郑见桃看到公安，还以为是来帮助她呢，喜出望外地迎上前去。

真够聪明的。

你干吗呢？公安问她。

我要找当铺。

你找当铺？你不知道当铺是剥削——

另一个公安制止住同事，笑眯眯地说，你找当铺，你是有东西要当吗？

郑见桃虽然饿得慌，但毕竟那聪明劲还没饿丢了，她已经从公安的笑容中看到了陷阱，她立刻警觉起来，当即否认，她不是一般的否认，她玩了花招，装疯卖傻，挠乱了自己的头发，还抓耳挠腮，然后口水拉嗒地说，我要找当铺，我要把自己当掉。

两个公安年纪尚轻，没见过一个年轻女人如此状态，面面相觑，一个说，精神有问题？

另一个说，我们不会被她骗了吧？

再问，你从哪里来？

我从地狱来。

你要到哪里去？

我要到地狱去。

呵呵，从地狱来到地狱去，那我是白跑一趟了，郑见桃自圆其说。

看热闹的群众拍手拍脚，只嫌故事不能再大一点再好看一点。

公安说，算了算了，当她是个疯子吧。

另一个说，算了算了，就算她要找当铺，也不算是什么大罪吧。

两个又一起说，算了算了，我们撤吧，别让群众以为我们在欺负一个外地来的疯女人。

公安撤了。

郑见桃化险为夷。

郑见桃没有化险为夷。

她化了牢狱之险，没有化得了饿死之险。

所以还是要找当铺。

后来有个老人告诉她，城西头有一家老店，还在偷偷地做当铺生意，但是不敢明目张胆，所以有时开有时关，跟政府捉迷藏呢，让她去试试运气。

也许是个陷阱，但就算是个陷阱，郑见桃也必须自投罗网跳进去，才不至于饿死。

郑见桃找到那个角落，一扇门既不像开着，也不像关着，门很狭小，小到只能侧着身子进去，进去还有一个更狭窄的楼梯，郑见桃踩着楼梯向上，楼梯发着“嘎吱嘎吱”的声响，像要断塌似的，屋子里十分昏暗，阴风阵阵，郑见桃可顾不了这些，她连蹦带跳地上了二楼，二楼正对着楼梯的地方，有一面木板墙，木墙上有一个小洞，洞里坐着一位老先生，戴着老花眼镜，警觉地打量郑见桃。

郑见桃可是个精神抖擞的年轻人，那老先生似乎被吓着了，喃喃说，你们的人前两天才来过，怎么今天又——你们别误会，我不是在做生意，我正准备关门的。

郑见桃说，你关门，你为什么关门？

老先生吓坏了，说，我保证，保证不敢了，我马上就关门——

郑见桃说，你误会了，我是来当东西的。

老先生直摆手，你别唬我，我不相信的，前几天你们来，就是骗我的，我上过当了，你今天又来骗我，我怎么也不会相信的，反正，反正，我什么生意也没做，我已经关门了，咦，对了，我楼下的门是关着的，你是怎么进来的？你撬了我的锁？

郑见桃不和他啰唆了，她取出她的那对宝物，呈到柜台上。

老先生一看这对东西，顿时神色大变，像是换了一个人，一点也不害怕了，有一种强烈的欲望从他身上弥漫出来。

老先生拿出放大镜，对着宝贝左看右看，啧啧赞叹。

真不是个会做生意的人。

连先抑后扬都不懂。

但不管怎样，郑见桃心里有底了，这是好东西，出了手，吃穿不愁了。

可惜她错了。

那老先生看了半天，始终不开口，郑见桃说，你两只眼睛要把东西看穿了，你不怕把眼睛看瞎了？说话吧，开个价吧。

老先生听得此话，猛地一惊，忽地就把东西推开了，推回到郑见桃面前。

郑见桃心里一沉，说，怎么，你不收？

老先生又是唉声叹气，又是摇头。

郑见桃怒火腾起，气哼哼地说，你不敢收？你既然开着地下当铺，不收东西，你开个鬼！

那老先生胆战心惊，小声说，不是我不敢收，是我收不起，把我这小屋卖了，也不值你那东西一个零头。

郑见桃说，哦嗬，你做生意还挺诚实，老少无欺呀，我本来可不懂这东西值不值钱，你倒告诉我了。

那老先生说，这不是做生意的诚实，这是做人的起码。

郑见桃说，既然你起码做人，就该帮助人嘛，我现在需要帮助，你能见死不救啊？

那老先生可怜巴巴，说，不是不救，我救不起啊，本来是偷偷摸摸做点小生意，平头百姓，押个旧钟表，抵个破铜炉，换几个小钱渡渡难关的，像你这样的人，长平县城里根本就不会有，你这位大小姐——

郑见桃说，你觉得你眼睛蛮凶嘛，看得出我是有来头的，我告诉你，本小姐是落难小姐，你今天帮了我，说不定哪一天会有大大的回报哦，我家可是怎么怎么怎么——

那老先生本来倒蛮同情她，见她显摆起来，也不服了，说，你都快饿死了吧，还显摆家里怎么怎么。

郑见桃说，我显摆？我才不显摆，我要真显摆，说出来吓死你。

那老先生直摆手，千万别说，千万别说，我可不想被吓死，从前许多年，我也不是没见过世面，什么宝贝我都见过，也没被吓死，现在没得见了，反而吓死了，那可是太冤了。

郑见桃气道，你这个人，看起来蛮厚道，其实蛮狡猾，你是不相信我说的话喽，不相信我家——

那老先生说，我怎么敢不相信，你若不是大小姐，哪来的这东西，除非，除非——

郑见桃说，除非是偷来的。

那老先生吓坏了，偷来的更不敢要了，别说没钱，有钱也不能收，那可是赃物，收了要吃官司的。

郑见桃说，相信你也不会把我当小偷，本小姐气宇轩昂气壮如牛，怎么看也不像小偷吧，要不这样，你就当它是个破钟表，给个破钟表的钱就行。

那老先生脑袋摇得像拨浪鼓，不行不行，那是欺负你不懂行情，万万使不得，我祖上有训，为商之道，仁信为本。

郑见桃拿个宝贝连萝卜价也没卖到，气得绝尘而去。

绝尘可以，绝食可不行，本来郑见桃好吃懒做，哪受得住如此忍饥挨饿的日子，她又在自己的破包裹里翻来倒去，倒出了她从学校骗来的那份档案。

一份救命档案啊。

郑见桃知道不能再混迹江湖了，得找一份工作先喂饱自己，再寻找爱情，爱情即便是只鸟，只要有信心，飞走了的鸟也会回来的。

她有足够的信心。

郑见桃揣着自己的档案，找到县中的校长，先不提档案，只说想到县中做老师，试试校长的态度。

校长态度很端正，人也很实在，老老实实告诉她，学校确实需要教师，因为这一年中前前后后开除和发配了好些个骨干教师，现在出现教师荒了。

但是，校长又实实在在地说，你这样的人，我不知道能不能相信。

郑见桃说，我是来当老师，又不是来偷东西，再说了，你就算怀疑我是小偷，学校里有什么东西好偷的，学校我又偷不走，知识我更偷不走，我是掮一块黑板走呢，还是抓一把粉笔走呢？

校长觉得她说得在理，却仍然不敢太相信她，说，你一个年轻女子，一看就知道不是本地人，我不知你从何而来，向何而去，我不敢轻率用你，看你的样子，听你的口气，像是南州的吧，要不你再说说，你为什么要到我们长平县来，这穷乡僻壤，有什么值得你来的？

郑见桃吸取了前面数次的教训，不再说是找右派未婚夫，既然人家不相信、不可能相信，说它干吗呢，换个说法吧，就说，我是来锻炼的，我出身剥削阶级家庭，从小娇生惯养，如果继续在大城市生活，我无法改造我自己，所以，我一下决心，干脆到基层来吧，但是我又不会干其他活，我只能当老师。

看得出校长是将信将疑的，但是也看得出他确实急需新的老师，郑见桃沉着冷静，循序渐进，再烧一把火，再推动一下，拿出了撒手锏，递上了自己的档案。

校长接过她的档案，认真看了一遍，十分惊奇，说，没见过，没见过，档案随着本人走，没见过。

郑见桃说，现在见过了，这上面的郑见桃，就是我这个郑见桃。

校长说，这个我不怀疑，但是你的档案怎么会在你自己手里，难道你们那里——咦，校长又发现问题了，咦，你的档案怎么开封了，你把它撕开来了？难道你不知道个人不能私自打开自己的档案吗？

郑见桃说，不是我打开的，是因为路途不平坦，行李打翻了，它自己就开口了。

校长犹豫了一下，说，那你、你看了没有？

我没有看。

校长说，你以为我会相信你？

那我看了。

校长说，你看了，里边有什么？

也没有什么，校长你看，很薄的，就几张纸，一张入团志愿书，一份是高中档案，一份是女师档案，在南州中学当老师的内容学校还没来得及填进去。

校长怀疑说，怎么可能，你难道只有学历，没有工作经历？

其实当然是有的，只是在南州中学郑见桃因发表不适当言论，受过处分，当时她拒不接受处分，校领导信誓旦旦告诉她不记入档案，她才勉强认了。等她终于有机会撕开自己的档案看一眼，就看到那处分赫然就在纸上，郑见桃来气，干脆把那张纸抽掉了。

见校长还顶真了，郑见桃小脑筋一转，赶紧转移话题说，其实校长你自己看看就知道，档案里也没有什么东西，就是成绩报告单，还有每年老师的评语，我的评语可都不差的，不信你自己看。

校长说，既然自己都打开了，你想抽走几张，不是举手之劳吗？

这个校长，看起来老实，社会经验却蛮丰富，那一瞬间郑见桃竟然下意识地避开了他的目光。

不过后来她很快想通了，那只是她自己心虚而已。那时候，她自以为老辣，其实还很稚嫩呢。

当然，以后她会成为一例泰山崩于前而脸不变色心不跳的老江湖。

这不是后话。

它很快就会来了。

郑见桃指着自己的档案问校长，有它，管用吗？

校长说，应该管用吧。

档案真好。

郑见桃庆幸自己偷出了自己的档案，其实校长心里也是蛮庆幸的，他看了郑见桃在自己填的表格上的字迹，既娟秀又有力，功底不错，感觉学校能添个得力干将。

就在这时候，事情忽然又出现波折了，命运就在这里打了个转。

如果教导主任晚几分钟进校长办公室，或者校长对郑见桃不是那么信任，不让教导主任当着郑见桃的面汇报工作，那么事情就不会这样发展了。

但是偏偏没有那么多的如果，也没有那么多的或者。教导主任就在这时候出现了，他看到有个陌生女子坐在校长办公室里，似乎犹豫了一下，校长却说，老李，你说吧，郑老师是自己人，明天起，她上初一语文课。

教导主任报告了各乡小学报考县中预考的情况，说，其他学校都正常，水平和往年不相上下，只有九里乡小学，出了怪，来参加考试的，个个名列前茅，那可怎么好，难不成今年的招生，只收九里乡的学生？

校长也奇怪呀，九里乡怎么可能，向来是最差劲的，一年能有一两个学生考上我们县中，就是上上大吉了，今年难不成是撞着文曲星了啊？

教导主任说，校长你还别说，可能真是文曲星下凡，有一个大学老师，在他们那里，天天和学生一起背诵宋词。

校长更是惊奇不解，说，咦，背宋词跟考试有什么关系，试卷上又没有宋词内容的。

那教导主任说，也是奇了怪，那些学生，一背宋词，个个跟换了个人似的，学习成绩噌噌往上爬。

郑见桃听到这儿，“嗷”地号叫一声，拔腿就跑。

校长在背后喊，喂，喂，郑老师，郑老师，你到哪里去，你明天有课啊！

郑见桃直奔九里乡。

这时候，她完全不知道，她犯了人生中最大的天大的一个错误，一个不可弥补、不可逆转的错误。

她没有带上自己的档案。

其实王立夫根本没在九里乡小学教书，他在村里劳动，只是每天抽空到小学里来带着孩子念宋词，虽然郑见桃在小学里没有找到王立夫，但她已经不焦虑、不着急了，她知道，有宋词的地方，就会有王立夫。

到了下晚，王立夫果然出现了，他那条五四式围巾还围着呢，只是比以前更脏更破了，他低着头匆匆赶路，忽然看到面前的地上有一双女鞋，很脏，但却是一双很少见的搭扣皮鞋。

王立夫浑身一颤，抬头就看见郑见桃双手叉腰，怒目圆睁，挡住了他的去路。

郑见桃气呀，郑见桃乐呀，郑见桃又气又乐，一张利嘴此时却已经不知说什么好了。

说，哎呀，我想死你了？

说，哎呀，你逃走了都不告诉我一声？

说，哎呀，我追你追得好苦？

说，我终于找到你了？

说什么都是多余，她什么也不说了，上前紧紧抱住王立夫，眼泪鼻涕往他身上蹭。

王立夫掰她的手，她是手无缚鸡之力的大小姐，一掰就掰开了，王立夫转身就逃跑，郑见桃在背后又追又喊，九里乡街上的行人拍手拍脚拍屁股，大笑。

郑见桃不仅手无力，脚也无力，追不上王立夫，只扯下王立夫的一条围巾，人逃走了。

郑见桃不着急，她只要守在小学里就行，他终归会来的，他得来给孩子们背宋词，没有宋词，他活不下去的。

郑见桃就在小学里当了老师，可是，当了几天，王立夫却一直没有出现，郑见桃一打听，原来这家伙把小孩子都吸引到他村子里去背宋词了。

郑见桃再追到村子里，为时过晚，王立夫已经和村里的一个寡妇结婚了。郑见桃被带到寡妇家，烂泥墙上贴着囍字，挂着他们的结婚照，连结婚证都端端正正地供在桌上，准备着郑见桃来查核呢。

动作好快，打得郑见桃措手不及。

郑见桃可不是好惹的，她可不会哭天抢地，也不会和寡妇去争吵，她就坐到田头，念起了宋词。

梦里不知身是客，一晌贪欢。

小楼昨夜又东风，故国不堪回首月明中。

问君能有几多愁，恰似一江春水向东流。

剪不断，理还乱，是离愁，别是一番滋味在心头。

多少恨，昨夜梦魂中。

流水落花春去也，天上人间。

……

渐渐地，她的身边围了越来越多的小孩子，他们跟着她齐声念宋词。

小孩子累了，饿了，就回去，换一批再来念。可是郑见桃始终不走，她念了一首又一首，不知道饿，不知道热，农民端了水来给她喝，她也不喝，最后，真的“恸倒”在田埂上了。

她病重期间，模模糊糊感觉是王立夫在伺候她，但是等到清醒过来，王立夫和寡妇都已经走了，回到寡妇的娘家过日子去了。

没有人肯告诉她，那寡妇的娘家在哪里，郑见桃的惊世骇俗惊心动魄的初恋就这样被埋葬了。

埋葬了初恋，郑见桃才感觉到饿了，她用最后的几个小钱，买了回县城的车票。

县中就是她唯一的活路。

却不知，等待她的县中还在，活路却已经堵死了。

就在她离去的短短的时间里，县中也已经翻天覆地了，当初打算接纳她的老校长，也被发配走了，那个教导主任更过分，竟然自杀了。

新来的校长，是个工农干部，对年轻漂亮的郑见桃表示出高度的警觉，连跟她说话，都保持两米以上的距离。

郑见桃说，喂，你干吗，离我这么远？

新校长说，我怕你是糖衣炮弹，我得小心你打中我。

郑见桃咽着口水说，糖？我都大半年没吃过糖了，你觉得我这几个月不洗澡的身体，就是糖的味道吗？

新校长只是呵呵笑笑，没有跟她纠缠糖到底是什么味道。

郑见桃本来是个欺软怕硬的货，见新校长蛮憨厚，她就凶起来，理直气壮告诉他，当初老校长已经答应她进县中当老师，新校长不能出尔反尔。

新校长倒也不反感老校长，说，唉，老校长就是心肠太软，才会吃亏，像你这样的人，陌陌生生，口音也不对，模样也不像，又不知根知底，怎么能随随便便就答应什么呢。

郑见桃说，怎么不知根知底，我有档案，档案就是我的根底。

新校长倒有兴趣，说，噢，原来你是有根底的噢，我看看，我看看，你的档案在哪儿呢？

档案上次来的时候就交给学校了，那天本来已经当上老师了，档案也应该归到学校的档案柜里去了，可是偏偏那时候，听到了“宋词”两个字，她连档案也不管了，直接就奔走了。

她忽视了自己的档案，但老校长应该是会重视的，当时教导主任也在场，他肯定知道档案对一个人的重要，所以他们应该会收好了的。

新校长去学校人事部门查问，回复说没有，新校长朝郑见桃笑着说，我就知道你是蒙我的，明明没有根底，非说有根底，你这是小孩子的幼稚行为，你以为蒙得过去，没有就是没有，无中生有是生不出来的。

郑见桃不服，强硬地说，有就是有，老校长可以做证，教导主任可以做证。新校长说，你找一个找不到的人和一个死去的人给你做证，你认为这个管用吗？

没有档案，就是没有身份，虽然郑见桃可以详细介绍并保证自己的身份，可是谁敢相信她呢。新校长其实对她蛮友好，倒是希望她能够留下来当老师，因为学校的老师实在缺少得厉害了。新校长说，这样吧，我们可以让你当代课教师，但是要上报，如果教育局同意，你就留下来。

新校长当着郑见桃的面给县教育局打电话，说了郑见桃的遭遇，请示上级，一个丢失了档案的人，他们能不能请她当代课老师。

结果电话那头的人把新校长训了一顿，新校长也蛮固执的，还强词夺理，说，怎么不能行呢，为什么不行呢，就是缺一张纸而已，她人就站我面前，真的是一个人，看起来也是有水平的，又不是假冒的人。

那里又叽里哇啦一顿，新校长还坚持说，人家是南州中学的老师，还不够当我们县中代课老师吗，水平肯定可以的。

电话就挂断了，新校长得意地朝郑见桃说，你看着，他们商量去了，一会儿会回电话来的，保准听我的，开什么玩笑，信不过别人，还信不过我？

果然，不多一会儿，电话回过来了，新校长接起来，听了几句，脸色就有点变了，说，是呀，是南州中学的呀，什么，偷了档案逃走的？那她偷自己的档案干什么，她想逃到哪里去，我们长平县又没有国境线——什么什么，你们已经报公安了？

郑见桃听到“公安”了，终于有点顾忌了，但她觉得自己的面子不能丢，身份都已经丢了，不能再丢面子了，跟新校长说，算了算了，此处不留爷，自有留爷处。

新校长还在腻腻歪歪，说，小郑老师，你真的要走吗？可是你连档案都没有，你能走到哪里去？

郑见桃说，你都听见了，教育局都报了公安要来抓我了，你是不是想拖住我，让公安把我抓去？

新校长说，你真是狗咬吕洞宾，不识好人心。

郑见桃说，什么吕洞宾，你大概是想吃吃我豆腐吧。

新校长也生气了，说，喂，你别搞错了，你自作多情啦，一个资产阶级娇小姐，谁爱理你，我有老婆孩子，我吃你豆腐？

郑见桃像疯狗似的要咬人了，汪汪叫喊，谁知道呢，知人知面不知心，谁知道呢，不是说，家花不如野花香吗，你难道就和别人不一样，你认为家花更比野花香吗?

把新校长气得直哼哼。

档案丢了，身份没有了，人都已经不知道是什么人了，公安正在来的路上，她居然还有心思跟人家胡搅蛮缠。

这就是郑见桃吧。

难道你们到现在还没有看出什么意思来?

估计你们正在猜测呢，这凭空冒出来的郑见桃又是谁?

人生不就是猜谜嘛，猜猜吧。

4. 赵钱孙李以及后来

郑见桃逃走了。

逃得过公安，却逃不过生活。

生活是什么，生活就是日子，日子是什么，日子就是吃饭睡觉。

现在，郑见桃没有饭吃，睡觉也没有地方睡。

堂堂老郑家大小姐，总不能去当乞丐吧，空有一个聪明的脑袋，干吗不用起来呢。

她又去了一次地下当铺，这回学乖了，不显摆了，先把自己收拾邋邋了，也不自报家门了，更不敢把那对宝贝拿出来，只是把一件旧毛衣整干净了，递过去，那老先生似乎并没有认出她来，把毛衣翻来看去，给了个价，郑见桃饿得眼睛都花了，也不敢再讨价还价，怕那老先生一气之下不收了，那她真得饿死在街头了。

赶紧地收了钱，正要转身，那老先生指了指她脚上那双搭扣皮鞋，说，这双鞋，倒是值几个钱的，这种式样，县城里看不到，会有人喜欢的。

郑见桃两脚往后一缩，说，我就这一双鞋，当了，我光脚走路啊？

那老先生说，要不这样，我给你一双旧布鞋，是内人穿的，我看你们脚差不多大小。

郑见桃说，你送给我？

那老先生说，送给你是不可能的，我一家老小也要吃饭的，抵你这双皮鞋的三分之一钱吧。

郑见桃心里狠狠地哼了几声，没敢哼出声来，用旧布鞋换下了皮鞋，一踩地，说，咦，还是布鞋穿着轻松，舒服。

那老先生说，你一女子，心情还蛮通达的哩。

做成生意后，那老先生说，喂，你身上那对宝贝，可不要轻易出手噢，等我可以收的时候，你来给我。

郑见桃说，哼，原来你早就认出我来了，假装不认得。

那老先生说，认得不认得，和做生意无关的。

郑见桃有了钱，先上馆子猛吃一顿，然后准备到县里的招待所去住宿，得好好洗个澡，狠狠睡一觉了。

郑见桃没有想到，有钱无身份，吃饭可以，住宿却不行。郑见桃在县城绕了好几个圈子，无论是招待所，还是小客栈，都必须有单位介绍信才给安排住宿，别说是介绍信，郑见桃现在连自己是谁都说不清了，即使她说得清，也不会有人相信她。

档案丢了，人就丢了。

郑见桃最后又折回到招待所，纠缠了半天，仍然毫无希望，最后服务员都恼火了，说，你走不走？再不走，我报派出所了。

郑见桃天不怕地不怕，对派出所还是有点怕的，只好怏怏离去，却又于心不甘，守在招待所大门口不远处，想见机行事。

到天快黑的时候，机会果然来了。一位风尘仆仆的女同志，带着行李，急匆匆走来，看到郑见桃站在路边，上前探路，问招待所在哪里。

郑见桃赶紧上前帮她接过行李说，就在前面，就在前面，我陪你过去。

那女同志说，不用你陪，你指个路就行。

郑见桃说，那不行的，县城这边乱得很，你单身一人，还带着东西，要小心的。边说边一起往招待所去。

进去的时候，老天照应，换了一个营业员，朝她俩看看。

郑见桃赶紧主动说，一起进来的一起进来的，我帮她拿东西。

那女同志出示了介绍信，交了押金，很顺利地拿到了钥匙，走到房门口，郑见桃说，嘿，巧了，我们住同一间。

这是一个多人间，但是现在房间里只有她们两人，那女同志奇怪说，咦，这么巧，你也住这一间？

郑见桃随口说，是呀，我也是出差的，刚刚住下，想出去办事，发现时间有点晚了，正在犹豫是回来还是出去，就看到你了嘛，我一看就知道你也是外地来的，两眼一抹黑的样子，我帮帮你嘛，同是天涯沦落人。

话音一落，知道自己多嘴了。那女同志听到“同是天涯沦落人”后，先是有些兴奋，后来又有些奇怪，再后来生出了疑惑，她重新打量起郑见桃来，这一打量，就又觉得有问题了，于是怀疑说，你也是来出差的？你怎么没有行李？

郑见桃说，哦，我行李让我家的亲戚拿走了，他们非要我住到他们家，可我死活不愿意，住人家家里，多不方便，我正想去把行李拿回来呢。

那女同志说，那你是从哪里来呢？

郑见桃说，我从西州来。

那女同志说，哦，听你口音，我以为你是南州的呢。

郑见桃说，咦，你对语言的分辨能力真厉害，我本来就是南州人嘛，只是现在在西州工作。

边说边抵挡，感觉再说下去，快要露馅儿了，这年头，能够单独一个人出来出差，搞外调的人，即使是个女的，也一定不是平凡之辈。

郑见桃赶紧反被动为主动，说，大姐，你从哪里来？

那女同志说，我从南州来呀，所以我听出来你是南州口音呀。

郑见桃心里直打鼓，但需强作镇定，嬉皮笑脸说，哎呀，大姐，我们是老乡，这真是他乡遇故知，哦不对，应该是他乡遇，不对不对，我重来：劝君莫远游，夜阑独上最高楼。四面寒风，一人苦等候。哦不对不对，再重来：天不老，地不荒，今宵共此明月光。

那女同志听了，沉默了半天，似乎被感动了，但仍然有点疑惑，问道，你这是什么，怪好听的。

郑见桃说，是宋词呀。

那女同志羡慕地说，哎哟，你对宋词，脱口而出，倒背如流啊。

郑见桃受到鼓励，还来劲了，说，还有，还有，明日又要，送君到村头。

女同志被她念得眼泪汪汪、犯起相思来了，就把她的注意力从怀疑转移到喜欢上去了，不再追查郑见桃到底是南州还是西州口音，也就放松了对她的警觉，两个人很快姐姐妹妹地称呼起来了。

是的，你们可能猜出来了，当天晚上，郑见桃偷了女同志的介绍信逃走了。

好了，现在郑见桃有名字了，她的名字叫赵梅华。

赵梅华是南州市南平街道的一个办事员，她到长平县农业局外调一名女同志，因为这人的丈夫在南州南平街道工作，目前正在申请入党，已经启动程序，进入实质阶段，需要外调家庭成员等情况。

但是介绍信上并没有写出这件事情，上面只是写，兹介绍我办赵梅华同志，前来贵县农业局了解有关事宜，请予接洽。

郑见桃胆子再大，也不应该拿着这张偷来的纸把自己送上门去，她最多用它住个招待所之类。可那时候的她真是无法无天，胆大妄为，她甚至异想天开，她要到县农业局去骗钱，反正理由就是一到县城，钱包就被偷了，回不去了，就这样吧。

说不说由我，信不信由你。

一鼓作气，她就直接到了农业局，接待她的工作人员问她这个“了解有关事宜”是要了解什么，她随口说，你农业局，我还能问什么，问问今年的粮食生产情况吧。

那接待人员也好笑，说，你一个街道办事处的，问什么粮食生产情况呀。

郑见桃说，那我应该问什么呢？我不问了，我是来求助的，我一到县城——

那工作人员替她接着说，一到县城钱包就被偷了，回不了家了，要饿死了——

郑见桃反正皮厚，顺口就说，哎，同志你真如神仙呢，一猜就中。

其实心里知道已经露馅儿了，抢回介绍信，夺路而逃。

现在郑见桃心里窝囊啊，偷来一张介绍信，却没派上用场，实在不甘心，想来想去，干脆冒个险，再到县中去。

新校长看到她，笑了起来，说，我估计你会再来的。

郑见桃说，校长，对不起，你这么信任我，我却骗了你。

新校长说，你骗我什么了?

郑见桃说，我上次来，骗你说我是郑见桃，其实那个郑见桃，我也不知道她是谁，反正不是我。

新校长狐疑地看着她，说，那你是谁?

我是赵梅华，校长你若是不相信，我有介绍信。

新校长赶紧摆手说，不用了不用了，如果你是赵梅华，那我问问你，你犯了什么事?

郑见桃说，我没犯事，我犯事我还敢来当老师，我胆子没那么大。

新校长说，你胆子还真有那么大，你如果没犯事，你的大名怎么会出现在电线杆上。

郑见桃跑到校外的电线杆那儿一看，怎么不是，电线杆上张贴着公安局通缉追查赵梅华的告示。

明明是郑见桃偷了赵梅华的介绍信，本来分明是要通缉郑见桃的，可他们又不知道郑见桃叫什么名字，不过他们的想法是对的，既然这个人偷了赵梅华的介绍信，必定会冒充赵梅华，所以他们就直接通缉赵梅华了。

那赵梅华的运气也真够背的，好好地出来出个差，结果成了通缉犯。

更可怜的是，赵梅华丢失了介绍信，她连赵梅华也不能做了。也不知道后来她做成了谁。

还是说回郑见桃吧。

现在郑见桃不能做赵梅华了，但她也不能回到郑见桃，她重新又处于没有身份的真空状态了。

好在有了第一回做赵梅华的经验，郑见桃接下来的行动，目标十分明确，手段上倒是可以出新花样，可以层出不穷的。

所以在后来的一些日子里，郑见桃先后是：

李小琴，一个被丈夫赶出家门的女子。

孙兰英，一个到县城办事的大队妇女主任。

钱月香，一个上了年纪的卖桃子的小贩。

还有一次，她叫周小红，是一个放假回家的大学生。周小红在长途汽车站下车的时候，郑见桃正在那里四处转悠，寻找目标，周小红一下车，她就瞄上她了。

她的借口是身上钱不多了，只够买学生票，所以借了周小红的学生证。

一眨眼她就带着周小红的身份消失在车站的人流中了。

她拿着周小红的学生证参加了暑假勤工俭学，一边拼命干活，一边提心吊胆，担心周小红找到她，但是一直到假期快结束，周小红也没有来，这倒让她动了更大的歪念，在小县城里时间长了，混了个脸熟，很多人都知道她了，再蒙骗，再扮演别人的难度越来越大，干脆混到周小红的学校去看看有什么机会没有。

令她万万没想到的是，她辛苦干了一个暑假的活，最后去结账领钱的时候，人家告诉她，工钱已被周小红领走了。

简直如雷击顶，郑见桃差点急晕过去，嚷嚷说，谁让她领钱的，谁让她领钱的，活是我干的，为什么把钱给她？

人家说，我们这里都有记录，活是周小红干的，你是谁？你是周小红吗？你敢说你是周小红吗？

郑见桃张口结舌。

还是认了倒霉赶紧溜。

从来都是她骗人的，竟然也有被人骗的时候，只是没想到竟然栽在一个年轻学生手里了，可是那个周小红看起来实在太嫩了。后来郑见桃甚至都怀疑起周小红来，觉得她可能不是周小红。

当然，不管那个人是不是周小红，反正她是个高手。

郑见桃认栽。

还有一次她又出洋相了，她错把一个男的当成女的，这个人的名字叫吴眉，头天到砖窑厂招工处报了名，第二天招工头按名单喊人头，喊到吴眉却没有人应答，郑见桃赶紧上前，看到了名单上的吴眉两字，顿时灵光闪现，心头一喜，大庭广众之下就狗胆包天地冒充了吴眉。

招工头是有些疑惑的，他不记得自己招了个女工，但既然名单上是有吴眉的，也只能认了。

郑见桃跟着大家伙去了砖窑，烧砖可是个苦活累活，因为她是个女的，大家还蛮照顾她，她向来善于偷奸耍滑，别人干活的时候，她躲起来睡觉了。

这觉一睡，出事情了。那些男工干活时就拿她来解乏，评头论足，说长道短，可是说着说着，主题就走岔了，有一个人怀疑说，报名的时候，我记得我是和吴眉挨在一起的，我记得是个男的嘛，怎么变成个女的？

许多人并不同意他的怀疑，说，也可能是同名同姓。

也可能你自己记错了。

一个烧砖窑的，又不是中央首长，冒充了干啥呢？

怀疑的那个人不吭声了。

大家也转移了话题，但是过了一会儿，话题又到她身上了，毕竟在一堆干粗活的男人中间，夹着一个年轻女子，哪怕她躲到一边睡觉，大伙的心也放不下。

说，怎么会有女人愿意到砖窑上干活呢。

那个怀疑的人心底又起了新的怀疑，他报告了招工头，招工头又认真查看报名情况，登记表上登记的是男性。

他们都足够聪明，不约而同地想到了一个原因。

就在郑见桃一觉睡舒服了，起来上厕所时，被砖窑厂的几个女工抓了现行，她们大喊大叫，抓了一个男扮女装混进女厕所的流氓。

分明就是吴眉想偷懒，所以假扮成女的，好混日子拿钱。

郑见桃冤枉哪，明明是个女的，可人家偏说她是男的，这真是自投罗网，差一点被送进派出所，最后只好如实招来，被轰出砖窑厂。

郑见桃的每一次精心策划、设计，几乎都能够如愿以偿，但每一次又都好景不长，害得她一直忙忙碌碌，一直不得空闲，为自己的身份几乎操碎了心，成天到晚都得把心思用在怎么做成别人上面，最后差不多都忘记了真正的自己是谁了。

好在后来她经验越来越丰富，在做上了别人的那段时间里，她就拼命攒钱，真是未雨绸缪，以保证在再一次失去假身份的时间内，不至于山穷水尽。

生活虽然荒唐一些，但日子好歹还能过得下去。

只是我们都知道，这样的日子是不可能永远过下去的，总有一天会结束，会过不下去的。

这一天不久就来到了。

1966年夏天，县城满大街都是戴红袖章的人，郑见桃也戴了一个，混在人堆里，她看见从前中学的校长，当铺的掌柜，还有她冒充过的那些人，都混在人堆里。

人堆是什么，人堆就是汪洋大海，郑见桃终于被汪洋大海吞没了。

她最后只听到大海里一片浪声，就是她，就是她，女流氓，女骗子，女特务，女什么什么，女什么什么！

她呛了一肚子的水，差点淹死，凭着过硬的水性，最终游上岸了，但是她无法在大海中立足，再一次从她的人生中出逃，她离开了长平县，回到南州。

回到南州，她一直挨到天黑了，老宅子里不再有人进进出出了，才潜回老宅。

即使进到了哥嫂的小天井，她也没敢贸然进去，想先偷听一番，打探打探行情。不料刚靠近哥嫂的窗户，猛地就听到叶兰乡又尖又高的喊声，永梅，天都黑了，永梅怎么还不回来——走到门口，更是听她放开嗓子喊了起来，永梅，永梅，回家吃晚饭了——

郑见桃也不想偷听了，干脆上前说，吃晚饭，给我盛一碗，我饿了。

叶兰乡猛地一惊，往后一退，退进屋子竟然想关门。

郑见桃说，喂，你眼睛瞎啦，我是谁啊？

郑见桥听到声音，赶紧出来，见到郑见桃，也吓了一跳，竟然说不出话来。

郑见桃说，嫂子你喊永梅？永梅呢？

郑见桥说，神经病。

郑见桃不知道哥哥在骂谁，骂郑永梅？骂叶兰乡？骂她？或者骂他自己？

郑见桃拨拉开挡在门口的郑见桥和叶兰乡，一步跨进屋去，对着紧紧追随进来的哥嫂说，我回来了！

郑见桥胆战心惊说，你，你又犯什么事了？

郑见桃生气呀，我这么多年不回家，好不容易回来了，你们不问问我过得怎么样，先说犯事不犯事？

郑见桥赶紧朝她摆手，让她说话轻一点，那嫂子更是哆哆嗦嗦地说，你，你，没有你，我们的日子就不好过，有了你，我们简直就，简直就——

郑见桥干脆说，走，妹妹，你还是走吧。

郑见桃无赖说，我会走的，但是你们得替我把身份找回来，否则我没有去处，我就得待在你们这儿，一辈子！

叶兰乡急得尖声说道，你还想要身份，你什么身份，你是被通缉的身份，我们被你害惨了，隔三岔五，就有公安的人上门来，害得邻居都以为我们犯事了。

郑见桃说，你胡说八道，他们根本不知道我是谁，我就算犯事，也都是犯的别的名字，他们怎么会来家找你们？

郑见桥说，妹妹，你真自以为是，他们早就搞清楚了，自从你偷了自己的档案跑到长平县，你后来所做的事情，他们都串联起来了，都是你做的。

郑见桃说，都是我做的，怎么啦，是因为我丢了身份，没有谁相信我是谁，我若不是谁，我怎么活下去，我必须是个谁嘛——一边说着，自己就给自己盛了一碗饭，吃了起来，边吃边打量屋里，看到墙上有一张照片，很奇怪，明明是三人合影，两边是郑见桥和叶兰乡，中间那个人，连脸带身子，都被挖掉了，只剩下一个空洞。

郑见桃并没有细想这里边的问题，不关她事，反正挖掉的那个不是她，她又重新打量哥嫂的屋子，说，大床你们睡，小床永梅睡，我不跟你们抢床，你们睡床，我睡地板。

叶兰乡吓坏了，连连说，这可不敢，这可不敢——赶紧对郑见桥说，你去帮她找个旅馆吧。停顿一下，又说，找个条件稍好一点、可以洗澡的，她身上都臭了。

郑见桥领着郑见桃往外走，他们穿过阴暗狭长的备弄时，有个十多岁的少年从对面奔过来，从他们身边直擦过去，撇着嘴角，翻着白眼，一副流氓腔，他好像根本没看见眼前有人，风一样地穿越而过。倒是郑见桥，一见到这少年，顿时脸色大变，停下脚步，死死地盯着少年奔走的背影，看出了神。

神经病。

郑见桃想，刚才他说这三个字，应该说的是他自己。

郑见桥带着郑见桃找到一家小旅馆，用自己的工作证替她开了房间，郑见桃说，哥，你明天陪我到学校去，我得去学校找回我自己。

郑见桥小心地说，其实，就算我陪你去，就算我说你是谁，他们也未必肯相信。

郑见桃说，你不肯去？拉倒，我自己去！

郑见桥终于急得跳起来，说，学校万万去不得，现在可不是从前的校长他们管事了。

郑见桃说，我管他谁管事，我得让他们认我的身份。

郑见桥说，你要是认了身份，会被抓起来的。

郑见桃说，我要是不认身份，我就没有身份，我可能一辈子都没有身份了。你是饱汉不知饿汉饥，你丢失身份试试，你知道我这么多年是怎么混过来的，你给我去混个一年半载试试。

郑见桥说，我知道你难过，可是那总比抓起来、关起来要强一些啊。

郑见桃这才听了哥哥的劝，偃旗息鼓，算了算了，我才不想被抓，我更不想让他们跟我算总账。

郑见桥走后，郑见桃呼呼大睡，美梦连连，看见自己正在大嚼大咽一只肥腻的烧鸡，吃得满嘴油光，忽然有人上前一把抢了她的鸡，夺门而走，郑见桃大急，跳下床时还在梦中，一步追到门外，才猛然醒过来。

这一猛醒，又一次救了她。

那天晚上南州中学的造反派组织接到密报，偷窃档案的通缉犯郑见桃潜回南州了，造反派连夜纠集队伍，追到旅馆，正在服务台打听呢，被出来追鸡的郑见桃听个正着。

郑见桃翻窗逃走，再也不敢有回学校找回自己的念头了。

但是对于出卖她的哥嫂她决不能饶过他们，天一亮她冲回老宅，找哥嫂算账去——他们真是狗胆包天。

哥嫂家的门并没有关闭，虚掩着，郑见桃还是用劲踢了一脚，这一脚踢进去，却把她给惊着了，简直魂飞魄散，仅仅一个夜晚，哥嫂就人间蒸发了。

其实，屋子里并没有明显的变化，郑见桥和叶兰乡没有带走什么，屋里的东西仍然照原样搁着，没有变动，只有墙上的那张被挖掉了一个人的三人合影不见了。

就是这张照片，让郑见桃一下子就感觉到，屋没空，人去也。

郑见桃站在哥嫂的小屋里，十分茫然，无意中从后窗望出去，看到后面的小天井有邻居在朝这边张望，郑见桃赶紧到后面天井去问个究竟。

那邻居是一对中年夫妇，并不认得郑见桃，他们十分警觉，又是闭嘴又是闭眼，什么话也不说，有一个十多岁的小男孩朝着她翻白眼，吐口水，最后他还哼唱起来，女特务，吃香烟，红卫兵来了吃家什，女特务，喊永梅，带着永梅滚她的蛋。

郑见桃骂了一声小赤佬，从那个阴湿晦气的小天井里出来，又到别的邻居家问情况，可问来问去，邻居也和她一样疑惑，只知道昨天下午还看到他们，一夜起来，郑老师和叶老师就不见了，那肯定就是昨天晚上偷偷溜走的。

昨天晚上我来过呀，郑见桃想，难道是被我吓走的？想到哥嫂狼狈逃窜的样子，气得笑了起来。

她忘记了自己是回来找哥嫂算账的。

5. 郑见桃是谁

现在，这个凭空冒出来的郑见桃，这个兴风作浪的郑见桃，这个一会儿逃走一会儿又回来的郑见桃，这个妖孽郑见桃，你们猜到了吗？

那自以为是的孙子早就猜出来了，我知道，你们也一样，是的，你们猜对了。

是我。

郑见桃就是我。

我不是叶兰乡嘛，怎么我又是郑见桃呢？

我不是明明丢了身份，连一个正常人都算不上了，怎么一下子会变成两个人了呢。

那孙子吴正好也正想不通呢，有一天他贼心不死又来看望我了，小关现在恨死他了，没个好脸色给他看，不过他脸皮比较厚，居然和小关说，谢谢你照顾我奶奶。

小关看在我面子上，才没有呸他。

这一天正好碰上养老院的例行体检，小关说，吴正好，你走吧，今天有体检，项目很多，时间会很长的，你别在这里等了。

吴正好朝我看了一眼，我知道他心里有疑惑，明明是我答应他今天来看我的，难道我老糊涂了，忘了今天有全身体检吗？

孙子脸上竟然渐渐浮现出一种“我明白了”的希望之色。

他想多了。

吴正好听了小关的话，离开了，当然其实他并没有离开，等小关陪着我一走，他立刻又悄悄地返回了我的房间。

我房间空无一人。吴正好正好可以抓紧翻箱倒柜，他从我的藏物中找到了一张旧照片，本来是黑白照，因为时间长了，成了黄色的。

这孙子看着这张照片百思不得其解。

照片上年轻的男女，头靠着头，咧着嘴傻笑。

这照片的时代背景，料他吴正好是判断不出来的，但估计他也知道，那时候肯定还没有他。

这孙子还是蛮细心的，他翻到照片的背后看了看，有人用圆珠笔在那上面写了几个字，已经模糊，但勉强能看出“东风”两个字。

这孙子拿上照片，也不等我回来打过招呼，急急地走了，他去寻找“东风”了。

我体检回来，让小关看看我的收藏，小关急了，一件一件地清点，大气都透不出来，最后她拍了拍胸口说，还好，还好，都在。

小关才不关心什么照片，只有我知道照片被那孙子拿走了。

我当然知道，这就是我一手安排的嘛。

至于吴正好怎样才能找到“东风”，那要看他的造化了。

吴正好还是有点想象力的，他首先判断了“东风”是一个照相馆的名字，他对了；然后，他又判断这照片拍摄于50年代末60年代初，他也对了；再然后，再然后他就难住了，他判断不出来了，照片上这个女的，是不是郑见桃，他完全无从比对，现在在他眼前的郑见桃，和照片上的这个郑见桃，是同一个郑见桃吗？

假如就是我，可是谁能证明这就是我呢？

对于这般严重的问题，吴正好想，我还是要找到证据。

这孙子，着急着判定郑见桃是不是郑见桃，着急着判定郑见桃和叶兰乡之间的关系，着急着他着急的一切，他向着长平县出发了。

他想搞清楚事实真相。

事实真相，那是什么，世上有这东西吗？

吴正好年轻嘛，他相信有这东西，那就让他找去吧。

吴正好出发前，和出发的途中，都在做功课。这孙子考大学时也没这么用功。

经过一番历史的和其他等等的考评，首先，吴正好认定，这是一张结婚照。

照片上一男一女，头靠头的，不是结婚照，还能是什么。

他想得没错。

怎么，不可以吗，我是结过婚，我和一个农民结过婚，他的名字叫二娃子，若不是二娃子给我吃的，我早就饿死了。

只不过后来我又走了，我为什么不走呢，我吃饱了，我又到县城跑了一趟。

我到县城，当然就是为重新规划我的逃跑路线，这一点，你们应该早就看出来了。

我这个人的人生，就是两个字，两个相反的字，一个就是逃，一个就是追。

逃我的人生。

追我的人生。

那天我逃到县城的时候，突然肚子疼，其实也没什么大不了，但我怕死，我费这么多心机，就是为了活下来，我不能让自己肚子疼死。

我跑到医院去看病，虽然我没有钱，但没有钱也得救自己。我进医院就是等待机会。

这是空手套白狼，难度不小。因为精神太过集中，高度集中，我的肚子居然不疼了，因为我的注意力早就转移了。

我看到了一个人，一个女的，和我年纪差不多，她是被推车推进来的，围着推车有好几个妇女，有的在哭，有的在嚷嚷救命什么的，我的嗅觉一向很灵，感觉机会来了，我上前关心她们，我指了指躺在担架上的人说，咦，我好像认识她哎。

她的亲友立刻像看到亲人一样对我，说，是呀，她就是李立萍呀，前两天还好好的，才刚刚到单位上班，忽然就不行了。

我伺在担架旁边，一直跟到抢救室门口，又一直等到抢救室里的医生出来，告诉家属，这个人的病很麻烦，在县医院治得好治不好还说不准。

立刻引起一片哭声，一片混乱。

不费吹灰之力，我弄清楚了李立萍的身份。

那时候李立萍高中毕业刚刚参加工作，进了一家绸布店，才上了几天班，忽然病倒了。

反正她都快死了，我偷了她的身份。

但我还是有些犹豫的，我犹豫了好几天，我在绸布店周围转了一圈又一圈，我观察里边的营业员，观察进店去买绸布的顾客，观察在旁边观察我的人，我又一遍遍设想着我以李立萍的身份走进去之后和大家的对话，我一个人扮演几个人，我甚至还到县图书馆，借了一些有关绸布店和绸布的书来壮胆，我还买了一把尺子，在自己的衣服上比画几下。

终于，我觉得我想好了对策，我跨出了那一步。

我进去的时候，有个中年的女营业员问我，你是谁呀？

我说，我是李立萍。

原来这妇女前几天恰好请假外出了，没有和新来的李立萍打过照面，她自然就相信了我，热情地说，噢，你就是小李，你进店的时候，我正好请假了，还没见过你呢，我是张敏——小李，你长这么漂亮噢。

第二个同事过来看看我，回头问张敏，咦，你认得她？

张敏说，咦，她就是我们新来的同事小李呀，李立萍。

那第二个同事狐疑起来，认真地再朝我看，说，咦，你前几天来上过班，我见过你，噢，你是不是把头发重新剪了个新发型？

我摸了摸自己的头发，笑。

除了笑，还能怎样嘛。

第三个同事来了，只是瞄了我一眼，冷冷地说，你怎么是李立萍？你哪来的？你想干什么？

终于我无所遁形了。

我胆战心惊，我理直气壮，我说，我本来就是李立萍，是她偷了我的身份，冒充我参加工作。

人家还是奇怪呀，既然人家偷了你，那你是怎么知道的呢？

我刻毒地说，她做了坏事，现在她得到报应了，她生病了，她的病好不了了，她才来找我，告诉了我实情，希望忏悔，能够让自己的病好起来，当我是菩萨呢。

人家还有疑惑呀，你叫李立萍，那她叫什么名字呢？

我脱口说，她叫郑见桃。

我说得实在太顺溜，一点疙瘩也没有，我同事渐渐去除了疑心，接纳了我，我正式在绸布店上班了，何况我已经练习过几把尺子，比画起来也有点模样，她们对我蛮满意。

休息的那一天，我又回到乡下，整理我的衣物带走，我骗二娃子说，我其实上次是骗你的，我不叫郑见桃，我叫李立萍。

二娃子说，无所谓的，无论你叫什么，反正你只有一个名字，我老婆。

我继续骗他说，其实我还有其他事情是骗你的，我其实不是盲流，我是有工作的。

二娃子一听有工作，兴奋起来，赶紧问，工作，你在哪里工作？

我才不会告诉他实情，我随口说，我在南州市工作呢，收入很高的，我是因为下乡来找我家人，钱包被人偷了，才落到后来那个地步。

二娃子说，你命大哎，幸亏你碰到了我，幸亏我救了你，不然你早就那个什么了。

我说是呀，你是我的大恩人，所以我不会骗你的，我现在回去工作，我每个月的工资，除了自己吃用开销，其他都寄回来给你。

二娃子说，你吃用开销大不大啊?

我说，我会省着用的，我勒紧裤带过日子。

二娃子乐呀，他带着我到村里到处炫耀，让大家夸我长得漂亮，他说自己好心有好报，竟然娶了个田螺姑娘。

我窃笑。

我一去不返。

你以为呢。

可是现在那孙子却找来了。

二娃子还活着呢，只是身体不如从前了，而且还得了个奇怪的病，吃得下睡得着，就是浑身无力，不能干活，只能躺在床上，一躺下来，就浑身舒坦。

和吴正好他爸同一个坯子。

二娃子的老婆很凶悍，正在骂二娃子，二娃子也不是什么善茬儿，他躺在床上说，你个丧门星，满嘴喷粪，我怎么娶了你这么个扫把星，我的第一个老婆，她多好啊，她的名字都那么好听，她叫郑见桃，哦不，她叫李立萍。

二娃子老婆朝他呸了一口，说，你连人家名字都没搞清楚，你还老婆长老婆短呢。

二娃子闭上眼睛，想象着，享受着，喃喃道，那个温柔体贴呀。

二娃子老婆说，温柔体贴，还不是把你扔破鞋一样地扔了。

二娃子说，她没有扔我，她不是有意的，后来她给我写过信的，她说她是个人物，被批斗了，不能拖累我，才不再回来的。

我呸。

呵呵，还是二娃子的农民老婆眼光锐利，虽然她从来没有见过我，但她一眼就能看穿我。

因为她对我没有幻想嘛。

二娃子有福，他家子孙满堂，见到吴正好，大家不知道他是干什么的，从哪里冒出来一个莫名其妙的人，竟然说自己是来找奶奶的。

二娃子的一个孙子站了出来，指着吴正好骂道，你奶奶个熊，何方妖孽，胆敢上门挑战。

感觉他是个武林大侠呢。

另有一个孙子又站了出来，阴阴坏笑着说，喔呵呵，你是要抢我们奶奶，拿走不送，一分不收。

二娃子的老婆气坏了，骂道，你个龟孙子，这么急着要我走。

吴正好算机灵，不和他们纠缠，上前问躺着的二娃子，和你的那个女人，叫什么呢?

二娃子老婆奸笑一声，说，问得好，问得好。

二娃子朝吴正好翻个白眼，说，叫什么都无所谓啦，反正她是我老婆，我第一个老婆。

吴正好说，我知道你们结过婚，我看到你们的结婚照，但是你不可能不知道她的名字，哪有不知道名字就结婚的呢。

二娃子说，怎么，不允许吗?

吴正好说，你的结婚证上肯定要写上女方名字的嘛，不见得是一个空白吧。

二娃子笑了起来。

二娃子老婆呸一声说，结婚证个屁，他要是有结婚证，我还重婚罪呢。

咦，一个乡下老婆子，居然知道重婚罪，忒与时俱进了。

吴正好一急之下，把那张照片拿了出来。

可怜的孙子，他怎么能认定这就是我和二娃子的结婚照呢，连我自己都不知道那是谁的照片。

你们得骂我个老不正经了，我好像老是在玩弄吴正好，天哪，事情不完全是这样的。我真不记得了，我都这么老了，我还必须记得那么多事吗?

吴正好拿出来的照片，乡下人倒是感兴趣，他们抢来夺去地看，仔仔细细地看，翻来覆去地看。吴正好也凑到他们跟前，和他们一起看，一起分析，一起判断。

你们且忙着吧，我先回去看看。

一天上班路上，我体会着自己的聪明能干，想着别人都喊我李立萍，而我其实不是李立萍，心里得意，乐滋滋的，看到我一个同事在前面，我刚想赶上去和她套套近乎，旁边却突然冒出来一个路人，跟我同事聊起天来，我在后面听到她说，唉，刘阿姨，你们店里那个小李，命苦啊——

我同事有些奇怪，说，哪个小李？

那路人说，咦，就是刚刚参加工作没几天的那个，长得蛮清爽的。

我同事说，哦，是李立萍，她不是好好的吗，怎么命苦呢？

那路人说，好好的？你说书呢，她刚上班没几天，就病了，住院了，昨天，死了。

我吓了一大跳，我同事也吓了一大跳，说，你瞎说八道，她昨天还来上班，她今天也会来上班的，她又没请假，肯定会来的。

那路人似乎也被吓着了，但是她细细想了一下，坚定了自己的想法，说，见鬼了，不可能，她今天决不可能来上班，我姐姐和她妈妈是同一个厂的，不会错，前些时她住进医院后就没能出来，死了，直接推到太平间去了。

我同事说，难道每天我们店里来上班的是她的魂？

我魂飞魄散。

我逃走了。

我不再是李立萍了。

我得重新找一个替身附上去。

难哪。

我从我随身带着的破包包里，找出一张纸。

一张纸，有时候也许能救命哦。

这是当年我从那个叫赵梅华的人身边偷来的介绍信，我一直留着它，就是想着，有一天也许又用得上了。

我还是有点预见的。

现在几年过去了，通缉令应该早就失效了，赵梅华也应该早就找回自己了，或者她早已经成为另一个人了，我就再借用她的身份混迹一下吧。

我持着这张纸，在县城的街上转来转去，物色目标，寻找那些看起来比较老实的人，寻找那些看起来急着想要用人的店，最后我选定了一个目标：面店。

我重新打扮了一下自己，用小镜子照了一下，不要让自己搞得像个盲流，当然我这想法本来也是多余，因为一天前我还是绸布店的李立萍，一天后我怎么变也变不像盲流的，但是我还是需要谨慎行事的，小心驶得万年船。

这样我走到店面口的时候，店里的人看我的眼神还是比较正常，他们已经开始向我推销他们的汤面拌面。

我说，我不是来吃面的，我是南州人，到长平县来出差，刚刚到这里，钱包被偷了，身无分文，不仅完不成单位交办的任务，连吃饭和回家都成了问题，能不能让我在你们店干几天零活——

店长说，哎，巧了，我们店里真是急需要用人。她接过了我的介绍信，认真看了看，没看出什么破绽。

当然没有，虽然我这人是假的，但那张纸可是真的，货真价实的。

店长一边重新看了看介绍信，一边说，根据这个介绍信上说，你是机关的干部哦，到我们店只能端盘子洗碗——咦，她终于发现问题了，咦，你这介绍信，怎么是1959年的？

我脑袋里“轰”的一声，嘴上立刻回应说，哟，可能是我单位开介绍信的人写错了。

但是这个店长已经开始怀疑起来，越怀疑她就越觉得我可疑，她捏着我的介绍信说，再说了，这纸的颜色也不对呀，如果是刚刚开出来的介绍信，这张纸怎么会这么旧，已经又黄又脆了，明明是从前的一张纸。

她把我的救命纸紧紧地捏在手里，看起来她是不打算还给我了，或许她马上就要报警了。

我真是太大意，还以为没有破绽呢，时间，这么大的破绽，我都没有注意到，我太骄傲了，我对自己的能力太自信了，我得打自己几个耳光。

但是我很镇定，我说，是吗，日子不对吗，那可能是我拿错了，我在单位经常出差，有的介绍信就一直留在我包里，你让我看看，是不是我拿错了。

店长上当了，把介绍信还给我，我接过后并没有急着走，我假装仔细地看了看，说，哦，果然拿错了，我真粗心，这是从前我出差用过的。

可店长还是奇怪呀，她警惕性也不低呀，她说，我知道的，一般出差用过的介绍信，不是应该被收走的吗，你怎么会自己留着呢。

我说，这是从前的事情了，也许，哪一次我出差没出成，或者，我到对方单位没找到联系人，这张纸就留下了吧。

店长没再说什么，但是我得把新的介绍信给她呀，我当然没有，我说，刚刚开的介绍信，我忘在招待所了，我回去拿来给你。

我转身走的时候，听到店长在跟她的店员分析，说，我怎么听她的话，完全不知哪句是真哪句是假？你觉得，她说的话是真是假？

那店员说，哎哟，其实她是真是假无所谓的啦，我们急着要用人，你这么顶真，怎么雇得到人呀？

店长说，其实我也这么想的，我只是指出她的介绍信日期不对，但是她分明自己先慌了嘛。

他们分析得有道理，我自己先慌了。

什么叫做贼心虚呢。

我找个隐蔽的地方，把介绍信上的日期改了，字迹的颜色有些差异，但不仔细看应该不会注意到，当然我不会再回面店，我得重新再找一家，可是有了面店的惊险，我胆子变小了，好几次物色到了对象，又都被我自己吓回去了。

我没地方住，就在桥底下睡觉，睡到半夜，听到耳朵边好像有人打呼噜，惊醒过来，果然发现旁边多了一个人，吓我一跳，仔细一看，也是个女的，我推醒了她，她在睡梦中被我惊醒，傻愣愣地看了我半天。

她傻傻看我，我却早已经注意到，她随身带的一只布袋很大，里边说不定有什么货色呢。

不过你们千万放心，我是有底线的，我不会做杀人越货的事，我这半辈子已经够沧桑的了，我要善待自己，决不会把自己送上断头台。

我先开口，我说，你是谁？

她也说，你是谁？

我说，你干吗打呼噜吵醒我？

她也说，你才打呼噜吵得我睡不着。

我说，你很穷吗，干吗睡桥下呀？

她也说，你很穷吗，你干吗睡桥下呀？

我说，你是鹦鹉吗？

她说，我不是鹦鹉，我是乡下人。

我跟她有的没的扯了一会儿，不过我可没那么大的耐心，我很快就进入正题了，我问她布袋里装的什么，她一听我问她的布袋，神情顿时兴奋起来，立刻把布袋端到我的面前，告诉我，里边装的是压模。

不等我再问压模是什么，她就滔滔不绝地向我介绍起来。

原来长平县有一个地方，是著名的梳子之乡，这地方有个习俗，男劳力都在家种田，妇女出来卖梳子，她们卖梳子的方式很特殊，并不是在家里做好了带出来卖，而是走到哪里做到哪里卖到哪里。

她们的原材料就是纸，她们的工作程序就是白天捡纸，晚上在睡觉前用水把纸泡烂，第二天起来，用压模一压，再用手工一整，梳子就做出来了，然后走街串巷，叫卖梳子。

这可真是无本万利的生意。

我喜欢。

我立刻不耻下问，虚心向她请教技术。她高兴坏了，她做这个行当做了好多年，从来没人瞧得起她，更没人向她请教过什么，只有人对她嗤之以鼻，对她表示怀疑，对她严加盘问。

她突然就从一个半盲流变成了一个真老师，她很激动，不仅教我做梳子的手艺，还指点我许多靠梳子生存的诀窍，比如，怎么才能捡 到更多的纸，比如，怎么才能把梳子推销出去。

我多么聪明伶俐，很快就学会了。

后面的事情你们肯定已经猜到了。

没错，这就是一个农夫与蛇的故事。

我就是那条蛇。

我学会了她的技术，偷走了她的布袋，我成为了她，我白天捡纸，晚上泡纸，然后做梳子，然后走街串巷卖梳子。

那真是一个捡纸的大好时代，每天墙上的大字报，满满的，多得我使劲用都用不了。他们贴上去，我就撕下来，我撕下来，他们又贴上去，几乎不让墙上有空闲的时间。

简直就是在给我送钱嘛。

有一天我无意中留意了一眼，撕下来的大字报上的字，竟然是批判县中老校长的，其中竟然还有我的名字。

至于到底是我的哪一个名字，我就不说了。无所谓。

这张有我名字的大字报，我一样把它做成了梳子，不过这把梳子我没有卖，留着自己用，让我感觉好像我天天在和自己亲密接触，以此不忘自己到底是谁。

再说说梳子吧。其实卖梳子也不容易，那时候的人节俭，一把梳子小心着用，用上一辈子再传个下一代都有可能，哪个天天会去换新梳子呢，何况我虽然自以为学会了人家手艺，其实水平差远了，我的梳子做得歪瓜裂枣。

想买我梳子的人看不懂了，问我为什么梳子要做成这样，这可难不倒我，我随口就说，这种梳子梳出来的头发，不死板，就像在剃头店里剃头师傅用吹风机吹出来的，有层次感，波浪式。

我真会胡诌。

大部分人才不会相信我的胡诌，因为她们听不懂哎。

我实在走投无路了。

有一天我走进了一座寺庙。其实这寺庙是不存在的，因为它紧紧地关闭着，我下死劲推开了门，门里边的院子里长满了荒草，我身上寒丝丝的，以为里边没有人，正要逃出来，却从大殿里跨出来一个人，我不知道他是什么人，以为他是和尚。

一看他样子，我心里窃喜，真是时代不同了，和尚也不一样了，长头发了，看来我到寺庙来，还是来对了。

我说，和尚师父，我是来卖梳子的。

那人说，我不是和尚，我是香火。

我说，香火是什么？

那香火说，香火就是帮和尚打杂的人，现在代替和尚看门。

我才不关心他做什么，我只关心他买不买我的梳子，我说，既然你不是和尚，而且你有头发，你买我的梳子吧。

那香火说，我有梳子，五爪梳。他伸出五个手指，在头上抓了一把。

我说，你这也太不讲究了。

那香火说，庙都被封了，我都断了吃喝的来源，我还讲究？

我一听，顿时兴奋起来，原来他也和我一样，为生计发愁，但是我看他活得蛮滋润，甚至还有点胖，我打探说，那你是靠什么吃饭呢？

香火说，我一个香火，什么本事也没有，还不如你呢，你还能糊弄些歪瓜裂枣的梳子来哄人，我是什么也不会，只能装神弄鬼。

我没听懂他的话是什么意思，他倒也不怕我抢他的饭碗，跟我细细介绍他的“装神弄鬼”，其实就是死了人的时候，这边先给他唱唱跳跳，念些什么，然后又觉得那边有人来接他了。就这样。

他说得简单，可是我想了想，我觉得这事情不简单，肯定不像我偷学做梳子的事那么简单，装神弄鬼给死人送行，那就等于是做巫婆吧，我学得来吗？

我不确定。

香火见我犹豫，就说，你一身阳气，不适合在这里待着，走吧走吧，我这里没有你的生意。

我说，你一个香火，也这么悲观，你要有信心嘛，也许有一天庙又可以开门了，和尚们又回来了呢。

这香火道，就算和尚们回来了，可和尚要梳子干吗呢？

我又胡诌说，梳子不是和尚用的，这梳子卖到庙里，就和外面的梳子不一样了，经过和尚的手再卖出来——

香火眼睛一亮，说，对呀，那叫开光呀，开过光的物什，可值钱了，我记得有一次，我家大师父随手在一个小孩子头上摸了摸，人家大人就给捐了一尊金身菩萨。

我喜出望外，赶紧把布袋里的梳子都倒出来，呈现在香火面前，香火朝它们看了一眼，说，好是好，可惜我现在付不起钱，你能不能先放在这儿，等有一天庙重新开门了和尚重新回来了，我让他们开过光，卖了好价钱，我们再平分。

我气馁地说，庙里也赊账啊，菩萨教你们的吗？

香火说，菩萨教没教我也不知道，我只知道现在的菩萨都是泥菩萨，泥菩萨过河，自身难保。

唉，连菩萨都自身难保了，我又算个什么呢。

6. 后来

日子一天一天过去，我年纪渐渐大了，甚至我都开始老了，我仍然在使用别人的名字进行自己的生活，但这些事情，我已经不想再讲了，再讲也不好听了，三遍抵粪臭，我已经讲了无数遍了，连自己也不想听了，厌烦。

反正我永远是另一个人，至于这个人，到底是谁，干什么的，都无关紧要了。

要紧的是，我老了，我已经扮演不动别人了，还要我像年轻时那样精怪，那样去偷别人的身份，那样活在别人身上，我已经心有余而力不足。

我走投无路，只好回来了。

说起来也算是叶落归根，虽然南州一直拒绝让我把根扎下，但无论它拒绝还是接纳，我都得回来了。

我回来迟了，我哥郑见桥已经走了，我都没赶得上和他道个别，他性子真急，一个人先走了，我那位阴刁促狭的嫂子，也已经病入膏肓，如果我再迟一步，也一样见不着了。

幸好我适时地赶回来了。

她才叫叶兰乡，她才是真正的叶兰乡，躺在病床上的叶兰乡，虽然已经皮包骨头，奄奄一息，脑子却还很管用，人还是那么尖精，她不用辨识就认出了我，她竟然说，咦，你是郑见桃啊，你死了多久了？

我走上前，居高临下地看着她，我说，叶兰乡，你也有今天啊。

叶兰乡道，你还记仇啊？那个时候，互相揭发，互相出卖，不能算数的，我是检举了你，我不对，可是你哥哥还检举我呢，我们两下抵消算了吧。

我说，呸，抵消得掉吗，你害我逃离家乡，四处游荡——

叶兰乡打断我说，你知足吧，逃离家乡才有活路，四处游荡又算什么——再说了，我自己也遭报应了，你哥不肯原谅我，一直到死也没有原谅我，你就别再记恨我了吧。

你们以为我会含泪拉着她的手说，嫂子，过去的就让它过去吧。呸，别做梦了，别以为这么多年过去了，我不记恨她了。我这个人，心胸狭窄的，耿耿于怀的，谁得罪我，我会记恨一辈子的。

我来找我记恨的人，我可不是来看望她，不是冲着最后的一点亲情来的，我是来找回我自己的。

这么多年，我折腾来折腾去，把自己折腾得不光没有身份，连养老的保障也没有，我是一个身无分文的穷光蛋，而且，我老了。

我对叶兰乡说，我也会和我哥一样，一直记恨你到死。

叶兰乡说，是到我死，还是到你死？

我说，你要想我不记恨你，除非你向别人证明我是谁，我就忘记你过去所做的下三烂的事。

叶兰乡嘻了嘻说，呀，这不难办，你叫个人来，我来说。

我叫来一个护士，她听我一说，颇觉奇怪，说，你是谁，你不是谁，这关我什么事呢，为什么要向我说明呢？

我说，叶兰乡可能就快死了，她一死，就什么话也说不出了，现在赶紧让她说出来，到需要的时候，你得替我做证。

护士怪怪地看了我一眼，就走开了。

我又喊来一个医生，感觉医生比护士要懂一点事，我又一说，医生说，这事情啊，你应该找你自己单位的人来听，只有他们听到了，才有用呀。

我呸他的，我要是有单位，我找这老不死的叶兰乡干什么，我说，不是呀，医生，因为我没有单位，所以，能不能请你——

医生赶紧摆手说，我做不了什么，就算我能做什么，叶兰乡的话也已经不能算什么了，她得了老年痴呆症。

叶兰乡不高兴地说，医生，请你文明用语，科学用语，我得的是阿尔茨海默症。

医生不敢跟她纠缠，只好说，是的，是这个病，得了这个病，说出来的话，不能算数的，谁知道她说的是从前的事情，还是现在的事情，上次有一回，她告诉我说她怀孕了。

我乐得哈哈大笑起来，忘记了自己的处境，我说，叶兰乡啊叶兰乡，你怀孕啦。

医生和护士怕两个老东西纠缠他们，赶紧溜了，我笑得浑身疼痛，我还继续笑着，我对叶兰乡说，叶兰乡，你装吧，你就装吧。

叶兰乡说，那我就不客气了，我就继续装了啊。

哼哼，她还跟我斗法，她是我的对手吗？我毫不气馁地说，医生护士不肯做证，有的是人可以做证，我去喊浮云街居委会的人来。

叶兰乡哼哼说，那事情好简单呢，你试试去吧。

我不想试，这许多年，我试过太多次了，我说我是郑见桃，但是没有一个人相信我，因为我没有档案，没有身份。

从前我在浮云街的日子里，我是一个小女孩，后来到我刚刚长成一个年轻美貌的少女时，我就离开了老宅，现在我再回来，早已经不是郑见桃了。

连我自己都觉得自己不是郑见桃，我对人说我是郑见桃，恐怕还真的没人肯相信我。

他们为什么要相信我。

我如果说我是慈禧太后，说不定反倒有人相信，正如有人相信孙中山和乾隆皇帝活着一样。

呵呵，好玩。

几个轮回下来，我才发现，叶兰乡这老东西还真算得上是我对手，病成这样，我想打她个下风，还真不太容易呢，我得认真对付她，我得加把劲。我以退为守说，反正你得说清楚我是谁，你得告诉别人我是谁，如果你实在不肯说，那我就要和你谈判、跟你摊牌。

谈什么判，摊什么牌，你懂的。

叶兰乡假装不懂也不行，这是她最后的日子了，如果不能在这些日子里从她口里挖出东西来，这些东西就会跟着她永远消失了。

当然我也不知道我还能活多久，现在看起来，我至少要比她活得长一点，我没有身份，我不是我，当然，“我不是我”这个难题纠缠了我大半辈子，我大半辈子就在和“我不是我”做斗争，让一个“我不是我”的我，正常地活下去。所以，许多年了，吃拿卡要，连蒙带骗，连哄带吓，扮成清纯少女，或者做一个无赖，也或者假装痴呆，反正是无所不用其极。

但现在有所不同了，现在我老了，老了的我，仍然不是我，不是我的我，完全没有生活和生存的来源——这就是我，一个不是我的我，想要继续活下去所面临的最大问题。

既然面临的问题摆出来了，她叶兰乡也就知道，我的话题就在老宅子那上面了。

可是叶兰乡竟然对我说，你知道的，我们早就搬出了老宅子，老宅子里有什么，没有充公，没有烧掉的，都被你偷走了，你觉得还能有什么呢？

我立刻指出她的虚伪，我说，有一样东西，你们肯定没有丢掉，你们肯定时时都随身带着的。

叶兰乡说，哎哟，当初我们搬出老宅的时候，什么也没带，连身换洗衣服也没敢拿，空着身子就搬出去了。

我一听，又乐得哈哈笑起来，我说，喔哟哟，喔哟哟，你们仓皇逃窜，你们抱头鼠窜，你们可不是搬走，你们是逃走——

叶兰乡说，你既然知道我们是逃走，我们身上空无一物，你来找我干什么？

我说，你怕什么呢，我又不要你们的金银财宝，我只要一张纸。

叶兰乡眨了眨眼睛，她似乎终于有点蒙了，说，一张纸？什么纸？

我说，郑家老宅的房契，拿来吧。

叶兰乡张嘴大笑，因为笑得突然，口水流了下来，她边流口水边说，没有一张纸，从来都没有一张纸，你要是不相信我，你要是坚持认为有一张纸，那你找你哥哥去问，也可能你哥哥有，他一直瞒着我，现在他带走了，你找他去吧——她的口齿越来越含糊，幸亏是我站在这里，一个对她十分了解的我，换了任何一个人，恐怕都不能听懂她在说什么。

她的口水竟然止不住了，嘴也渐渐歪了，我看出什么来了，赶紧拉铃喊了护士，护士又喊了医生，医生进来一看，说，小中风了。又看了看，说，还好，不太严重。赶紧吩咐加用药的剂量。

我急得说，医生，你赶紧治好她。

医生朝我横了一眼，说，治好？你太器重我了，老太太这把年纪了，身体这么多病，得这么个小中风，你谢主隆恩吧，还想治好？怎么，想让她生龙活虎起来？

叶兰乡歪着嘴，还在朝我笑，不怀好意地笑，含含糊糊地说，喔呵呵，我中风了，我说不出话来了，你不能再问我了，喔呵呵。

这什么人哪，为了拒绝我的问题，她竟然宁肯中风。

我气呀，我不服呀，我心急如焚呀，虽然我心里也知道叶兰乡没有瞎说，但是如果我认同了她的话，我来找她就是一场空，我空手而归，哦不，不是归，我无处可归。

空手而无归。

惨哪。

人间惨剧。

惨绝人寰。

我可不管她嘴歪不歪，我立刻戳穿她说，叶兰乡，你别哭穷，你现在住在医院高级病房，这病房比人家高级疗养院还赞，这医院的条件这么好，你哪来的钱，谁给你出的钱？

叶兰乡含糊道，国家。

听起来像是“过桥”。

我说，凭什么你能“过桥”，我就不能“过桥”，凭什么“过桥”对你这么好，对我这么差？

叶兰乡说，对你差？你是谁，你连谁都不是。

是呀，我谁都不是，我还指望“过桥”对我好，我承认，可以这么说，在某些层面上，我这个人，这许多年，都不存在，没有活过，嘿嘿。

可我虽然没有活过，但是对“过桥”的某些让人活着的政策，我也不是一无所知，我都研究了大半辈子了。所以我应对叶兰乡说，你住高级病房，你的公费医疗是不允许全报的，你得自己贴一大半，你哪来的钱？

叶兰乡说，还是“过桥”呀，“过桥”给我的退休工资，很高的。

叶兰乡的护工进来了，见叶兰乡说话费力，她替叶兰乡补充说，叶老师退休前是正教授呢，工资高得——她一边说一边咽着唾沫，大概是饿了。

我真倒霉，我哥郑见桥和我嫂子叶兰乡，这许多年来，他们也一样历经风波，但是他们至少没有把自己的身份丢了，所以一直到最后，他们仍然还是郑见桥和叶兰乡。

我从叶兰乡这里，什么也没有得到。

我回到老宅里看看，没有人认出我，我倒是看到了吴永辉的老婆抱着吴正好，那孙子小时候瘦得像个猴。

我没理睬他们，我往我哥嫂原来的老屋去看看，还指望能看出什么稀罕来，那里边早已经住进了别的人家，他家有个小女孩，一见到我，像是见到鬼，吓得“哇哇”大哭起来。

真晦气，我回头出来，就被一个人撞上了，定睛一看，竟是叶兰乡的那个护工，我奇怪说，你怎么知道我在这里？

护工说，是叶老师说的。

我说，你们叶老师，贼精，说吧，又有什么阴谋诡计？

护工说，没有阴谋诡计，就是叶老师说想见见你。

我一激动说，啊，她找到一张纸啦？

护工眼睛一亮，问我，什么纸，你说什么纸？

我说，我也不知道什么纸。

我们一起又到了医院，叶兰乡看起来已经不怎么样了，不过你们可别误会了，别以为我会怜惜她，我是决不饶人、死不饶人的，我说，叶兰乡，怎么啦，喊我来临终告别啦，你对我有这么深的感情吗？

叶兰乡不计较我的态度，她想计较也计较不动了，她用眼神支开了护工，等护工一出去，她费力地从枕头底下拿出一包东西递给我。

我赶紧接了，我大惊大喜，我说，咦，你终于肯给我啦?

叶兰乡微微点头，嘴巴已经越来越含糊，别说其他人，就连我，也已经听不懂她说的什么了。

我这人心胸狭窄得，到这时候，我还不饶她，我说，老话说得真好，人之将死，其言也善，你虽然言不出来了，但你是人之将死，其行也善啊，你终于想通了，不想带走啦?

我当然以为就是我梦寐以求的房契嘛。

可是聪明如你们，早已经知道不是。

确实不是。

我打开一看，是叶兰乡写的一封长长的信，还有叶兰乡的所有的身份材料、工作证明、工资卡、水电卡、银行卡，什么什么卡，反正一个人生活中需要的什么卡什么纸，尽收在这个包包里了。

我来不及现在就看信，我也不相信叶兰乡能给我写点什么好听的话，我趁叶兰乡还清醒，我问她，这信是你这几天写的吗?你不是已经快那个什么了——嘿，就是那个什么吧，你还能写字?

叶兰乡摇了摇头，又朝我竖了竖拇指。

我知道她必定不是竖我的，那是竖她自己的，我揣摩出来，就是她给我写的这个长信，是她早就写好的，就是说，她是一个有预见的人，一个聪慧的人，一个英明的人。

她早就料到我会在她临行前来找她，她早就把身后的事情都安排好了？

还锦囊妙计呢，这样说起来，她是个女诸葛喽。

我嘀咕说，别是个女猪猡才好。

呵呵。

我呵呵声还没落下，叶兰乡的一只手伸过来，死死地抓紧我的手臂，把我吓一大跳，她的一根细瘦细瘦的手指，指着我手里的纸包包。

她是让我现在就看呢，唉，人之将死，我就从她一回吧。

我打开包包，拿出那封信，一眼就看到信封上有几个字“你就是我”。

我蒙了。

等我清醒过来，我把信看了，我才知道，我的人生将要掀开崭新的一页了。

我要做的事情并不复杂，就是以家属的身份，让叶兰乡出院。可是医院万万不愿意放跑了叶兰乡这棵摇钱树，左右刁难我，可我是谁？我还怕了他们不成，我和他们斗智斗勇，手段齐上，最后，当然是他们败下阵去。

他们只是流氓而已，我可是有文化的流氓。

可怕哦？

其实还是有点后怕的。

他们和我斗来斗去，没有斗在我的七寸上，因为从一开始，他们先入为主就相信了我是叶兰乡的家属、嫡亲的小姑子。

当然，我当然是叶兰乡的嫡亲的小姑子。但是我无法证明我是。所以，如果医院一开始或者在后来的斗争过程中，只要有一次质疑我的身份，那我肯定就是死蟹一只了。

好在医院不是我的单位，也不是叶兰乡的单位，医院虽然也有人事部门，但那是用来对付他们自己人的，对付医生和护士的，病人和病人家属的人事问题不归他们管。

尤其是到最后，叶兰乡已经不能说话，不能写字，不能用任何方式来证明我的身份了。

万幸。他们跟我斗，嫩了一点。

我把叶兰乡接回家，第二天叶兰乡就如她所设计的离开了人世。

叶兰乡的后事，是我一个人悄悄办的，没有任何人知道。根据叶兰乡的锦囊之计，不能让任何人知道叶兰乡已经死了。

叶兰乡还活着，一直活着。

最重要的是，叶兰乡单位不知道。

叶兰乡还是单位的退休人员，她的工资每个月按时发放，当然，使用这笔钱的人是我啦。

我怎么不能使用。我是叶兰乡嘛。

可是难道叶兰乡单位的人，会把我当作叶兰乡，他们的眼睛都瞎了，认不得叶兰乡吗？

你还别说，他们的眼睛还真瞎了，他们还真认不得谁是叶兰乡。

关于这些细节，叶兰乡的信里一一都写到了，写得比现实生活中的更细，我看着的时候，就想，叶兰乡真是可惜了，她当个作家肯定能写出惊世之作，你瞧瞧她的想法，有多出奇。

这一点上，我真心不如她，我没有她那样的超级想象力，更不如她那样胆大心细。

比如关于怎么面对单位的人这一点，叶兰乡在信中告诉我：有一次逢年过节，单位忽然想到还有我这么个老同志住在医院，就派个人来看看我。派来的是个年轻人，拎了两盒蛋白粉，还捧一束花，是我最不喜欢的百合。

我说你来看我，你认得我吗？他摇头说，我是新来的，您退休的时候，我还在上小学呢。

我再试探他，我说，咱们学校里不有许多合影吗，那上面都有我啊。

那年轻的老师说，咦，老前辈，我怎么会去看那些合影，上面又没有我，我又不是校史办的。

所以，你尽管放心，别说年轻人他认不出来，即使真有老同志来看你，只要你把自己当成我，他们也一定会认你的。反正在许多人眼里，老人和老人，都长得差不多。

我就这样简简单单地成为了叶兰乡，我过起了叶兰乡的奢华的安逸的日子，那日子真是舒服啊，我可以吃香的喝辣的，我可以请人伺候我，我可以出去游山玩水，花的都是叶兰乡的工资，我在花用她的工资的时候，心里多少觉得有点对不住她，但是再怎么对不住，我也得花，我就当作是叶兰乡对我的忏悔吧，谁让她当初揭发我，害得我失去了最后证明自己的机会。

后来，我越来越老，再后来我打算要住进养老院了。我通知了我的单位，我单位还是蛮重视的，派了总务处的一位姓杨的副处长来帮助我，这杨同志年纪倒也不轻了，想起来他和“我”在学校里应该有过交集的，但是他根本就没有认真看一看我的模样，他一直在和养老院的人打交道，还帮着我讨价还价，顺便还替自己打听了他将来的来处去处。

他不关注我，我有些无趣，我去撩拨他，我说，杨处长，我看你这些年变了不少，你看看我有变化吗？

这杨处长笑道，是呀，在我这个年纪，变化是最大的，从中年到老年，迅速老去了吧，而在你这个年纪，反而变化不大了，反正是一个老，还能老到哪里去，呵呵。

我说，那你的意思是说，我变化不大，你还认得出我？

他说，那是当然，我要是认不出你，我怎么来帮你办这些手续呢。

你们瞧瞧，这话说得多好。

这头一回就应验了叶兰乡的预测，经过这一次的考验，我彻底放心了。

我就是叶兰乡。

谁敢说不是。

事实上，真没有人说不是，没有人怀疑过我，人人知道我是叶兰乡。哪一天我玩得无趣了，我只要说一声我不是叶兰乡，大家就群起而攻之地攻击我、批评我，说我不负责任，说我老年痴呆，说我作死，总之，我是叶兰乡。

我以为我会作为叶兰乡一直走进坟墓了。

可是突然有个吴正好冒出来，这是我没有料到的，我从来都是机关算尽的，反正到目前为止，我还没有误了卿卿性命。

是这一回我的算计出了点问题，但也无妨，不仅无妨，还来得正好，正好我很无聊，我可以和他玩一玩。

事情有了变数，我就静观其变，我就随机应变，我就以不变应万变。

就算叶兰乡的真孙找上门来了，我能怎么办呢？

我恢复我自己？

那可不行。

在单位里，在养老院，在活着的任何的一切的地方，我都是叶兰乡。

我领取叶兰乡的离休工资，我才能交养老院的费用，我才能享受叶兰乡的医疗保险，不用担心生老病死，有时候我还能沾到叶兰乡其他的一些好处，人家叶兰乡，当初毕竟也是有头有脸的人物啊，比如逢年过节，有人会给我送点礼物，让我感受到有身份的依靠和温暖。

不像我。

我什么也没有。

没有身份，没有工作，没有收入。

最后我连名字也没有了。

我叫叶兰乡。

我不能把名字还给叶兰乡。

7. 高兴得太早

吴正好气冲冲地奔回家去，几乎是踢开了小天井的门。

除了亲爷爷亲奶奶，吴正好忽然又知道了自己还有个亲姑奶奶，爸，你这是想要玩死我吗？

他爸照旧躺在藤椅上，照旧天塌下来压不着我的腔调，被吴正好推搡了，才懒洋洋地说，哎哟，有个亲姑奶奶，不是好事吗，咱们家又多了一门亲戚，你这么生气干啥哩。

吴正好说，我不是生姑奶奶的气，我是生你的气，从前的这些破事，你明明都知道，这么多年你为啥守口如瓶，你想怎样啊？

他爸无耻地说，你又没有问过我，我干吗要说。

吴正好早已经厌烦了和他爸斗嘴皮子，他必须架着他爸到养老院来看我，可他爸如果不愿意的话，他的身子沉得像头大象，吴正好是万万架不动的，好在有林小琼。

自从到郑见桥的坟上看望过爷爷以后，林小琼几乎不怎么上班了，天天来吴正好这里探听情报，吴正好正好派上她的用场。

倒不是林小琼力气比吴正好还大，以她的力气，她更架不动吴正好他爸，但是她只要到吴正好他爸耳朵边上轻轻地吹一口气，吴正好他爸顿时身轻如燕，不用架，不用搀，噔噔噔就走了出去。

吴正好在背后紧紧追着他爸，而林小琼则紧紧追着吴正好，正好，正好，等等我，等等我。

吴正好一惊，回头看看林小琼，奇怪呀，林小琼，你在我爸耳朵边上吹了什么东西，迷魂散？

林小琼笑道，嘻嘻嘻，咯咯咯，正好，正好，你真幽默。

爷三个你追我赶，一起到了养老院。

他们进来的时候，我正坐在沙发上看电视，吴正好他爸赶紧走到我的床边说，咦，这床空着也是空着，让我躺一躺，让我躺一躺。不由分说就斜靠在我的床上，觉得不舒坦，还几次调整姿势，让自己靠舒服了。

小关站在一边，十分不满，也十分着急，口中念念，怎么又来了一个？哦不，怎么又多来了两个？这可怎么办？这可怎么办？

但她并没有贸然行事，她不断地看着我的脸色，只要我脸上稍有指令，她定会立马扑向吴正好和他爸。

但是接下来和吴正好父子的谈话，是不需要小关参加的，我照例将她支走。小关也知道我是有意支走她的，只是以前她都假装不知，这一次她忍不住了，说，叶老师，你每次都让我买蟹壳黄，你明明不喜欢吃蟹壳黄，你就不能换样东西买买吗？一边走了出去。

我对吴正好父子说，你们看看，我的护工都这么有水平。我又瞄了一眼林小琼，对吴正好说，不是我小瞧你，你这女朋友，看起来可没那么机灵。

林小琼急了，说，奶奶奶奶，我机灵的，我可机灵了，不信您可以考验我，您让我买蟹壳黄我也会买的。

我说，那你就去买吧，今天人多，我让小关买两个不够吃，你再去多买几个。

林小琼应声而出，在走廊里打起了电话，她的声音清脆响亮，我们在屋里听得清清楚楚。

妈，妈，她让我去买蟹壳黄。

不知道呀，我不知道她是什么意思。

啊？她是想支开我？

噢，我上当了？

咦，不会呀，反正正好在里边呀。

不会的，不会的，正好和我是一条心的。

什么什么，妈，你说什么，知人知面不知心，不是的，不是的，正好不是这样的。

好呀好呀，妈我听你的，我这就进去。

她果然就回来了，我乐了，我觉得一个小关就够好玩的了，现在又多了个林小琼，我乐不可支，我跟林小琼说，姑娘，我真有福，临到要老翘了，不仅凭空多了个孙子，今天又多了个孙女哎。

林小琼似乎有些转不过弯来，想了一想，疑惑地说，是孙女吗？

我说，咦，你不是喊我奶奶吗，不是孙女怎么喊奶奶呢？

林小琼朝吴正好看了看，小心地说，奶奶，我是跟着正好喊的，再说了，我若是成了您的孙女，我就不能跟正好谈对象了，哪有孙子和孙女谈对象的呢。

我再弄屎她说，那你想想，是认奶奶事大，还是谈对象事大，你自己决定啦。

这下子真难为林小琼了，她眼睛眨巴眨巴，活像只受了惊的兔子，她看看我，又看看吴正好，完全没有办法对付，又到走廊上打电话去汇报请示了。

喊，我实在是瞧不上，比我年轻时差远了，都不会玩一点新花样。

妈，妈，老太太要认我孙女，你说我认是不认。

什么什么，妈，就是叶兰乡老太太呀，你不是让我跟着正好来看叶兰乡奶奶的吗?

什么什么什么。

吴正好见我一直跟林小琼闲扯，这孙子真急呀，他一直在朝林小琼使眼色，可林小琼哪里看得懂他的眼色，吴正好趁林小琼出去打电话，干脆把我的房门锁上了。

我说，孙子哎，你这是要打劫了啦。

我的床上，吴正好他爸已经打起了呼噜，他真能睡。

没人打扰了，吴正好赶紧说，我们还是直奔主题吧，我们还是商量怎么解决问题吧。

我说，哪有什么主题，也没有什么问题好商量的，反正你放心，我们之间互不干涉，你们也不用管我是谁，我也不问老宅的事。

吴正好不太敢相信我的话，他小心翼翼地看着我，提心吊胆地说，你不管老宅的事，你真心的?

这孙子眼神巴巴的，好可怜，我于心不忍，安慰他说，孙子哎，你放心，反正我是不存在的，我不会跟你抢什么的。

吴正好急得说，你怎么不存在，你明明是存在的，你就在我的眼前，你是真的，活的。

我说，在你面前的不是我，除非你能拿出我存在的证明来，否则我就是不存在的。

吴正好渐渐放心了，他有点喜形于色，回头对着他的睡着了的爸说，爸，你看，我说过的吧，都行将就木了，还争什么遗产呢。

他说话太过随便了，他竟然说我行将就木，尽管我确实是行将就木，那也容不得他指出来。我忍不住要打击他一下，我说，不过，你可能高兴得太早了。

这时候林小琼报告完毕，得到指令，开始敲门了，正好，正好，我在外面，你开门呀。

吴正好不理睬她，她又喊我，奶奶，奶奶，是我，我在敲门。

我刚想逗着她玩，吴正好已经到了门口，把门打开一条缝，嘴对着门外说，林小琼，我有重要的事情跟奶奶商量，你在外面等一等。

林小琼说，那不行的，那不行的，正好，正好，我妈让我进来，我妈要我听清楚你们在说什么。

吴正好说，我们说了什么，过一会儿我全部告诉你，你先在外面歇一歇吧。一边说一边重新关紧了门。

林小琼信吴正好，在门外说，好的，正好，正好，你等一会儿要告诉我啊，要一字不漏地告诉我啊。

吴正好回头威胁我说，奶奶，你看看，事情越来越大了吧，你知道林小琼她妈是什么人吗，刘金灿，那可是个人物，你最好不要引火烧身噢。我要是把你的真实身份告诉刘金灿，那你就彻底玩儿完。

他蛮猖狂，不过，用不着我来对付他，他爸已经醒过来了，帮着我吓唬他说，小子哎，你揭发了她，那她就没有其他活路了，唯一的活路就是做回她自己。

这孙子还不服呢，犟着头颈说，做回她自己？她自己算什么？

那老子阴阳怪气说，小子哎，你可不姓郑，我也不姓郑，她才是正宗姓郑哦，她是郑家的唯一的继承人，继承郑家的遗产呢。

老东西还挺毒的，这一招很管用，这孙子顿时吓得脸都白了，胆战心惊地败下阵去。

虽然这孙子自从找到我以后，“奶奶”“奶奶”地喊个没停，我一辈子都没听到过如此亲热的叫喊，我不应该再存心和他作对，何况他已经知道错了，败下阵了，我也没有必要再穷追猛打，我甚至还应该宽慰他说，孙子哎，你放心，反正医生已经给我鉴定过了，我没有正常行为能力，也就是说，我说的任何话，都是不作数的，这孙子听了，应该啊哈哈啊哈哈地大笑起来。

可是我才不，我才不会让他高兴得大笑，我还有一个最厉害的撒手锏没有使出来呢。

我当然不会手下留情，我毫不客气地再次给了他当头一棒，狠狠的一棒，我说，孙子哎，虽然我可以不存在，虽然我可以不作数，可我必须提醒你，在你和郑家的遗产之间，还有一个比我更重要的人物。

吴正好一愣，说，谁？

我故作轻松地说，嗨，你要知道，你嫡亲的爷爷奶奶，他们是有嫡亲儿子的哦。

吴正好先是一惊，随后又松了一口气，那不就是我爸吴永辉嘛。

我说，你错了，我说的是，他们还有另外一个儿子，他不叫吴永辉，他叫郑永梅。

我拿出叶兰乡留下的那张照片，递给他看，照片上面的第三个人，也就是中间的那个人，被挖掉了，挖成了一个洞。

吴正好看着那个洞，两眼一翻白，差点倒下去，还是他爸沉得住气，虽然他一贯懒洋洋、肌无力的样子，吴正好要跌倒的时候，他却来劲了，挺起身，出手扶稳了吴正好，拉长了声调说，喔哟哟，至于吗，一个郑永梅，有那么可怕吗，看把你吓得，屄样。

第 三 部 分

1. 我的父亲母亲

我终于出现了。

我原来以为，我就一直、永远、默默无闻地待在那儿了，天塌下来，也不会有我什么事，没有任何事情能够涉及我。我本来也不想出来的。平安是福。

可是我到底还是被惊动了。

这个时代真是惊天地泣鬼神。

我不得不出来了。

或者说，我是被逼出来的，是被揪出来的。

或者再换个说法，因果轮回，终于轮到我了。

只是，我虽然出来了，但其实我并没有出来。他们只是知道了我，他们还必须找到我，我才算是我。

那我到底是谁，我到底在哪里呢？

其实有一个办法，大家都知道，纸。

如果暂时找不到我这个人，可以先找我的纸。

我当然是有纸的。

有人就有纸，或者，反过来说，有纸才有人。

我的那张纸，是从我三岁的时候开始出现的。也就是说，我三岁的时候，我的户口迁入了我父母亲的户口本。

在我家后来的户口本上，我的名字后面就是“迁出”两个字。

也就是说，我来过，又走了。

三岁之前我在哪里，这似乎是一个永远的谜，不知道谁能把它解开。可以让那个自称孙子的吴正好试试。我只是在认字以后，从我们家的户口本上看到，我是“迁入”的，迁入的时间就是我三岁的那一年。

我比户口本迟到。我父母领到户口本的时候，我还没有出现。

现在你们相信了，我是存在的，存在在户口本上，在户口本上，我姓郑，我叫郑永梅。

既然我姓郑，那就得先交代一下我老郑家。

我老郑家是南州的大户人家，其实有些事情，或者说事情的关键部分，那孙子吴正好已经说过了，我不想再啰嗦，我也不想再往前追索多少多少年，多少多少代。那已经离我太远，也与我无关。

但我必须说说我的父亲母亲，否则我连自己的来路都无法搞清楚。

我的父亲郑见桥。我的母亲叶兰乡。

是的，她叫叶兰乡。前面你们对这个名字已经纠缠过，怀疑过，你们到现在也无法确定关于叶兰乡的许多事情。

当然我也不能确定。

据说叶兰乡十八岁的时候，是女子师范的优等生，她能歌善舞，而且文采飞扬，她写的作文常常被老师打上六颗星，甚至七颗星。也就是说，在她的文章面前，老师都丢了方寸，乱来了。

那时候，叶兰乡走在路上，身后常有人喊，手帕掉了。

她知道手帕没有掉，但还是回头莞尔一笑，她脸上有两个浅浅的酒窝，笑的时候酒窝就深了，她平时穿着搭扣皮鞋，花样的布拉吉，她可以沿着优等生这条路走下去，会有前途的。

但是她没有。

她走了另外一条路。

因为她看见了郑见桥。

郑见桥就是我父亲啦。那时候他从他的老郑家冲出来了，走上街头喊口号，叶兰乡正在路边和别人玩掉没掉手帕的游戏，一转身，看到了街上的郑见桥，她的心怦然跃动。

叶兰乡跟上了郑见桥的步伐，就一跟到底了。郑见桥报名参加了部队，叶兰乡也跟进去了。

战友们为他们举办了简单的婚礼，接着我母亲就怀孕了。

怀的不是我。

这个不是我的孩子，来得太不是时候，据说那时候战火已经烧到江边，战友们个个摩拳擦掌，要上战场。

我的父亲母亲着急呀，守着那个多出来的累赘，他们竟然商量出一个馊主意，而且，他们竟然真的把这件丑陋的事情做成了，他们把亲生的才几个月大的儿子送了人。

这个事情你们都已经知道了。

我只是在这里再回应一下，凭着那孙子吴正好的执着，用牛屎里追出马粪来的精神穷追猛打，这个被送了人的儿子，终于在他老去的时候，露出了原形，他就是吴正好的父亲吴永辉。

这个人的脾性，你们已经领略到了，所以，说他是吴永辉，或者说他是吴永灰，都一样。

他一辈子就像一粒灰。

最后他还是一堆灰。这毫无疑问。

郑见桥和叶兰乡狠心地将亲生儿子送人，天地良心，他们觉得自己完全没有歹念，他们只有一个单纯的念头，他们要上前线，要去打仗，要轻装上阵，所以，连儿子都不要了。

当然，其实他们也是很狡猾的，他们多少还是有一点歹念的，他们已经设想好，先把儿子送人，以后有机会再要回来。

想得挺美。

他们的如意算盘打得并不成功。虽然儿子送了人，但他们上前线打仗、为国捐躯的想法并没有能实现。他们也不撒泡尿照照自己，那么多人争着上前线，轮得着你俩吗？

因为他们送掉了孩子，写了血书，发了毒誓，积极得过头了，甚至引起了怀疑，至少是引起了关注，所以他们真是偷鸡不着蚀把米，舍了亲儿子也没套着野心狼。

最后，他们不仅没能北上跨江，很快就从南下的部队回到老家，转业进入了市机关，一个在机关行政科，一个在文化局，都是普通干部。虽然他们年纪轻轻就参加了革命，到了部队上，但最后并没捞个一官半职。

对此他们有无抱怨？想起来肯定是有的，只是因为自己屁股上并不那么干净，抱怨就只好埋在心里了。他们身边的战友，有的被揪出来，有的被抓起来，有被开除出去的，甚至有被毙了的，比比那些人，知足吧。

好在现在他们的生活安定下来了。

生活安定了，沸腾的热血也逐渐冷却了，恢复了正常。一恢复了正常，一开始过正常的日子，他们立刻就想到了被抛弃的亲生儿子，他们的想法，当然是要去把儿子找回来。

他们果然反悔了。

他们立刻就去找了中间人刘明汉，问刘明汉把孩子给了谁，那刘明汉说，幸亏我有预见，也有经验，当初没让你们双方见面，现在你们果然反悔了。

叶兰乡本来也算是知书达理的大家闺秀，向来以温文尔雅的面目示人，可能是因为丢了儿子，现在变得有点蛮横了，但是此时此刻，她的蛮横还埋在心里，还没好意思直接表现出来，毕竟她从来都是有知识讲道理的人嘛，所以她没有正面和刘明汉干起架来，而是在一边嘀咕说，什么叫反悔，什么叫反悔，当初我们就舍不得，我们还在犹豫，要不是你那么积极主动，我们说不定就抱回去不送人了。

虽然说得很轻，但刘明汉是听得见的，因为她就是要说给刘明汉听的。

这就完全不讲理了，竟然怪到中间人头上去了。

不过好在刘明汉有经验，也有办法对付她这样的人，他不会对她客气的，他说，我当初就看出来你们这一对不是什么好鸟，我就知道有一天你们会做出这种狗皮倒灶下三烂的事情。

叶兰乡没有想到刘明汉用词一下子变得那么粗鄙，她对应不上，语塞了，没有别的办法，她哭了。

刘明汉说，你哭也没用，这是规矩，这是诚信，当时是你们自己保证永不反悔的，你们还让我替你们写了字据。

再说了，你若是强行抢回来，另一个女人也会哭的，而且，她比你更无辜，她哭起来，可比你厉害多了，她撒起泼来，你们吃不消的。

虽然在刘明汉这里碰了钉子，但是郑见桥和叶兰乡不肯甘心，他们避开刘明汉，四处打探。为了掩人耳目，他们的行为鬼鬼祟祟，他们的眼神躲躲闪闪，他们的言语吞吞吐吐，但是他们的目标却是很明确的，盯注附近所有的家庭，只要这个家庭里有一个和他们的孩子年龄差不多的孩子，他们就盯上了，然后就逼近去。

仅仅在浮云街五十五号的大宅院里，就有好几家符合他们的盯注条件。

有一天郑见桥和叶兰乡来到了邻居周同贵家里，那时候大家还都没有思想准备，并不知道郑见桥、叶兰乡想干什么，看到平时从不来往、更不串门的郑见桥和叶兰乡到家来了，周同贵起先还蛮激动的，以为他们家受到郑老师家的重视了。

周同贵的年纪一直是个谜，大家都不太清楚，从长相上看，他和他老婆年纪都不小了，可是周同贵分明不想让邻居知道得更多，所以但凡有人问他们年纪的，周同贵总是打哈哈，含糊应付过去，好在他和他老婆的年纪，和别人也无多大关系，不说就不说吧。

但是现在不一样了，现在郑见桥和叶兰乡来了。

郑见桥和叶兰乡一进来，先盯着周同贵老婆抱着的孩子看，看了半天，周同贵还以为他们喜欢孩子呢，主动提议说，叶老师，你喜欢啊，你喜欢的话，过继给你们当干儿子。

叶兰乡愣了一会儿才说，干儿子？干儿子我不要，我要亲儿子。

周同贵听不懂了，他是很崇拜他们的，他以为自己水平不够，听不懂他们的言外之意，所以只好笑了笑。

周同贵的老婆似乎比周同贵冷静一点，她急着说，哎呀，周同贵你不要瞎说好不好，郑老师、叶老师是干部，是知识分子，干部和知识分子是不讲什么干儿子干女儿这一套的，那是封建迷信。

听得出来，如果叶兰乡真的要认他们的儿子当干儿子，她也许会纠结的。

郑见桥宽慰他们说，认个干儿子，也不能算什么封建迷信，再说了，我们没想要认干儿子，我们今天来，我们今天来——

他一时说不出口，就看着叶兰乡，似乎在向她求助，希望她先开口。

可是开始的时候叶兰乡的面皮也薄的，她努力开了几次也开不出口，她怎么可能直接就对着周同贵和他的老婆说，你们抱着的儿子，是我们的儿子，她说不出来。

不过叶兰乡也知道，这事情已经不可能指望郑见桥了，只有靠她自己，她思索了一下，绕了一个弯，采取迂回曲折的方法，她说，哎，老周，你看起来四十出头了吧？

周同贵愣了片刻，面对郑老师和叶老师，他似乎无法像面对其他邻居那样搪塞应付，他竟然点了点头，正要说话，被他老婆扯了一把衣襟。

周同贵一回头，对老婆说，你别拉我，郑老师和叶老师不是别人，告诉他们没事的。然后再一回头，对着郑见桥和叶兰乡说，哎，叶老师，你的眼睛蛮凶的，看得出我的年纪哦，我今年，整四十，我老婆也三十八了。

好了，事情发展到这里，你们已经猜到了，接下来是什么。

接下来就是叶兰乡说，可是不对呀，真的很不对呀，你们都四十了，你们的儿子怎么才这么小，难道儿子是你们抱养的？

本来这屋子里气氛好好的，十分和谐，真是睦邻友好，可是叶兰乡一句话，立刻破坏了这种气氛，屋子的气氛顿时紧张起来，不仅紧张，甚至有了一种剑拔弩张的感觉。

郑见桥立刻有了想溜走的想法，但是叶兰乡紧紧抓住他，好不容易走到这一步，这关键的时刻他可不能走，事情已经见出了端倪，这时候撤退，岂不是前功尽弃。

周同贵的老婆气昏了头，根本就不知道叶兰乡说这话是什么意思，她嚷嚷起来，什么什么，叶老师，你、你、你——放，你放——你什么意思？

她是想说你放屁，但是看着叶老师文弱的样子，她实在没有说得出口。

周同贵一开始还努力保持对郑老师、叶老师的敬重，可是现在心里气呀，郁闷呀，怎么也保持不住了，保持不住尊敬，也就保持不住他本来就不多的修养了，他说，叶老师，想不到你一个国家干部，说话也可以胡说八道。

对方一粗了野，叶兰乡也难保她一贯的细腻文雅了，她急切地说，我怎么是胡说八道，你们的年龄放在这里，你们小孩的年龄也放在这里，你们觉得这里边没有问题吗？

周同贵夫妻被问住了，半天过后，周同贵先反应过来，他已经彻底抛弃了对他们的尊重，梗着脖子说，怎么啦，我们就是老来得子，不可以吗？有谁规定我们不可以老来得子？

叶兰乡说，没有规定不可以，但是也不可能老到这样啊。

周同贵说，老到怎样？我不过才四十嘛，过去有人六十岁还老来得子呢。

还是周同贵老婆比周同贵头脑清醒一些，她把孩子往周同贵手里一塞，自己就开始翻箱倒柜，不一会儿果然给她倒出东西来了，举着到郑老师、叶老师跟前，说，你们看看啊，你们看看啊。

她找出来的是孩子的出生证，是医院开具的，还有一本病历卡，上面清清楚楚记录着高龄产妇的生养过程中的点点滴滴。

周同贵老婆一边让他们看清楚，一边说，我告诉你们，为了生这个孩子，我差一点把命都送掉了，高龄产妇，又是横位，你们听说过吗，我冒着生命危险生下来的孩子，你们居然说我是抱养的，要不是看在你们是干部的分上，我要骂你们的，我要骂死你们的！

一番话没说完，郑见桥和叶兰乡抱头鼠窜逃走了。

两个人灰溜溜地回到自己的家，面面相觑了好半天，什么话也说不出来，但是他们心里明白，他们没有灰心，他们还存在着希望，他们还会努力。

只是他们还不知道，周同贵夫妇早已经把他们的荒唐事传得沸沸扬扬了，弥漫在浮云街五十五号，弥漫在整个浮云街。

接下来，郑见桥和叶兰乡看中的第二家，姓钱，是做木匠的，钱木匠也已经听说了郑见桥夫妻俩在四处乱找孩子的事情，现在见他们找到自家门上来了，他沉着应对，一点也不像周家那样气急败坏。

那一天郑见桥和叶兰乡踏进他家的门，叶兰乡的眼睛就死死盯着他的孩子，一眨不眨，再也挪不开眼神了。

钱木匠才不生气，更不着急，他客气地对郑见桥说，郑老师，听说你们在找人，你们要找什么人呀？

叶兰乡抢白他说，你明明知道我们在找儿子，你还明知故问，你什么意思？你心虚？

她说话的时候，眼睛并不看着钱木匠，只看着他们的孩子，她越看情绪越激动，不等钱木匠说话，她又抢着说了，你们看看，你们看看，这孩子双眼皮，跟我一样。

钱木匠笑了起来，他笃悠悠地说，叶老师，难道双眼皮的孩子，都是你家的吗？

叶兰乡说，你们看看，你们看看，不仅是双眼皮，还有酒窝，还有鼻梁那么挺，还有——

郑见桥感觉叶兰乡有些失控，他把她挡在身后，客气地对钱木匠说，钱师傅，因为你的孩子和我们的孩子年龄差不多，所以我们过来看看，看起来确实是有点像啊——

叶兰乡又抢到前面，打断郑见桥说，怎么是有点，绝不是有点，是很像，是太像了，是简直一模一样！

钱木匠觉得实在太好笑了，他一直在笑，可是钱木匠的老婆涵养不够，她忍不住了，她气得说，像个头呀，我们平时还都尊称你们一声老师，你们像个老师吗？你们的眼睛都瞎了呀，我们这是个女儿呀。

郑见桥和叶兰乡被当头一棒，打晕了，两人再一次面面相觑，郑见桥愣住了，叶兰乡受了惊吓，打起嗝来，嗝，嗝，嗝——

钱木匠老婆气不过，又责问他们，难道我们会把你们家的儿子变成一个女孩子吗？

郑见桥脸涨得通红，他们思子心切，居然连人家是男孩女孩都没有搞清楚，就要去抢人家的孩子，这脸真是丢大了。

叶兰乡一边打嗝一边还强词夺理，说，嗝，这不能怪我们，嗝，你们的女儿，长得就像个男孩子，嗝，嗝，嗝，你们给她这种打扮，穿这种衣服，谁看都觉得像个男孩子。

人家更不高兴了，说，我们爱给她穿什么，爱怎么打扮，你管得着吗？

叶兰乡说，是呀，我是管不着，但我知道，你们想生儿子，生不出来，就把女孩当儿子带吧。

她的话说得有点难听了，不仅钱木匠的老婆生气，连郑见桥也觉得叶兰乡有失身份，走火入魔了。他赶紧拉叶兰乡走，她还偏不走，说，钱师傅，那天我请你箍个脚盆，你还跟我说，远在天边，近在眼前，这是什么意思？

钱木匠说，近在眼前，叶老师，你的眼前也太狭窄了，难道你的眼前只有我家吗？

叶兰乡似乎是受到了启示，顿时眼睛闪亮起来，也不再和钱木匠家纠缠了，跟着郑见桥急急地走出去。

钱木匠的老婆在背后骂钱木匠，要你多嘴，小心吃耳光。

钱木匠说，我多什么嘴啦，远在天边，近在眼前，这种话不能说吗？

接下去郑见桥和叶兰乡还会再去某些人家，只要那家人家有一个两三岁的孩子，他们都会进去，但结果也都一样，被毫不留情地赶出来。

渐渐地，一向受人尊敬的郑老师和叶老师，在这一带成了人人嫌弃的过街老鼠。

有小孩子的人家，见了他们，忌惮，远离三分，没孩子的或者只有大孩子的人家，见了他们，嘲笑，指手画脚。

走在宅院的备弄里，郑见桥说，我怎么感觉自己像一只被痛打的落水狗。

叶兰乡说，我感觉自己像只嗡嗡叫的苍蝇。

不过他们还在继续努力呢。

最后，他们终于来到了老宅院西落的最后一进。

这是老宅院最后的角落。

郑见桥和叶兰乡本是属于那种高高在上、不关心邻居、只过自己日子的人家。无论是他们从前的身份，还是他们现在的身份，都决定了他们和老宅院里的邻居不是同类人。

许多后来搬进来的住户，都是从前没房的贫困人家，有的甚至是从乡下或从外地流窜来的盲流。

比如吴福祥。

郑见桥和叶兰乡平时基本上不串门，和宅院里的邻居，最多就是在备弄里擦肩而过，人家会尊敬地喊一声郑老师，或者叶老师，他们也会淡淡地笑一笑，但是那淡得几乎没有笑意，他们也从不回应称呼别人什么，因为他们不知道哪个是哪个，不知道他们的名字，更不知道他们的来路。

他们也不想知道。

反正时代就是这样规定的，知道不知道都一样，改变不了什么。

他们每天上班下班，和喊他们的邻居点个头，这就是日子。

至于西落最后一进，他们从来都没有进去过。他们走不到那里，他们没有理由跑到那里去。

住在他们后面、老宅院西落最后一进的吴福祥一家，最近这一阵日子不好过，心情比较紧张，天天提心吊胆，郑见桥、叶兰乡找儿子的事闹得满城风雨，人人知晓。尤其是当他们听说，那两口子竟然一家一家走门串户地寻找，这可了不得，要是找到吴家来，吴家的人又没有知识，又没有见过世面，万一做贼心虚，到时说话一漏风，岂不是养了两年多的儿子就要给人家白白地送回去了。

吴福祥赶紧去找刘明汉，刘明汉才不担心，说，你不来找我也无事，你来找我也是对的，怎么，你害怕？

吴福祥说，怎么不害怕，他们挨家挨户地找，一家也不放过，简直、简直像日本鬼子了。

刘明汉笑道，就算查到你家，又能怎么样，你们家吴永辉，会承认他是郑见桥的儿子吗？

吴福祥说，那倒不会，他根本就不知道，再说了，这孩子开口晚，到现在，快三岁了，说话都说不太清楚。

刘明汉说，那不就得了，他们就算来了，他们就算看到了你儿子，他们凭什么说这是他们的儿子呢？

吴福祥把刘明汉说的话想了又想，仍然不放心，说，可是，那事实上就是他们的儿子呀，再说了，他们和我们不一样，他们有知识，有水平，他们会变着法子叫我们说出实话的。

刘明汉又笑道，你还真把他们当日本鬼子了，其实他们只是像日本鬼子而已，他们毕竟不是真的日本鬼子，他们又不会杀你，不会打你，连骂人他们都会挑点文雅的词，最多就是那个姓叶的女人，跟你们多几句废话，你怕废话吗？

吴福祥腰杆一挺，说，废话我才不怕，她骂我我也不怕，打我也不要紧，我只要守住儿子，我什么也不怕。

刘明汉说，好，那你就放心吧，你儿子是一定能守住的——我提醒你，他们过不了多久，就会找到你这儿的，他们找来后，你和你老婆，你们怎么怎么怎么样，就行。

吴福祥从刘明汉那里得到了指示，就放心地回家了。

果然，过不多久郑见桥和叶兰乡就找来了，虽然刘明汉已经给吴福祥、吴柴金打了预防针，上了课，并且给他们鼓足了气，可是这会儿当他们看到郑见桥和叶兰乡站在他们面前，死死瞪着他们的儿子的时候，顿时把刘明汉的教导吓到了九霄云外，顿时心慌意乱，他们是想牢牢记住刘明汉教的办法，死死守住事实真相，可是事实上，他们已经守不住了。

不过别着急，事情还没有到不可收拾的地步，虽然吴福祥和吴柴金是两个不争气的东西，一见到真主就慌了，但是好在还有吴永辉呀，他可不认得真主，他谁也不认得，尽管他还只有三岁，但是他似乎已经有足够的力量来保护住自己的假身份了。

那一天的事情也是出奇。平时这小子不爱吭声，你掐他一把，掐疼了他也不哭，这会儿却知道配合吴福祥、吴柴金，配合得天衣无缝，郑见桥两口子一走进那个小天井，就听到了吴永辉的号叫。

十分奇特的是，三岁的吴永辉的哭声，又细又尖，不但要刺穿人的耳膜，简直还要刺穿人的心脏了。

吴柴金抱着尖声大哭的吴永辉走到叶兰乡面前，把吴永辉拱到叶兰乡眼前，那孩子的哭声把叶兰乡搞得两眼发花，快要晕倒了。

吴福祥生气说，吴柴金，你怎么搞的，家里难得来客人，小孩这么哭，你让我怎么跟郑老师、叶老师说话？

吴柴金对叶兰乡说，叶老师，对不起对不起，今天这孩子也不知怎么了，早上醒来就开始哭，我哄了他一个多钟头了，哭成这样，嗓子也不哑，声音还这么尖——要不，叶老师你抱抱他？

叶兰乡吓得直往后退，边退边说，你抱，你抱，我不抱——一个不小心，自己把自己绊了个四脚朝天，坐在地上半天起不来。

吴柴金拍打着吴永辉的屁股说，别哭啦，别哭啦，你把叶老师都哭到地上去了啦。

可那小狗日的吴永辉，还在继续尖号，叶兰乡在地上闷坐了一会儿，猛地爬起来，拔腿就跑。

郑见桥觉得莫名其妙，追在后面说，喂，喂，你不找儿子啦？

叶兰乡边跑边喊，这个不是我们的儿子！

郑见桥奇怪说，你怎么判断出来的？

叶兰乡尖叫道，她不是男的，她是女的，你听她的哭声，是个妖精，妖精都是女的，妖精——

叶兰乡这一叫喊，可把吴福祥和吴柴金搞晕了，搞急了，吴柴金抱着吴永辉紧紧追着叶兰乡说，叶老师，我们不是妖精，我们不是女的，我们是儿子，我们是儿子！

叶兰乡拒不承认，一边跑一边继续喊，不是儿子，不是儿子！

吴福祥急得说，叶老师，你不相信我们是儿子？给你看，给你看！

吴柴金也跟着嚷嚷，给你看，给你看——一边动手解开吴永辉的尿布，叶老师，你看，你看，是男的——

叶兰乡闭着眼睛夺路而逃，郑见桥心里百感交集，一边不放心逃走的叶兰乡，一边又觉得在吴永辉面前挪不开步子，他咬了咬牙，最后朝着吴永辉死死地盯了一眼，好像要把他看到肚子里去才过瘾，然后他跺了一跺脚，转身去追叶兰乡了。

就在所有的人都目瞪口呆的时候，吴永辉的哭声戛然而止。

吴福祥愣了半天，然后他渐渐地醒悟过来，他一醒悟过来，立刻哈哈大笑起来，他亲着吴永辉的屁股蛋，对吴永辉说，儿子哎，你跑不了了，你就是我的儿子！

那时候吴永辉才三岁，他哪里听得懂。

郑见桥和叶兰乡回家后，渐渐镇定下来，他们慢慢地细心地梳理他们所经历过的这一次次的艰难的走访，回头认真总结，一一分析评判，感觉个个都像是他们的孩子，实在不知道确认哪一个是好了。

他们也打算放弃了，可是亲生儿子的气味就在他们身边，他们能够闻得到，能够感觉得到，他们实在不甘心，重新又去找刘明汉，他们采取了以攻为守的新办法，哄骗刘明汉说，你就别再隐瞒了，我们已经找到了，我们知道哪一个是我们的孩子。

刘明汉才不吃他们这一套，刘明汉说，别说你们不可能知道，连我都忘记了，当年那个时候，送孩子的，领孩子的，可多了，经我手的，好多个呢，谁记性那么好呢。

刘明汉这明明就是无赖的话，可是郑见桥、叶兰乡对于他的无赖，一点办法也没有。

刘明汉就做了他们的思想工作，他通情达理地说，你们就死了这条心吧，你们就另找出路吧。

郑见桥和叶兰乡找孩子找成了死脑筋，不知道哪里还有另外的出路，刘明汉说，嘿，你们这些人，天生就是书呆子，就算在部队待过，你们也还是死脑子，出路就是你们再生一个吧，说不定，还能再生几个呢。

醍醐灌顶呀。

郑见桥和叶兰乡立刻听从了刘明汉的建议，决定再为自己生孩子，一个，甚至几个。

他们非常努力，坚持了很长一段时间，但是不行。他们甚至还听了封建迷信的建议，偷偷地去求了送子观音，仍然不行。

叶兰乡终于要放弃了，她泄气地说，可能是报应了，谁让我们把亲生的儿子送人呢。

既然努力了不行，他们也想得开，就不再努力了，那时候，百废待兴，他们有许多事情要做。

2. 我

可是后来事情发生了一点变化，有一天我母亲慌慌张张从外面回来，一进门就对我父亲说，他、他、他们说我是特、特、特——

我母亲语无伦次，连说了几个“特”也没有说出个“务”来，其实不是因为她结巴，也不是因为她口齿不清，实在是“特”和“务”这两个字连在一起，把我母亲吓坏了。

比起来我父亲还稍微沉着冷静一点，他替我母亲说出了那个“务”字，他说，特什么？是特务吧，他们说你是特务。

我母亲神情更加紧张，死鱼样的眼珠瞪着我父亲，一迭连声说，啊？啊？连你也说我是特、特、特——

我父亲说，我没有说你是特务，是你自己说的。

我母亲吓得差点瘫倒了，她斜靠到床上，大口大口地喘气，我透不出气来，我透不出气来——他们说，香烟是通气的——她居然从口袋里摸出一包烟来，我父亲惊讶地看着她从里边抽出一根烟，然后用火柴点烟，可是她点烟水平实在不行，划了几次火柴都没有划成，最后一根她划出火来了，但是她的手却抖得不敢往烟头上送。

我父亲看不下去，替她把烟点着了，我母亲深深地吸了一口，又长长地吐出一口，似乎缓过点气来了，她哀叹道，哎哟，哎哟，不行了，没有香烟我不行了。

抽了半根烟以后，她总算稍微平静了一点，但是她一平静下来，思路就清晰了，她思路一清晰，她就更慌了，她说，你刚才说，是我自己说我自己是特务，那就是说，我承认我是特务，还是，算我自首我是特务？

我父亲觉得我母亲思维方式有些怪异，说，你这是什么想法，我觉得你的想法有点混乱，要不，你再抽一根烟吧。

我母亲就这样开始了她的烟的人生。

先打住，你们也许觉得我在胡扯，你们会怀疑，那时候的我，还不知道有没有存在，就算已经存在，那也还很小，小毛头，还吃奶，还抱在手里，还不懂人事。我怎么知道我母亲的那些事情，甚至是许多细节，我只能告诉你们，我天生就知道。

这一点你们不用怀疑。

烟虽然能帮助我母亲镇定，但不能帮助我母亲去除恐惧，我母亲仍然在纠结，她既怕我父亲跟她提特务的事情，又怕我父亲不跟她提特务的事情，等了半天，见我父亲不提，她竟然主动去撩我父亲，她说，郑见桥，怎么才能让他们不怀疑我是特、特——那个——你说你要把房子捐给国家，为什么还不捐？捐了他们就不会怀疑我是特、特、特了。

我父亲“哼”了一声说，不是我不捐，我早就向上级汇报过了，可是他们说我不诚心，不忠实。

我母亲惊得一哆嗦，烟头掉在了被单上，母亲反应迟钝，竟然无动于衷，吓得我父亲赶紧去扑打，烟头已经把被单烧出一个洞来，幸好我父亲扑得及时，没有燃起火来。

我父亲有点责怪我母亲，他说，你都看见烟头掉被单上了，你为什么不搞掉它？

我母亲不以为然说，掉被单上不要紧，只要不被人看见。

我父亲说，可是，你如果被单上有烟洞，哪天洗被单，晒出去，人家一看就知道是抽烟的。

这话说到点子上了，说得我母亲胆战心惊，说，我不是有意的，我不是有意的。

我父亲说，没人说你是有意的，谁还会有意把自家的被单烧一个洞，我只是提醒你，今后小心一点。

我母亲沉默了一会儿，她的思路又回去了，她说，为什么把房子捐给国家是不忠诚呢？

我父亲说，他们说口说无凭，因为我拿不出房契，我家的房契也不知道在谁那里，或者是弄丢了，反正我找不到它。

我母亲又慌张起来了，没有房契，那就是捐不成了？

虽然我父亲说他会再想想办法，他甚至说他一定会想出办法来的，可是我母亲已经慌得不行了，她说，捐不成，捐不成，那我，那我特，特——

我父亲有些不耐烦地打断我母亲说，这是两回事，既然你不是特务，你还谈什么特务呢。

我母亲说，不对的，我虽然不是特、特，但是他们认为我是特、特——

我父亲说，他们凭什么这么认为？

我母亲的担心和恐惧并不是没有理由没有根据的。因为我父母亲把他们的亲生儿子送了人，后来又没有再生孩子，这事情十分蹊跷，孩子送人就很蹊跷，唯一的孩子送了人，不能要回来，为什么不再生一个呢，岂不是更蹊跷？

我母亲的同事对我母亲的情况十分清楚，他们觉得不可理解，值得怀疑。

他们说，怎么会不要孩子呢？我们家家人家都生孩子，生好几个，他们为什么一个孩子都不要？

说，难道他们和我们不一样？

又说，什么不一样呢？难道他们有什么秘密？

再说，是呀，只有有秘密的人，才怕家里多一双眼睛。

噢，现在推测出来了，他们不想外面有人监视他们，也不想家里有人监视，所以不要孩子。

在新社会的阳光下，什么样的人才有不可见人的秘密呢？

特务。

我看到叶兰乡偷偷抽烟。

我也闻到她身上奇怪的味道，一直想不出那是什么味道，现在知道了，就是烟味哦。

女特务抽烟。

这些背后的议论，我母亲偷听到了，也许他们是有意说给我母亲听的。反正不管怎么样，我母亲吓坏了。

那时候我家的户口本上，只有我父亲和我母亲两个人。一个星期天，不用上班，我母亲就抱着那个本子，整整看了一天，看得我父亲胆战心惊，看得我父亲差一点出去喊救命。

到了那一天的傍晚，我母亲的眼神出现了变化，她终于做出了一个重大的决定。

我母亲把她的想法，也就是那个关于我的生死攸关的决定告诉我的父亲，我父亲起先是吓了一大跳，坚决不同意，但是他扛不住我母亲软磨硬泡，死缠烂打，更扛不住我母亲的装疯卖傻，因为我父亲实在已经搞不清我母亲说的那些话，哪些是真傻，哪些是假痴。

我父亲的担心不是没道理，我母亲从来都是个温和善良、胆小懦弱的人，现在我父亲眼睁睁地看着她渐渐地变成了另一个人，从找儿子开始，她就已经有点异常，现在更是不可理喻，不可捉摸了。

还是顺着她一点吧，虽然她的想法太怪异了。我父亲这样想。

我是从我母亲的想法中走出来的。

我的名字出现在我家的户口本上了。

我叫郑永梅。

别看到个“梅”字，就以为我不是个爷们儿。从前的人取名，和后来不一样，比如我曾祖父，就叫个新穗，放到现在，那是个嫩模的名字，比如我爷叔，叫个淑君，不像个女教师吗?

你们已经知道前面发生的一些事情了，吴正好发现了我的存在。

可是，他发现我并不等于他找到了我。

他想要推进的事情，仅仅发现我是不够的，甚至可以说，发现我还不如不发现我。

但是既然发现了我，就一定要找到我，否则，我就会成为他前进路上最大的一块绊脚石。

现在，他要开始找我了。

可是，找我这件事，不太容易哦。

好在吴正好信心满满，满得都要爆棚了。

那就试试吧。

那时候，除了户口本上的名字，我家处处都有我的踪迹，比如照片，我父母亲有过合影，但照片上只有他们两个，这个不难，我母亲有办法，她不假思索就用一支笔，在他们两个中间，画出了一个我。

这事情细想起来蛮恐怖的。

但我母亲很快就想到，虽然她画得很好，但是画出一个我来，这事情毕竟做得太马虎，太容易被人看出来，甚至是一眼就能看穿的，我母亲想了一想，又有办法了，反过来做。她把他们两个人的合影拿出来，在中间的位置上挖了一个洞，其实本来那里什么也没有，但是自从挖了洞以后，人家看到这张照片就会产生疑问。

咦，中间那个人呢？

咦，本来明明是三个人合影的，为什么要挖掉一个呢？

正中我母亲下怀，她正等着这样的问题呢。

我母亲说，呀，这就是我们家永梅呀。

我母亲又说，当初我们参加部队，不能带孩子，就把永梅寄养在我妹妹家，永梅他不高兴了，怪我们不要他了，就把自己挖掉了，好在现在我们回来了，把永梅也领回来了。

当然，拿这样的照片给人看，是远远不够的，因为今后的日子还长着呢，虽然永梅小小年纪就知道把自己挖掉，但是现在他不应该再生父母的气了，他们应该有新的合影了。

我母亲隔三岔五往照相馆跑，混得熟了，想做什么都不难。

然后家里就出现了真正的三人合影，父亲母亲和一个孩子。

这样的三人合影有过好几张，但是每当有人想要看我家的合影时，我母亲总是只拿出其中一张。别人看了，就认定中间那个小孩就是我了。

如果有另一个人来看，我母亲也可能会拿出另外一张，这一点不存在问题，即使有两个人看过两张不同的照片，那又有什么大不了呢。

但是如果有人来过两次，我母亲却拿出两张不同的照片给他看，记性好的人，就会提出疑问，咦，上次你给我看的，照片上那个孩子，好像不是这个孩子？

我母亲断然否认说，不可能，你肯定记错了，我上次给你看的，就是这张照片，我们家就只有这一张三人合影。

那人也就无话可说了，虽然心里仍然有所疑惑，但毕竟这事情的主证者是我母亲，而不是他，他是无法指出我母亲的漏洞的。

还有一次，一个记性好的同事对我母亲说，咦，这张照片我在照相馆的橱窗里看到过，是作为拍得好的样片展示的。

我母亲脸皮很厚地说，那是，我们家三个人，个个像电影明星呀。

其实这种行为还是很危险的，简直就是玩火，我父亲曾经一再地警告我母亲，叫她不要轻易把照片给别人看，但是我母亲像是着了魔，上了瘾，不能不把照片给人看，她热衷于把照片给人看，她到处炫耀，她说，你们看，这就是我家永梅，长得多俊秀。

下一次她又说，瞧，这就是我家永梅，瞧，长得多壮实。

我父亲再次提醒她，你上次说的是俊秀。

我母亲说，一个俊秀的孩子，难道就不能是壮实的吗，再说了，随着年龄的增长，人都是会发生变化的。

这样的母亲，其实大家都能理解，因为从前她犯过错，丢掉了自己的孩子，后来经过许多磨难她总算又有了自己的孩子，她内心肯定是激动的，肯定是饱满的，她希望别人都能和她一起享受这种感觉，所以，她处处把孩子抬出来作为话题。

也所以，从此以后，浮云街五十五号的大宅院里，经常回落着我母亲喊我回家的声音。

永梅哎，回家吃饭了。

永梅哎，回家睡觉了。

永梅哎，家里来客人了，要看看你，你别在外面皮了，回来吧。

老宅里的日子终于恢复平静了，最踏实的莫过于吴福祥了，我父亲和我母亲再也不会威胁到他的儿子吴永辉了，他放心了。

果然，他这颗心，一直放到死，也没有再担起来。

我父亲和我母亲重新过回了他们的干部和知识分子的人生，宅院里的邻居也暂时忘记了他们曾经的疯狂。

只是这件看起来比较完美的事，其实也有美中不足，虽然郑家终于有了孩子，但他们也有不尽如人意的地方，那就是他们的儿子郑永梅，和别的孩子太不一样，别的孩子也调皮，但没有像他那样皮的，不知不觉中，就得了个绰号叫“没魂大帝”。没魂大帝连魂都没有，别说是身体了，他老是不着家，老是不见人影。所以，叶老师要天天喊他回家。

有好几年，我母亲的喊声一直在老宅里回荡。

老宅子的邻居，家家有本难念的经，谁也不会长时间地去关注另一个邻居，只要没有结仇，没有结亲，互相之间，也就是个擦肩而过的交情。

也有的时候，他们聚在一起，东拉西扯，如果万一扯到我家了，他们对我父母亲已经没有什么兴趣了，倒是对我还有一点新鲜感，他们会因为我的长相而争执起来。

一个说，郑永梅嘛，长得和他妈一个样，尖下巴。

另一个不同意，说，你完全搞错了，郑永梅像他爸，国字脸，哪里是尖下巴，那下巴方得像个板凳。

再一个更不同意，说，你们都错了，郑永梅根本不像他爸他妈，既不是尖下巴，也不是国字脸，他就是个瓦刀脸。

大家哄笑起来，说，瓦刀脸，那是隔壁老王啦。

当然这种下作的玩笑他们只敢在背后说说，不敢当着我爸我妈的面说，好歹那时候他们对我爸我妈还是有点敬畏的。

不过还有一次更离谱，我父亲的一门远亲，是在外地生活的，来南州走走我父亲这个亲戚。带着他们的孩子，和我差不多大，趁他们和我父亲畅叙旧情的时候，我母亲就拉着亲戚家的孩子走出来，看到邻居她就说，瞧，这是我家永梅。

那个亲戚家的孩子，感觉莫名其妙，但是他的手被我妈死死地掐住，他胆怯地抬头看看我妈的脸，我妈的脸上，挂着阴险而又诡异的笑，可怜的孩子一下子想起了白雪公主里的老巫婆，把那孩子吓坏了，只好任凭我妈拉着他，给别人介绍说，这是我的儿子郑永梅。

那时候我心里生我妈的气呀，也不能因为我老不着家，你就弄一个野种来冒充我吧。

还好，老天有眼，我妈的谎话很快就被戳穿了，有个邻居说，刚才你们郑老师的亲戚，进了宅子就迷了路，还是我引进来找到你家的，我亲眼看到的，这是他们的孩子，叶老师，你怎么瞎说呢？

我妈一点也不尴尬，我妈嬉皮笑脸说，哎哟，被你看出来了，其实我是骗骗你的，我们家永梅太调皮，老不着家，所以，反正你们也认不出他来。

邻居都觉得奇怪，难道自己的亲生儿子，一个活生生的人，也是可以随便说说，随便指指的？

似乎从那以后，邻居对我母亲就不像从前那样敬重了，说起来这也是活该，谁让她一个当妈的，老是拿自己的儿子乱说一通，今天是一个人，明天又是另一个人，到底以哪一个为准呢，哪有这么当妈的。

一开始的时候，他们是当着我母亲的面乱说笑话，这些笑话，质量和品质都很低下，从前他们是不会在我母亲面前说的，但是现在他们无所顾忌了，他们觉得我母亲也和他们差不多，她一点也不高雅，甚至还不如他们，甚至比他们还俗气，甚至比他们还无知。

然后，渐渐地，他们还得寸进尺了，他们不仅当着我母亲的面说那些笑话，他们甚至敢和我母亲乱开玩笑了。

叶老师，你家永梅回来了吧？

我母亲很紧张，赶紧说，回来了回来了。

邻居就哄笑起来，说，回来了你怎么还在喊他回来呀。

我母亲更紧张了，赶紧又说，哦，没有回来，没有回来，我们家永梅很皮的，不到天黑不肯回家的，有时候天黑了也不回家，真的，他没有回家，不信，你们进去看，你们到我家去看，看他在不在家，他真的不在家——

我母亲一说开就收不了场，邻居也觉得无趣，就四散走开了。

我母亲见邻居散开了，她认为是他们不相信她，她看着大家的背影，脸色变得铁青铁青的，她一个人站在原地，想了半天，尖声喊了起来，永梅，永梅，天黑了，回家吃饭了。

母亲喊我的声音，一天一天地老练起来，一天一天地发生着变化，一天比一天更动听，后来她把自己的声音练得又尖又长，再细小的缝都能钻进去，她简直可以去唱戏了。

每天我母亲的声音都在老宅狭长的备弄中飘来飘去，我家的邻居孙老太平时耳背，但是我母亲的细细尖尖的声音一出来，她就能听见，老太太听见后，浑身一哆嗦，说，谁在喊魂呢。

没人理她，她又说，谁家的孩子丢了魂哩？

她的儿媳妇没好气地说，你胡说八道，小心吃耳光。

老太太耳背听不见，继续又说，喊魂是一定要喊的，不喊魂，小孩子的魂就回不来了，他以后就是一个没有魂的人了。

她儿媳妇生气，呵斥她说，你再说封建迷信，你再说，我去揭发你，叫你到司前街去蹲几天，你就老实了。

司前街上有个拘留所，大人吓唬小孩的时候，都这么说，你再皮，叫你到司前街去蹲几天。

小孩子不知道司前街是什么，从小就在司前街的阴影里长大，对司前街有一种天生的惧怕，但是孙老太并不知道儿媳妇说的什么，她耳背，听不见，她仍然沉浸在喊魂的遐想中。

孙老太的孙女比我大几岁，那时候已经上小学四年级了，胆子忒小，见什么怕什么，而她最最害怕的就是我妈的喊声在备弄里飘忽，那喊声就像盯在她的脚后跟，紧紧追着她，那简直就是她的血滴子，搞到后来，她完全不敢单独一人走备弄，如果放学早了，没有同伴，她会在老宅的大门口等着，假装瞎玩，等到里边几进的小孩子也放学回家了，她才跟着他们一起走备弄。

现在她听到自己的母亲和奶奶正在为我母亲的喊声闹意见，她觉得机会来了，等她妈出去以后，她趴上奶奶的耳朵，大声告诉奶奶，那个丢了魂的孩子叫永梅。

谁？永没？孙老太笑了起来，都没了，还永没了，那还喊什么魂？

那孙女虽然有点不满意奶奶的装聋作哑，但是她有求于奶奶，只好继续和奶奶周旋，她耐心地说，奶奶，永梅，不是没有的没，是梅花的梅。

那孙老太说，噢，是西六进的小孩。

这一回孙女并没有趴上她的耳朵，也没有大声说话，那老太也听到了，真是奇怪。

孙老太颠着小脚，就往郑家去找叶兰乡了。

叶兰乡心烦意乱，正斜靠在床上抽烟，只是有点疏忽，没有把门锁上，门就被孙老太无声地推开了，一直到孙老太走到叶兰乡床前，叶兰乡像看到一个鬼影似的，顿时魂飞魄散。

那个烟头又一次塞进了我母亲的被窝，还好，我母亲有了多次的教训，她一屁股坐上去，把烟头闷死在被窝里，没有燃起来。

我母亲处理了烟头，才回过神来，回了神才知道要责问孙老太，老太，你怎么一点声音没有就进来了？

我母亲问出口了，也知道自己是白问，孙老太是个聋子。而且本来孙老太就是一干瘪老太太，已活得没什么人样，这么老了，是人是鬼都无所谓了啦，就算她还是个人，她也轻得同鬼差不多了，走路有没有声音，都一样。

幸好孙老太对香烟这事不敏感，也没有直接指出我母亲把烟头藏在被窝里的危险，她是来帮助我母亲喊魂的，她的心思在魂上。

孙老太告诉我母亲，喊魂不能像你这么乱喊，喊魂是有讲究的，要怎么怎么怎么样。

我母亲说，老太，你搞错了，我不是喊魂，我是喊人，我喊我家永梅回家吃饭。

孙老太反正听不见我母亲的辩解，她对我母亲说，你是喊你家永梅的魂吧，那你得把永梅人先喊过来，我来摸着他的头顶，你喊，这才有用。

我母亲奇怪地说，你要摸着头顶，为什么？难道你是巫婆吗？我母亲说到“巫婆”两个字，她自己先紧张起来，可是孙老太又听不见，她只能对那个守在老太太身边的孙女说了，妹妹，你快点叫你奶奶不要乱说噢，巫婆是要吃官司的，是要关到司前街去的。

那孙女才不关心奶奶要关到哪里去，她只是希望再也不要听见我母亲的声音，她朝我母亲翻了个白眼，说，关我屁事。

对于小女孩的这种粗话，我母亲那时候已经很麻木了，她的脸皮和性格都已经练得有点粗粝了，她毫不示弱地对小女孩说，你也是要去司前街的坯子。

小女孩说，我就算去司前街，也比你家永梅好，你家永梅，就是永没！

我母亲自然没有听出“永梅”和“永没”之间的区别，但是她对小女孩的句式有些奇怪，什么叫永梅就是永梅，我母亲想不通，她只能认定小女孩的学习不怎么样。

这边孙老太可不耐烦，她急着要帮我母亲喊我的魂呢，她已经闭了眼睛，做出一种神秘的样子，然后伸出手，准备摸我的头顶了。

我母亲顺势蹲到孙老太前面，拉着孙老太的手，将它放到她自己的头上，说，奶奶，你摸吧，头顶在这里。

孙老太并没有睁开眼睛，但是她看得见，她说，叶兰乡，你别捉弄我，这是你的头顶，不能替代你家孩子的头顶。

我母亲冒充失败，没有办法，只好如实说，奶奶，我家永梅又出去调皮了，我喊了半天也喊不回来。

孙老太等了半天，也没有摸着我的头顶，她有点泄气，不想摸了，走了。她的孙女急得在背后说，奶奶，你不能走，你什么事情也没干成，永梅他妈，还是会喊永梅的。

孙老太听不见孙女说的什么，倒是我母亲被这女孩一说，紧张起来，她掐住小女孩的手臂问道，你说什么，我喊我家永梅，有什么不对吗？

小女孩挣脱开我妈的尖利的手爪，翻着白眼说，你喊个屁，你家永梅根本就不听你的，你家永梅跟我家老太一样，是个聋子。

我母亲这才松了一口气，拍了拍胸口说，哎，哎，我们家永梅，不是聋子，他会答应我的。

小女孩又是一个屁，答应个屁。

她放过屁，才感觉到一个人单独处于备弄中的恐惧，赶紧去追奶奶了。

在我成长的岁月中，因为我母亲的怪异，也因为邻居们的见怪不怪，所以经常发生类似的事情，孙老太事件，只是一个小插曲而已。

就这样，在我母亲的持续不断的叫喊声中，在老宅院邻居的持续不断的猜疑中，我渐渐长大了。

我上幼儿园了。

其实我还比上幼儿园的规定年龄小一岁，是我父亲催促我母亲，早一点把我送到幼儿园去，我母亲理解我父亲的意思，所以我母亲带上户口本，带上我们一家三口的合影，到机关幼儿园替我报名，这事情十分顺利，虽然幼儿园老师也问过我母亲，为什么郑永梅自己没来，我母亲随口就说，郑永梅这几天出麻疹，不能出门，不能见风。一脱口就搪塞过去了。

我提前一年上了幼儿园，大家都觉得我母亲有本事，我母亲的一个同事曾经因为家里小孩子太多，想把没到入托年龄的小孩送进幼儿园，但怎么求人也不行，听说我提前上了小班，就来请教我母亲，我母亲说，也没什么，就是因为我家永梅聪明，调皮的孩子都聪明，幼儿园老师随便考了他几个问题，他回答得比大班的小朋友还快。

别人都没话说了，聪明这东西，谁能比得过呢。

我母亲替我报的是寄宿班，也就是说，一个星期除了星期天可以回家，其他六天都在幼儿园里生活。

我刚开始上幼儿园的那一段时间，我母亲还不能适应，仍然每天喊我回家吃饭，邻居提醒她说，叶老师，你家永梅上幼儿园了。她才猛然清醒过来，但是过了一会儿，她又忘记了。

我母亲的异常，我父亲当然是最早发现的，他提醒过她，经常指出她自己给自己带来的危险，可是我母亲没有知觉，我父亲去戳她的痛点，他说，永梅已经不在这个家里了，你这样胡乱喊下去，别人会怀疑的。

母亲还没有反应过来，说，有什么好怀疑的，虽然永梅去上幼儿园了，但是我以前喊惯了，再喊几声有什么大不了的？

我父亲恐吓她说，关键是你喊一个不存在的人，别人会怀疑——

我母亲说，怀疑什么？

我父亲说，因为莫名其妙嘛，所以他们会怀疑你这是暗号。

我母亲瞬间被吓住了，她脸色铁青，嘴唇哆嗦，结结巴巴说，你，你是说，暗、暗号，那是特、特、特的接、接头暗号？他们怀疑、怀疑我，我是特——

特务。

我父亲毫不犹豫地将这两个字吐了出来，他吐得铿锵有力，落地有声，震到我母亲了。

只有用“特务”将我母亲震到，她才会暂时停止呼喊永梅，大家的耳根边才能够清净一些。只不过，等到我从幼儿园回家，她照例会重新喊起来，但这时候我父亲就无法再恐吓她了，如果他恐吓，我母亲会说，今天星期天，我们家永梅是存在的，我喊永梅，不是接头暗号。

这些都是我不在家的时候，我父母亲的对话，你们也许奇怪，既然我不在家，我怎么会知道这些对话。

我只能告诉你们，我就是知道。

没有为什么。

我在幼儿园的日子没什么意思，我不想多说，有许多蹊跷的事情，除了我母亲津津乐道，精心设计，别人也不太在意，更不会有什么兴趣。

有一天我母亲拿着一张老师写我的评语，到处显摆给邻居看。

我母亲一边哈哈笑着，一边说，你们看，你们看，我们家永梅是不是太调皮了。

我母亲是个高度紧张的人，她哈哈笑的时候，比哭还恐怖，邻居都不想接她的话茬儿，后来我母亲好不容易在备弄里挡住了一个人，他躲避不过，就接过去看看，看了后他有些感慨，说，哎哟，叶老师，你还高兴啊？永梅的老师写的是咬人现象减少，减少不是没有，那就是他还在咬人哎。

我母亲笑道，就是说嘛，上学期他咬了二十多次，本学期咬了十几次，是减少了，减了一半呢。

邻居只好侧着身子穿过备弄，一边嘀咕说，见过宠孩子的，没有见过这么宠的，咬人她还笑、还要表扬呢。

邻居们都认为，我会被我母亲宠坏了，长大一定是个坏孩子。

我母亲则高举着关于我的咬人的评语，继续纠缠下一个经过备弄的人。

后来我又长大了些，我上小学了，在小学里我渐渐长大，不喜欢念书，却喜欢打架，可是我天生体质虚弱，打不过人家，结果常常被别的孩子打得鼻青脸肿，我母亲就到打我的孩子家去告状。

那个人家倒是教子有方的，二话不说，先把自己家的孩子打一顿，可是那个孩子冤枉啊，哭着喊着，我没有打他，我没有打他！

他的家长才不相信他，说，你没有打人家，人家怎么会鼻青脸肿呢？

那孩子说，没有鼻青脸肿，没有鼻青脸肿——

我母亲严肃地说，我说鼻青脸肿还是说得轻的，实际上，我家永梅都被打得头破血流了。

那家长也渐渐有点奇怪了，说，头破血流，真的有流血了吗？真打得有那么重吗？你家永梅呢，你带过来我看看。

我母亲说，这时候你还说这样的话，如果等你想起来要看伤情，伤重的话就来不及了，我已经带他去过医院了，你们万幸吧。

我母亲拿出有我的名字的病历，塞到那家长面前，你看看，你看看，郑永梅，这里，病人姓名，郑永梅。

那个家长看了半天，也看不懂医生的龙飞凤舞，我母亲就指点着说，喏，这是医生写的，左前额伤口，三公分，右脸颊擦伤，右眼角红肿，左——

那家长举手投降说，好了好了，别念了，你念的是你儿子的伤情，却好像伤在我心上，我的心好痛。叶老师，你来找我什么意思，我已经打过我们家孩子了，你觉得还不够，是要我赔医药费吗？

我母亲严正地说，永梅是我的儿子，医药费我自己承担，你们教育好自己的小孩就好。

为了我母亲这句话，那个孩子又挨了三巴掌。

一再挨打的孩子，开始糊里糊涂，被打得多了，头脑反而清醒起来了，他大声叫嚷起来，不对的，不对的，永梅都没有来上学，我怎么打他？

我母亲立刻尖声说道，小孩子，别胡说，我们家永梅怎么没上学，是我送他到学校的，看他进了教室我才离开的。

我母亲这句话让那个孩子又多吃了一巴掌。

罪过哪。

我懂事以后，总是看到母亲鬼鬼祟祟，父亲心事重重，不知道为什么，他们吃饭的时候会议论到我，当着我的面，也不回避，好像我不在场似的，他们说，该给永梅买几件新衣服了，不能老穿同一件衣服呀。

又说，是呀，哪有七岁的孩子还穿这么小的衣服。

另一个说，那么七岁的孩子应该穿多大的衣服呢？

要不明天我们去老李家看看，他们家的那个是八岁，差不多吧。

是呀，买的话，还是买大一点，禁穿。

也有的时候，他们的话题是文化方面的，比如有一天，我母亲喊我，永梅，永梅，回家吃饭了，吃过饭我们去看电影了，是《革命家庭》。

我还跟着父母亲看过一场戏，叫《珍珠塔》，是地方戏，唱起来有腔有调的。这些邻居们都知道的。

也许开始的时候，我母亲也有过犹豫，也有过对自己这种做法的怀疑，但是时间一长，我母亲已经完全没有了罪恶感，她理直气壮，她顺理成章，她越做越觉得自己正确，越做越觉得她必须坚持做下去，而且以后要越做越好，越做越有新意。

当然，自从我进了小学，我母亲也稍微改变了一点策略，她觉得在幼儿园经常咬人的我，不利于我的成长，现在她要把我打造成一个好孩子的形象，这对我母亲来说，简直小菜一碟。很快，我母亲就可以拿着老师给我的次次优等的评语和门门一百分的成绩单，重新出现在备弄里，向邻居宣告，我们家永梅，刚刚一年级，就加入了少年先锋队哦。

邻居心理不平衡了，因为他家也有一年级的小孩，小孩的老师告诉他，一年级的学生是不能加入少先队的，最早也得从二年级开始。邻居为此专门去找老师理论，老师跟他说，绝不可能，你说的这个人，一定是搞错了，你走遍天下去打听，就没有一年级入少先队的学生。

邻居的家长回头来指出我母亲的谬误，他说叶老师，这不可能呀，老师说绝不可能，难道你们家永梅和别人不一样？

我母亲扬着一根红领巾说，我们家永梅就是特殊的，就是和别人不一样，就是比任何人都优秀。

人家的红领巾是棉布的，我家永梅的红领巾是绸子做的，亮吧，你摸摸，光滑吧，质量好吧。

邻居摸到了真实的红领巾，他回去教育自己的孩子说，你要好好向永梅学习，人家一年级就入少先队了，还代表入队的同学上台发言了。

那孩子眼睛眨巴眨巴，整个就没听明白。

我母亲就开口喊我了，永梅啊，回家吃饭了，你一年级就加入红领巾了，永梅，你和别的孩子不一样啊，永梅啊，回家吃饭了——

后来老宅里的邻居都说，我母亲的声音持续地飘荡在老宅里，又尖又细，任何地方都能钻进去，连聋子孙老太的聋了的耳朵里，也能钻进去，孙老太的耳朵，被我母亲的声音刺激了，后来居然不聋了。

多年以后，我看到一个叫吴正好的孙子，他到处找我，他抽丝剥茧，层层递进。

他先从我最早出现那时候开始。

吴正好真有一股子钻天打洞、不达目的决不罢休的精神，他竟然找到了我的一个幼儿园同学。

他们之间，有如下一场对话：

听说你小的时候，上幼儿园那时，有个同学经常咬你，你知道他叫什么吗？

知道的呀，叫郑永梅。

吴正好顿时倍感振奋，太好了，太好了，你说说，他怎么咬你，是无缘无故就咬，还是有什么——

他打断了吴正好说，奇怪，那时候我才那么小，那时候的事情，怎么还能记得？

那你怎么知道是郑永梅咬你的呢？

咦，我是听大人说的吧，听着听着，就记住了吧。

那郑永梅长什么样子你总知道吧？

这个问题和刚才那个一样蠢，我不知道你问的是他小时候的样子，还是现在的样子？

随便，你说什么时候的样子都行。

现在的样子我说不出来，我都几十年没见他了。

那就说说他小时候的样子吧。

小时候，小时候，郑永梅，郑永梅——他开始挠脑袋了，小时候，他长什么样？我也说不上来。

咦，你们不是同学吗？

他立刻反问说，你记得你幼儿园的同学长什么样吗？

3. 还是我

和其他所有的孩子一样，我也渐渐地长大了。

在我母亲的延续不断的介绍中，我已经长成一个初中生了。

那个差一点被我母亲当作儿子抢回去的周同贵的儿子周建国，比我大一岁，已经是高中生了，他跟着同学出去了一趟，半个月后回来了，人长得又高又壮，神气活现，身上别满了像章，在老宅里到处炫耀，到处点火，本来死气沉沉的老宅，也终于被他给点着了，沸腾起来，老宅里的中学生，甚至连小学生，也都不断地加入大串联的队伍，走，出去，走，出去。

每天在长长的备弄里，大家还看到一个比孩子更兴奋、更积极的人，她就是我母亲。

我母亲背着一个黄书包，还拎着一只旅行袋，袋子里装满了食物和衣物，她逢人就把袋子的拉链拉开来，把里边的东西翻出来，给人看，说，喏，这是我们家永梅的，是我给他准备的，我们家永梅，也要去大串联了。

邻居伸头看看，袋子里确实准备了很多东西，他们有点眼红，说，喔哟，叶老师，串联就是革命呀，又不是享受，你弄这么多东西，还革什么命呀。

我母亲说，可是我们家永梅，从小我们宠他的，他饿不起，受不了冷，也受不了热，所以我要给他多准备一点。

然后母亲就在备弄里寻找和我年龄差不多的孩子，她最先挡住了周建国，因为他已经有了一次成功的经验。我母亲说，建国啊，听你爸爸说，你还要再出去呢，那你带上我们永梅吧。

建国不同意，说，那不行，我们是高中生，跟他们小孩不是一路的。

我母亲吃了个瘪，并不气馁，她又挡住了姜龙，要求姜龙带上我一起去串联。这回我母亲感觉自己找对人了，她说，姜龙啊，你和永梅同年的，你们还是同学呢，你们应该一起行动的。

姜龙说，我和永梅是同学，可我们不是一个班的，你们家永梅，畔房小姐，难得看见。

我母亲说，你们不在一个班级，平时的确不大碰见的，不过现今不是上学，是串联，你们可以一起去的。

姜龙也拒绝说，我们的队伍，人已经几十个了，不能再要人了。

我母亲继续寻找能够和我一起走的人，后来她找到了吴永辉。

吴永辉朝她翻白眼，还朝地上吐口水，我母亲为了替我找到同行者，忍受了吴永辉的野蛮粗鲁，甚至低三下四地求吴永辉。

我母亲说，永辉啊，你不仅和我们家永梅同年，你和我们家永梅，还同一个辈呢，你看，你们的名字里，都有一个永字，这是缘分哎。

吴永辉态度十分恶劣，暴出粗口说，缘分个屁。

我母亲仍然低声下气，屁就屁，屁就屁，只要你肯带我们家永梅出去——

吴永辉粗暴地打断我母亲，说，出去？谁说我要出去的？

我母亲奇怪道，咦，院子里的孩子都要出去，你怎么不出去？

吴永辉说，我爸说了，在家千日好，出门一时难。我才不要出门，我躺在家里才舒服。

我母亲小心翼翼地看着吴永辉的脸色说，可是，可是，不是说年轻人要志在四方吗？

吴永辉脸拉得像个驴脸，攻击我母亲说，喂，反革命，你竟敢说我没有志气？

母亲慌得直摆手，我不是反革命，我不是反革命。

吴永辉也知道自己说得不对，但他很无赖的，继续攻击我母亲，直刺我母亲心中永远的痛，他说，你不仅是反革命，你还是特务！

我母亲“嗷”了一声，狼狈逃窜。

就这样，我母亲为了帮我找出行的同伴，一次次地碰钉子，撞南墙，她是个撞了南墙也不回头的人，所以开始的时候她一直很坚强，很执着，直到最后被吴永辉骂了特务，她终于有点崩溃了。

我母亲逃回家中，斜倒在床上，颤颤抖抖地点了烟，镇定神经，我父亲看在眼里，心里很不以为然，他对我母亲说，你就别再管永梅的事情啦，还是顾着自己吧，你难道不知道，大街上已经贴了我们的大字报了，说不定很快就要冲进来了，我们顾不上永梅了。

我母亲跳了起来，尖声说，怎么顾不上永梅？我们不能不顾永梅，永梅出去大串联，我们就是革命家属了，我们就有保险了。

我父亲冷笑一声说，那是你自己骗自己的。

我母亲又续上一根烟，她已经连抽了四根烟，屋子里已经烟雾腾腾了，我父亲冷眼看看屋子里腾着的烟，说，哼哼，要是有人进来——

真是个乌鸦嘴，“进来”两字音未落，有人敲门了。

我母亲再次惊慌得跳了起来，把烟头塞进了被窝里，我父亲说，你藏了烟头也藏不掉烟雾呀。

门打开了，是前一进的邻居薛阿姨，薛阿姨一踏进来，就抽了抽鼻子，说，叶老师，你又吃香烟啦？

我母亲掩饰说，没有呀，你怎么会这么想。

薛阿姨笑道，叶老师，你吃香烟么，院子里的人都知道，不用瞒着的——她一边说一边上前把我母亲的被子掀起来，把那个烟头捡出来，又说，你看看，你家的被子上都是洞。她不仅掀了我母亲的被子，还到角落里我睡的那张小床上也掀了掀被子，说，还好，永梅的被子还好。

我父亲瞥了我母亲一眼，不客气地说，我让你不要自欺欺人——

薛阿姨打断我父亲的话说，郑老师，也说不上什么自欺欺人，叶老师身体不好，吃根香烟通通气，放个屁就好了，这没什么的。

我母亲对薛阿姨感激涕零，薛阿姨家里来了客人，过来借几个鸡蛋，我母亲大方地说，拿去，拿去，借什么借呀，不用还的。

薛阿姨带着鸡蛋走的时候，说，要还的，叶老师，我要来还的，等我们小明明天出发了，我就去买——

我母亲顿时头皮一麻，叫了起来，你们家小明，明天出发吗？

薛阿姨说，是呀，他们去北京呀。

我母亲前面碰了几鼻子灰，学乖了一些，说，巧了巧了，我们永梅明天也去北京，要不，让他们搭个伴，一起走。

薛阿姨看了看怀里的鸡蛋，我母亲赶紧拿来一包红糖摞上去，薛阿姨说，喔哟哟，谢谢叶老师，我要来还的啊。

我母亲又把旅行袋的拉链拉开了，翻出来给薛阿姨看，你看，你看，我给我们家永梅东西都准备好了，你看，我准备得很充足的，小明可以和我们家永梅一起吃一起用的。不等薛阿姨再说什么，我母亲就一锤定音了，那就说好了啊，明天一起走。

薛阿姨刚刚离开，我母亲就喊我了，永梅，永梅，快回家吃饭吧，今天早点睡，明天你要和小明一起出发了。

薛阿姨回去后，跟小明说了，小明不答应，薛阿姨说，你不答应也迟了，我已经答应了，你听叶老师都已经在喊永梅了，你要是不答应，你自己去说，你要是真去反悔的话，今天鸡蛋你不要吃。

小明犹豫了一下，最后他在鸡蛋和我之间做了一个选择，他宁可不要鸡蛋，也不想和我一起走，他奔到我家来了，推门就说，明天我不和永梅——

我母亲其实还是防了一手的，她从教训中总结了经验，她已经准备好小明会来否定他妈的意见，所以小明一进门，我母亲就拿出一台坦克车的模型，就是这台坦克车模型，让小明彻底败下阵去，他咽下了后来的话，接过坦克车模型，飞奔而去。

我母亲在背后大声说，小明，这可是永梅最喜欢的东西哦！然后我母亲再喊，永梅，回家吃饭了，明天早晨六点，横桥头碰头啊，啊，啊！

那天晚上，我母亲的“啊啊”声，一直在老宅的备弄里回荡。

第二天一早，大家在横桥头集中，就整队出发了。

小明带的这支队伍，转战南北，整整走了两个月才回到南州。

在我外出的日子里，我母亲经常在宅院里向人诉说，唉，我们家永梅，也不知道走到哪里了，连封信也没有。

邻居都会劝我母亲，他们说，叶老师，你不用担心，他们每天急行军，都是用脚走的，很辛苦，恐怕没有时间写信的。

或者说，叶老师，没事的，我们家某某也没有信寄回来。

或者说，叶老师，小赤佬出去心就野了，没有心思写信给父母亲的。

虽然如我母亲所愿，我走了。可是我走后，我的父母亲并没有成为革命家属，熊熊烈火离他们越来越近。

我母亲每天都在老宅子里念叨，永梅快回来了，永梅快回来了，或者说，永梅怎么还不回来，永梅怎么还不回来。

反正邻居早已经知道并且熟悉和接受了我母亲这一套，反倒是我父亲，对我母亲越来越嫌弃，他总是冷嘲热讽，我母亲惦记我的时候，我父亲挖苦她说，你觉得，永梅回来能救得了你我吗？

其实我父亲本来是个宽厚开朗的人，现在他有点变了，虽然在外人看起来，他仍然是和蔼的，但面对我的母亲时，他变得十分阴冷，处处和我母亲针锋相对，处处和我母亲过不去。

我母亲十分孤独，唯一的希望就寄托在我身上，就像当初她急切地希望我外出，现在她又万分焦虑地巴望着我回家。

等到小明的队伍终于回来的时候，我母亲兴奋得在备弄里尖声叫喊，永梅回来了，我们家永梅回来了！

可是我并没有回家。

我母亲一直守在备弄里，我母亲一等再等，始终没有看到我的身影。

我母亲急了，奔到薛阿姨家，薛阿姨家正在为小明的胜利归来搞庆祝呢，我母亲进去就急吼吼地嚷道，小明，小明，你把我们家永梅怎么了？

小明愣住了。

薛阿姨一家都愣住了。

我母亲说，小明，当初我是拜托了你带好我们家永梅的，现在你回来了，你把我们家永梅弄丢了！

小明父母这才反应过来，责问小明，为什么不和永梅一起回家，小明两眼茫然，翻了半天，疑疑惑惑道，永梅？永梅？永梅吗？

我母亲紧紧逼问小明，永梅是不是在外面出事了，你不肯告诉我们，你说，你说什么我都不怪你，我有思想准备，外面这么乱，出点事情，也是正常，不出事情，才不正常。

小明彻底蒙了。他努力回想有关我的一切的事情，点滴的事情，但是他一点也想不起来了，他的队伍本来人就很多，何况我是后来才加入的，我和他并不是同一所学校的，本来就不熟，何况他小小年纪第一次当领队，要照顾好那么多人，尤其还有许多娇滴滴的女生，他忽略了我，他没有想到我才是一个需要特殊照顾的人。

小明承认把我搞丢了。

小明完蛋了。

小明的父亲教子很严，他打了小明，薛阿姨心疼儿子，希望我母亲能够劝阻一下，可是我母亲不光不劝阻，反而在旁边火上浇油，我母亲哭哭啼啼，我母亲呼天抢地，我母亲又叫又嚷，永梅啊，可怜的孩子，我们辛辛苦苦把你养大成人，你跑到哪里去了啊，永梅啊，你怎么这么命苦，你跟谁出去不是出去，你偏偏跟了小明这个不负责任的人——她又回头对着正在挨打的小明说，小明啊，你带谁出去不是出去，你偏偏要带我们家永梅——

薛阿姨终于忍不住反驳说，叶老师，话要说清楚，不是我们小明要带你们家永梅，是你们家永梅一定要跟着我们小明的。

小明的父亲很生气，训斥薛阿姨说，现在人都不见了，还顾得上分清谁要跟谁？他下手更狠更重，打得小明吱哇鬼叫，事情闹大了，宅院里的邻居都过来看热闹，议论纷纷，说什么的都有，现场简直不可开交了。

我母亲的斗志越来越旺，她死死盯住小明，手指着小明，对大家伙说，你们看看，你们看看，小明的眼神，直愣愣的，会不会大串联太紧张，太辛苦，串出病来了？

薛阿姨一听，"嗷"的一声，冲过去搂住了小明，急得说，小明，小明，你怎么了，你得了什么病？

我母亲刻毒地说，他的精神出问题了，他连和他一起出去的永梅都记不起来了，他得去看精神病医生了。

小明一听，自己先吓得大哭起来，边哭边说，我忘记了，我忘记了，我真的忘记了。

小明的父母慌慌张张带着小明就去了精神病院，所幸的是，那时候精神病院的医生都吓得躲起来了，没有人敢给小明看病，小明才健康地回来了。

在我成长的这些年中，我母亲经常主持和操纵这样的场面，老宅里的邻居们就是最好的看客和助手，他们天衣无缝地配合着我的母亲，完成她的一次又一次的行动。

唯独我父亲，从不出现在这种场合，他把自己关在家里，老是趴在后窗口，偷偷地朝后面的小天井里张望，每当这时候，他的阴森森的眼神中，会露出一丝丝兴奋和温暖的光芒。

后面的天井，是吴永辉家的。

有一天我母亲发现我父亲在偷看后院，她也趴上去看了看，恰好一眼看到吴永辉从外面冲了回去，兴奋地嚷嚷，来了来了，来抄家了！

果然就听到备弄里一阵狂乱的脚步声和口号声，我母亲吓得一屁股坐在地上。

其实是我母亲虚惊一场，他们是冲着另一户人家去的。

我母亲有一种大难不死的感觉，她吃上香烟后才稍微镇定了一点，才想到可以拍拍胸脯安慰一下自己，她拍着胸脯说，吓死我了，吓死我了，我以为是冲着我们家来的。

我父亲在一边冷冷地说，你以为他们就不会冲进我们家来，这是早晚的事情。

我母亲并不糊涂，她说，我知道是早晚的事情，我在等永梅回来，等永梅回来了，我们一起走，离开这里，这老宅子天天有人冲进来，吓死人。

我父亲说，你醒醒吧，你觉得永梅还会回来吗？

我母亲坚信我会回来的，她坚定地说，永梅一定会回来的。

当然，就算我不回来，我母亲也能让我回来。

我母亲的能耐，你们应该早已经感觉到了吧。

抄家的队伍撤走以后，我母亲又出来了，她在长长的备弄里走来走去，穿过老宅里的每一落每一进去告诉大家，她要出去找我了。

我母亲出去找我，真的让她找到了，她提着我的黄书包和那个有拉链的旅行袋回来了，走进老宅后，她一直在备弄里站着，拿给上下班经过的邻居看。

我母亲告诉大家，我和小明是在北京走散的，后来我就一个人扒火车回来了。

薛阿姨回去问小明，是不是在北京和永梅走散的，小明又蒙了，但是他被他爸打怕了，他看到他爸的眼神就发抖，所以赶紧点头说，是的是的，我招呼永梅的，我关照他的，叫他不要乱走的，但是他不听我的，一个人走掉了。

他逃过了一顿打。

我母亲去买了糖果，发给邻居，感谢他们关心永梅。邻居吃过我母亲的糖以后，才发现了一个奇怪的现象，我母亲的喊声彻底消失了。

当然，因为我已经长大了，自己知道回家吃饭，她不用喊我了。

这也是解释得通的。

没有了我母亲的叫喊，老宅里安静多了，可是街坊邻居却不习惯了，他们早已经适应了我母亲的喊声，忽然听不到了，觉得心里慌慌的，没着没落，他们守在备弄里等我母亲回来。

邻居们十分好奇呀，他们说，叶老师，怎么好久不见你家永梅了？

另一个邻居说，老王你提起永梅，我想了半天，回忆了半天，我怎么觉得我记不得他的长相了？

再一个邻居说，你记不得，我记得，永梅长了一张方脸，像郑老师。

立刻有另外的人反对说，不对哦，你记错了哦，永梅明明是尖脸，他长得像叶老师的。

邻居都笑了，说，儿子像娘，金子打墙。

可是也有人不服，说，我觉得永梅还是像郑老师，不像叶老师。

有人出来和稀泥，说永梅是郑老师和叶老师两个人的结合，等等。

关于我的长相，他们争论了半天后，有一个人忽然说，你们议论得头头是道，你们是什么时候见过永梅的，我怎么全忘记了，我到底是什么时候见过永梅的，我都记不得了。

永梅小时候吧。

上小学的时候吧。

后来长大了肯定也见过的，就算永梅不爱和我们打交道，但是他毕竟天天要进出院子，不可能碰不到的，是不是？

碰是肯定会碰到的，只是碰到后就记不住了。

也许会把永梅和别人家的孩子搞混了。

他们心里都疑疑惑惑的，此时我母亲的脸色却好转起来，她还得意地笑了，她说，你们这些人，眼中只有自家的孩子吧，哪关心别人家的孩子长什么样。

她说得也不错，我们的邻居竟然还都有点难为情了，说，喔哟，叶老师，打人不打脸嘛。

又说，我们也是关心你们家永梅，因为有段时间不听你喊永梅回家吃饭了，觉得怪不习惯的。

是呀，叶老师，你家永梅没出什么事吧，不会像上次串联时那样，被搞丢了吧？

我母亲说，我都没脸说出来，我和郑老师被打倒了，我家永梅和我们划清界限，他离家出走了。

邻居们这才想到，今天的郑老师和叶老师，已经不是从前的郑老师和叶老师，外面满大街都是贴的他们的大字报，连他们的儿子都和他们离得远远的了，作为邻居，也要离他们远一点了。

可是老宅子里的邻居，性格都是反复无常的，今天他们远离了我的父亲母亲，明天又来借酱油还大葱，一直到我的父亲母亲从老宅子仓皇逃走。

那些日子，一向沉着冷静的我父亲，身上也出现了比较奇怪的举动，他专注地盯着吴永辉家的小天井，天井里的任何动静，都能让他兴奋起来，终于有一天，他付诸行动了。

他在备弄里挡住了吴永辉，他对吴永辉说，我是你爸爸。

4. 吴正好要找我

那天晚上我父亲和母亲逃出了老宅，但是在那样的时代，他们是不可能亡命天涯的。

行政科一位好心的同事悄悄地给我父母安排了另一个住处，那是另一个大杂院，那里边住的大多是市级机关里的工勤人员。虽然也是大院子，但是和郑家的老宅不一样，院子一览无余，清汤寡水。

混在工勤人员的人堆里，我父母亲以为安全了，以为这里的人不知道他们有什么背景，哪知道刚刚住下来，就有邻居上门来了。

是机关食堂的彭师傅，彭师傅进来四处看看，说，喔哟，郑同志，你们家一张大床一张小床呀，你儿子大了，还能睡这么小的床吗？

我母亲顿时慌了，说，彭师傅，你见过我们家永梅啊？

彭师傅说，怎么会没见过，来食堂打饭的人，哪个能逃得过我的眼，你不是说你们家永梅经常去打饭的吗，我怎会没见过——咦，他人呢，你们搬来了，怎么不见他。

我父亲知道我母亲紧张，想替我母亲说话，可我母亲还是习惯把关于我的一切的事情由她来承担，她镇定下来，叹息了一声，说，我儿子丢过一次，那是大串联的时候，现在又丢了，不过不像上回那样，不是被人搞丢的，是他自己把自己丢掉了，唉，这就应了一句老话，儿大不由娘，他去插队了。

彭师傅笑了起来，说，叶同志，插队可不是永梅自己想出来的，这个你不能怪他，插队是人人要去的。

我母亲说，虽然插队是身不由己的，可是本来我都替他选了一个离家近一点条件好一点的地方了，他却自说自话，也不和我商量，就主动要求去了一个最边远最贫困的地方，他还唱歌给我听，到农村去，到边疆去，到祖国最需要的地方去，其实我知道，他这是要和我们彻底划清界限呢，他是要和我们分得干干净净呢。

我母亲这话一说出来，连五大三粗的彭师傅也有点噤若寒蝉了。

虽然我母亲把事情推到我的头上，但其实这事情肯定与我无关。我不说了。

还是回到我吧。

那时候，我根据母亲的安排，来到了长平县的一个乡村，那个村子叫下巴村，名字听起来怪怪的，下巴村，还有没有鼻子耳朵村呢。

后来才知道，那地方的村子名字都是一一对称的，有一个村叫上巴村，那就必须有另一个村要叫下巴村。

不说下巴村了，说说这个县的县名吧，长平县，你们觉得很耳熟吧。

是的，你们想起来了，这就是我姑姑郑见桃来过的那个地方哦。不过那时候，我姑姑可能已经不在那地方了，她冒充着各种各样的人，四处流浪，有时候是个女盲流，有一次她甚至变成一个男的，因为那一次她盗取的身份是男性，所以她只能女扮男装。

所以，就算我在那地方碰上我姑姑，我也不一定能够认出她来。反过来，她若是看到我，她能认出我来吗？

不知道。

到下巴村插队，当然不是我的主意。我早就说过了，关于我的一切，都是我母亲决定的。

我母亲为什么要把我安插到下巴村，我开始并不知道，我也不想知道。后来我到了下巴村，发现一个奇怪的情况，这村子里的人，没有文化，高小毕业就算高学历了，但是村子里老一代的人，居然很多人会背诵宋词，这可把我乐坏了。

原来郑见桃在下巴村混吃混喝的时候，甚觉无聊，她从前跟着王立夫死记硬背了那么多宋词，不拿出来派点用场，烂在肚子里，实在太亏。

她坐在村口的大树下，一遍一遍地念叨：

梦里不知身是客，一晌贪欢。

小楼昨夜又东风，故国不堪回首月明中。

问君能有几多愁，恰似一江春水向东流。

剪不断，理还乱，是离愁，别是一番滋味在心头。

多少恨，昨夜梦魂中。

流水落花春去也，天上人间。

起先下巴村的村民以为她傻了，或者认为她装疯卖傻，不理睬她，但也有一个人用心听了听，再仔细听了听，他甚觉奇怪，下巴村从来没有人听到过这种东西，不知道是个啥。

终于他忍不住好奇心，问了，喂，你念的这是什么？

郑见桃神神秘秘地说，既然你问了，我就告诉你，但是我只告诉你一个人哦，这可不能宣扬得人人皆知哦，这是我们城里人的暗号，你如果进城买东西，你嫌东西贵了，想压价，就念这个，念了，准给压下来。

村民是相信的，他学着郑见桃背了几首，就进城去了。

他走进一家南货店，要买红糖，店家开了价，他还价，店家生气说，我这里从来都是一口价，老幼无欺的，你乡下人什么也不懂，也敢乱还价？

这村民也不答话，按照郑见桃教的念叨起来：

明月几时有，把酒问青天。

不知天上宫阙，今夕是何年？

我欲乘风归去，又恐琼楼玉宇，

高处不胜寒。

那店家听了，颇觉奇怪，说，咦，乡下赤佬居然会背宋词，不简单呢，算了算了，便宜你了，拿去吧。

村民高兴得连滚带爬跑回村来，逢人就嚷嚷，管用的，管用的，念那个东西便宜的。

村里人到二娃子家门前排起了长队，要郑见桃教他们暗号，郑见桃说，那不行，不能白教，要先收学费。

收了钱的那个夜晚，郑见桃卷款而逃了。

村民却没有气馁，没有老师，他们就自学，感觉背诵得差不多了，就付诸行动，进城实践，结果被打了回来。

后面有些事情你们也都知道了，我姑姑其实并不是一直待在长平县和下巴村，她实在走投无路的时候，也回过南州的老家，可是因为我母亲的出卖，害得她一次次地逃离家乡。

或者是到了后来，在我母亲的内心深处，有了一丝后悔，想借我的眼睛去看看郑见桃在不在那里，过得好不好。

在很长的一段时间里，我姑姑可能是任何一个人，但我母亲却一直是知道我姑姑的真实情况的。

至少在下巴村，有我姑姑的痕迹。

后来我看到那个叫吴正好的孙子跑到我曾经插队的村子里去了，我开始以为他是去找我的，后来才知道他是找郑见桃的。

但是我当时就想，他说不定还会来第二次。

他果然来了。他来找我了。

是我能掐会算，有先知先觉吗？

那是当然。

这一次孙子吴正好还带着他的女友林小琼。

我怎么知道？

我就是知道。

林小琼一路跟吴正好发嗲，说，这什么年代了，这地方还这么落后？

他们转了几趟车，来到了我插队的地方。

这一天，距离上一次吴正好来找郑见桃，中间相隔的时间并不长，但是下巴村的村长已经换掉了。

只是在吴正好和林小琼进村的时候，他们还没来得及找到村长，就先被二娃子家的人看到了。

二娃子的家人十分生气，上前责问吴正好，你怎么又来了，上次都跟你说清楚了，那个女的跟我们无关。

吴正好说，我这回又不是来找女的，我找个男的。

二娃子家的人又想了想，说，男的？难道我们除了有过一个假妈，还有过一个假爸？

想得真远，真有创造力。

吴正好实在憋不住，一下子喷笑出来。

二娃子家的人觉得被耍了，这个人上回来村里莫名其妙地给他们戴上了一顶绿帽子，害得他们在全村人面前没面子，今天又送上门来，可饶不了他，他们围追堵截，挡住吴正好。

他们七嘴八舌开始敲诈。

我爸被你气出病来了，你看怎么办吧？

不是爸，是妈。

是爸和妈一起气病了。

我妈差点投了河，你必须要赔精神损失费。

什么什么什么。

这吴正好虽然有点㞞，可在乡下人面前却不吃素，哪怕面临威胁，也决不后退。

吴正好气势汹汹对二娃子的家人说，本来我也不是来追究你们的，毕竟那么多年前的事情了，但是既然你们想要倒打一耙，那我也不客气了，我也要倒打一耙了，我告诉你们吧，我已经找到了证据，当年，二娃子，也就是你爸，强奸了郑见桃，你们说怎么办吧？

二娃子的家人果然不禁吓，惊得面面相觑，愣了好半天，有一个先回过神来，反对说，不可能，不可能，我爸说过，那个女人，是饿得不行了，主动找的我爸。

吴正好说，呸，你们想得美，你爸是什么人，一个乡下穷瘪三，郑见桃是什么人，一个城里大小姐，是老师，有知识，有骨气，饿死也不会嫁给你爸。事实上就是你爸乘她饿得不行了，才霸占了她。

其实他们双方都是在胡说八道，但是乡下人毕竟心虚，感觉吴正好的胡说八道要比他们的胡说八道理直气壮一些，所以他们开始商量撤退了。

说，算了算了，乡下人搞不过城里人的。

再说，还说城里人会讲道理，现在才知道，城里人是最不讲道理的。

又说，别想着算计他们城里人，别被他们算计了去就谢天谢地了。

他们有嘴无心地说了说，就散去了。

林小琼还没知觉呢，危险就已经远去了，等到林小琼回过神来，赶紧惊喜地赞叹吴正好，吴正好说，你先别急着夸我，我只是暂时吓唬住了他们，可别再生事端，我们赶紧找村长去吧。

想到先前来的时候，村长那德行，吴正好心里也有些发怵，先哄林小琼说，小琼，等会儿见到村长，你先上前打招呼。

林小琼不明白，说，为什么？

吴正好随口说，村长喜欢女的，女的说话他就肯办事。

林小琼扭着身子发嗲说，正好，正好，那不行的，我是你喜欢的人，我只给你一个人喜欢，我不能让别人喜欢我。

吴正好心里气啊，林小琼个二货，这么远这么难走的道，还非要跟着来，她以为这是出国旅游呢，可既然跟着来了，你也派点用场吵，难道真的屁用也没有，让她使个美人计也使不起来，真气人。不过，他气着气着又有点高兴，因为林小琼二呀，二的人，好搞，不怕她今后犯浑。

林小琼虽然发嗲，但她也知道正事要紧，知道不能因为自己的任性耽误了吴正好的正事，所以她又问吴正好，那个，正好，你说的那个村长，有多大年纪噢？

吴正好说，一糟老头儿。

林小琼再一次扭动着身子，正好，你搞我，正好，你搞我，你让我去跟一个糟老头儿那个什么，我才不，我才不。

两个说着戏着，就到了村部，经人指点，知道村长正在办公室里呢。

赶紧进办公室一看，没有村长，只有一个年纪轻轻的人，两腿搁在桌上，身子斜在椅子上，还不断地在晃动，摇摆，他把它当摇椅了，直看得人胆战心惊，那椅子几乎随时就会折断。

吴正好谦和，上前作个揖说，请问村长在哪里？

这年轻人停止了摆动，竖起身子，朝他们看看，说，你又来了？

吴正好说，咦，你怎么知道我来过。

这年轻人说，喔哟，下巴村有多大哕，谁家的羊放个屁，大家都知道，何况、何况，嘿嘿。

吴正好感觉出这是个小刺头，不想跟他纠缠，赶紧再强调说，我们是来找村长的，村长在哪里？

这人不说村长在哪里，又跟他们扯说，你又找村长，这回又有什么事？二娃子个老狗日的，有两个老婆还不够啊？

吴正好说，这回不是二娃子，是我们自己的事，要请村长帮助。

年轻人这才指了指自己，说，噢，那就跟我说吧。

吴正好怀疑说，你是说，你就是村长？

村长站了起来，笑了笑说，不错，我是下巴村的村长，只不过，我是个年纪很轻、一看就是嘴上没毛办事不牢的那种村长。

他倒抢先说出了别人的想法。

林小琼说，咦，你躺在那里看不出来，像个半老头儿，你现在站起来，看上去还是个帅哥哥唻。

吴正好说，可我前不久来的时候，不是你。

村长说，换个村长，多大个事，还不是分分钟搞定，你明天再来，说不定我已经歇菜，又是另外一个人了。

这村长真想得开。

吴正好急着要归入正题，村长却绕来绕去，又说，我想起来了，你是叫吴正好吧，这名字真好，你上次来的时候，我还不是村长，但是无论我现在是不是村长，我都帮不了你的忙，你说的那个郑见桃，你姑姑？有没有来过我们村里，你只有去问二娃子。

那林小琼得到吴正好的眼色，赶紧上前说话，村长，村长，我们此次来，不是找我姑姑的，是找、找、找——她竟然说不出到底来找谁的，看着她脑筋转不过来的样子，村长差一点要笑了。

村长故意结巴说，那你找、找、找谁呢？

一个乡下赤佬，也敢调戏城里美女，按理说吴正好应该生点气，可是吴正好不仅没有生气，他还跟着村长一起笑了起来，一起结巴着说，是呀，我们来找、找、找谁呢。

这孙子，他也确实说不出他要找的这个“我”，到底是谁，他若想称呼我一声，到底应该喊我什么呢？

当然，相比起来，肯定是吴正好反应快一点，后来他就直呼其名说，郑永梅，我们来找郑永梅，他从前在你们村里插队的，他是知青。

村长挠了挠头皮，为难地说，知青？知青是个啥？咦，我好像在哪里听见过这个词，可是我忘了问一问这个词是啥意思。

这回林小琼不用吴正好指点，主动上前了，她抓住村长的胳膊推揉了几下，说，村长，村长，你是有意的吧，你有意不告诉我们，你有意为难我们，你肯定知道知青，我们都知道知青，你怎么会不知道知青？

村长被她一推一揉，蛮舒服，说，哎哟，我真不知道知青的事，但是我如果说我不知道，你肯定会生气，我不想看美女生气，这样吧，我不知道的事情，有人知道，我带你们去找知道的人。

村长带着吴正好和林小琼，先找到老村长，老村长不买新村长的账，说，你不是有能耐吗，你有能耐就别来找我。

村长说，那是，别的能耐我都比你强，可这从前的事情，我比不了你，从前就有你了，从前还没有我呢。

老村长说，那就是有我没你，有你没我。

老村长一副要赶他们走的嘴脸，不料中间杀出个程咬金，是老村长他爹，他说话了。

老村长他爹一脸兴奋，情绪高涨地说，起舞弄清影，何似在人间。又说，遥想公瑾当年，小乔初嫁了。再说，此事古难全，但愿人长久——

还没说够呢，吴正好急了，对着老村长说，这人谁呀——就这一问，他忽然浑身一哆嗦，脱口而出，难道，难道，你是王立夫？

老村长他爹混浊的眼睛忽然发亮了，对着吴正好笑道，哦哈哈哈，你认出我来了，哦哈哈哈——

吴正好正猛吃一惊，却见老村长生气了，喷他爹说，老东西，你少装蒜啦，你要是王立夫，我还王安石呢，你要是王立夫，我还王沂孙呢，你要是王立夫，我还王观——一口气说了三个姓王的人，吴正好也只认得一个王安石，还有两个姓王的，他都不知道是谁。但是看得出来，虽然老村长说了三个姓王的，但他并不过瘾，还在生气，所以他又回头喷吴正好说，你才王立夫，你才姓王，你才王八蛋！

村长幸灾乐祸说，哟，老村长，你姓不姓王没所谓啦，你好歹也当过干部，怎么张口就骂人呢，人家又不是来和你吵架的，人家是来找知青的。

老村长他爹凑上来说，咦，你们是要问知青的事，他怎么知道，他根本不知道的，那时候他也才穿开裆裤呢，我才知道知青，我太知道知青，我还和知青打过架呢。

老村长说，你们别听他的，他老糊涂了——

那老村长父子俩扯皮，新村长不耐烦，说，我们是来找人的，有一个知青，叫，叫——他回头看看吴正好，说，叫什么来着？

吴正好赶紧说，叫郑永梅。

村长赶紧激将老村长父子俩，说，郑永梅，哼哼，你指望不了他们，就他们这种糊涂蛋，能记得自己的名字就不错了。

老村长和老村长他爹都不服呀，抢着说，知青谁不知道，知青我们太知道了，知青就住在我们家旁边的那个破仓库里，知青天天打打闹闹我们都能听见，知青还偷人家的狗杀了吃，我们听见狗叫，后来就闻到了狗肉香，知青连蛇都要抓来煮着吃，知青怎么怎么，知青怎么怎么。

那父子俩你争我抢，说个不停，直到村长叫停说，行啦行啦，说说郑永梅吧。

那父子俩这才住了嘴，你看看我，我看看你，一个说，郑永梅，有这个知青吗？

另一个说，有个叫郑永梅的知青吗？

村长气得说，你们唱双簧呢，配合得很好啊。

老村长他爹又要从头谈起了，他开腔说，明月几时有，把酒问青天，这些事情啊，过去好多年了，现在说出来，你们也听不懂了，你得让我从头说起，才能说清楚嘛。

老村长也怕了他爹，说，算了算了，与其听他胡说八道，还是我告诉你们吧。咱们村是有知青的，三个。

吴正好心头一喜，感觉渐渐逼近事实真相了，怕他们又扯得远，赶紧追问，三个人中间，哪个是郑永梅呢？

老村长想了想，实在是想不出来，老村长他爹说，大江东去，浪淘尽，你比我差远啦，逞什么能，三个知青，一个叫王安建，一个叫刘年，还有一个叫常发。

村长和老村长都奇怪地看着老村长他爹，老村长他爹十分了得，说，看着我干什么，我得的这个病，就是从前的事情记得清楚，嘿嘿。

吴正好急了，说，不可能，不可能，肯定有一个叫郑永梅的，您老人家年纪大了，一定是记错了。

年轻的村长挺为吴正好着想，劝他说，吴正好，你先别急啊，也许你要找的这个郑永梅是改了名字，郑永梅，你们想想，这个名字多怪异，都永没了，还有什么呢，你们还来找他干什么？

吴正好干着急，林小琼却蛮顶真，认真跟村长解释说，村长，他是永梅，不是没有的没，是梅花的梅。

村长说，别说梅花，我们这穷乡僻壤，连桃花也种不起，只有满地的瘌痢头花，你们找找看，呵呵。

不过村长毕竟是村长，大小也是个干部，虽然嘴巴碎一点，水平低一点，但有人到村里来求助，他总得做点什么，多少有个交代。

可是老村长他爹报出的三个名字里没有郑永梅，村长也没有办法，他不能变出个郑永梅来呀，村长两手一摊，说，就这样了。

吴正好怎肯甘心，搜肠刮肚地想主意，终于想出一个，说，据说那时候的人，兴改名字，许多人都把名字改了，会不会郑永梅也改了名字再插队的。

他把老队长说出来的这三个名字，写在自己的手心里，一个一个地进行琢磨，这三个名字中，哪一个可能是郑永梅改的，哪一个更像是郑永梅。

这可是个高难度的动作，可怜的孙子，真是费尽心机，他想，好歹该先试试这个王安建，因为三个知青中，只有他的名字是三个字，另两个人，是单名，似乎离郑永梅三个字更远一点。

这孙子为了找我，真是豁出去了，后来他终于打听到了王安建的下落，于是他和林小琼一起，敲开了王安建家的门。

王安建是个女的。

那孙子吴正好气得说，乡下人真拆烂污，居然不告诉我们三个知青中有个女的。

林小琼起先一直是看着吴正好的眼色行事的，但是到后来她的性子越来越急了，不等吴正好的眼色使过来，她抢先问起来，大妈，您是叫王安建吗？

那大妈生气地说，谁告诉你我叫王安建？

吴正好怕林小琼冒冒失失坏了事，赶紧把她拨拉到一边，自己上前说，那您是不是当年插队在长平县下巴村的三个知青中的一个？

那大妈说，我是知青呀，我是下巴村的知青呀，可我不叫王安建，我叫王安娟。

吴正好又赶紧认了，说，好吧好吧，我们找的就是您，王安建就是王安娟，一样的。

王安娟大妈不服，说，怎么是一样的呢，这怎么行，乡下赤佬，连名字都要瞎说的。

吴正好说，大妈，先不管您叫个什么，先只管问一下，您既然是在下巴村插过队，向您打听一个人。

谁？

郑永梅。

郑永梅？王安娟大妈想了想，有些为难，自言自语说，郑永梅，难道下巴村还有另一个女知青——没有的，没有的，当时我们村，只有三个知青的，女的只有我一个。

听说郑永梅是个男的，王安娟大妈认真想了半天，说，郑永梅？男的？男知青？我们村的？怎么我不记得呢？

大妈虽然蛮热情，也蛮主动，但她实在是记不起下巴村有个郑永梅，她最后给吴正好提建议说，你们要找的这个人，郑什么没，我实在想不起来了，我最近记性越来越差，也可能确实有个郑什么梅，但是我忘记了，当年和我插队在同一个下巴村的常发，前几年他们搞知青聚会的时候，我们见过，留了一个电话，但我没有打过，也没什么事要联系的，要不你们去找试试。

吴正好终于又能往前走一步了。

常发也是个老头儿了，但他和王安娟不同，表示自己记性很好，一听吴正好说郑永梅，立刻说，记得，当然记得，一起插队的战友，怎么会忘记。找我，你们是找对人了。

常发回忆说，那时候农村可艰苦了，郑永梅表现好，比我们都要强，不过你们可别以为那是觉悟高，那都是想早点离开农村的，但是也有人好过头了，当了干部，小队长，甚至大队长，那就走不了啦。

吴正好怕他扯远了，赶紧拉回来说，郑永梅没当小队长大队长吧？

常发说，她怎么可能当小队长大队长，因为表现积极，她当了生产队的妇女队长。

吴正好说，我们说的是郑永梅，不是王安娟。

常发说，我也是说的郑永梅呀，她就是当生产队的妇女队长嘛，我们还嘲笑她呢，建议她嫁给乡下人算了。

不等吴正好说话，林小琼又尖声叫起来，郑永梅是男的。

常发听了，愣了一会，生气说，你们搞什么搞？当年是我们下放还是你们下放，郑永梅是我知道还是你们知道？

吴正好说，大叔，您确实记错了，我们要找的郑永梅，是个男知青，也在下巴村，您再想想。

常发挠了挠头皮说，男的？那我们明明记得我们队里是有个女知青的。

吴正好说，是有个女的，我们找到您，就是她提供的电话，她不叫郑永梅，她叫王安娟。

常发又挠了一阵头皮，头皮屑掉了一地，他有点难为情，用脚去踱了几下，说，咦，那个女知青不是郑永梅？我怎么一直以为她就是郑永梅呢。

还有一个男知青呢？

那个我知道，叫刘年。

他在哪里？我们能找到他吗？

来不及了，他得病死了，去年我去送的他。

常发显得有些不好意思，不过最后常发没想让他们白跑一趟，他建议说，也可能你们搞错了一个村子，如果不是我们这村子的，是在别的村子里，那你盯着我们一个下巴村找，死也找不到的。

这好心的话一说出来，不仅林小琼急，吴正好也急了，说，那你是要我们一个村子一个村子地找？那恐怕找到我们跟你一样老了，也不一定能找到呀。

常发说，瞧你个死脑筋，干吗要一个村一个村地找，你们到县里去，那时候县里有知青办，所有下放到这个县的知青，都有名单，查一下名单就是了。

大叔口中的知青办虽然早就不存在了，但是知青办的档案没有丢，最后吴正好和林小琼在县档案局，查到了所有下放知青的名单。

惊喜啊，“郑永梅”三个字，赫然列于其中。

是惊喜？

是沮丧？

且不管是惊喜还是沮丧，还真有一个郑永梅挡在他们前进的路上。

我看到孙子吴正好的沮丧的脸色，真有点于心不忍，但是这一点上我像我母亲，我心肠硬，我才不会因为同情他们，就告诉他们真相。

决不。

5. 后来的我

从档案材料里可以看到，后来我回城了。

我回城顶替我父亲，进了南州的东风机械厂当工人。

至于我父亲是怎么会从市级机关的干部，变成东风机械厂的工人的，这些事情就不多说了，说出来也没有什么稀罕。唯一要说的是，为了让我早日回城，我父亲是提前退休的，去医院开了一张假证明，就把手续办妥了。

这时候的重点，早已不在我父亲那儿了。我回城进厂，我父亲退休，他的人生随着他的档案材料，就停滞在那一刻了，从此不再有任何变化。

那一年我应该是二十五岁，也就是说，从二十五岁以后，我就不再存在于我父母的档案里了。

但是作为一个曾经存在过的人，我是逃不掉的。

我姓郑，我叫郑永梅。

如果那孙子吴正好要继续找我，他不难从机械厂的档案里找到我的名字，作为一名普通工人，我的名字和县知青办档案上的名字一样。

郑永梅。

只是在我应该上班的第一天，我母亲就没有安排我去，她替我去了厂里，不仅向厂领导请假，她还跑到我所在的车间，跟我的同事们说，郑永梅在乡下劳动得了病，现在正在医治，要请一阵子假，有医院的病假条，请车间主任不要安排他的工作。

等到请假条上的日子到期了，我就应该上班了，于是我母亲就守在下班的路上，问我的同事，今天郑永梅干活还好吧。

我同事有些疑惑，他想了想，似乎没有想明白，但是他看到我母亲焦虑急切的眼神，他最后还是点了点头，安慰了我母亲说，还好吧。

又说，伯母你放心，如果郑永梅身体不太好，我们会照顾他一点的。

我母亲回家对我父亲说，好了，永梅慢慢会适应的。

这时候，我的父亲母亲已经不住老宅了，他们当年从老宅子里仓皇出逃，他们以为逃出老宅就能逃出生天了。其实他们错了，他们逃到任何地方，都逃不出自己的命运。

现在他们住在远离市中心的东风机械厂的职工宿舍，一间小平房，仍然放了一大一小两张床，小床是给我准备的。

我看了看那张床，确实很小。其实早在几年前，彭师傅就问过关于小床的问题了，难道我父亲母亲忘记我已经长大了。

二十五岁的我，就这样出现在东风机械厂的职工宿舍里。

比如，在职工宿舍的过道上，我母亲说，我们家永梅今天受伤了，你看，一块手绢上，全是血，作孽啊。

有个新来的车间负责人，疑惑地说，叶老师，郑永梅今天来上班了吗，我怎么没有看见他，怎么会受伤呢？

我母亲应对自如，反过来说，永梅肯定是上班的呀，要不然怎么会受伤呢，要不然这手绢上怎么会有血呢？

车间主任还有什么可说的。

其实这时候我的母亲已经改变了命运，她比我父亲幸运，她复职了，回到了原来的单位，恢复了工作，不久后还升了官，还有了高级职称，生活发生了很大的变化，可是在对待我的问题上，我母亲并没有变化。

就在我的车间负责人问过我的去向后的第二天，我母亲又到厂里去替我请假了，她拿着自己单位的证明，又请东风机械厂厂办再开了一个证明，两个证明加在一起，分量足够了，请假理由是我准备参加高考，复习功课。我母亲说，这是千载难逢的好机会，我们家永梅从小学习成绩就好，他不会放弃这次机会的。

既然母亲替我请了假，我就躲在家里复习功课，然后参加考试，一直到我收到大学录取通知书。

我母亲兴奋地把录取通知书带到自己的单位给她的同事看，我父亲已经退休了，不再去单位，我母亲让他拿着通知书到居委会去。我父亲说，其实，现在的情况跟过去不一样了，说不说都不要紧了。我母亲决不同意，尖声嚷嚷，谁知道呢，谁知道呢，必须告诉大家，必须让大家知道。我父亲不想和她争论，就退一步说，我已经跟他们说过了，他们知道就行了，看不看无所谓的，他们会相信的。我母亲仍然坚持说，不行，光说不行，得让他们看。我父亲不想和我母亲争论，他接过录取通知书，就去了居委会，但是他并没有拿出来给人看。

我母亲知道我父亲不会把我的录取通知书给人看，便亲自出马，不仅给现在的邻居看，她甚至还回到了老宅院，给从前的邻居看，邻居们啧啧称赞。

他们说，哎哟，叶老师，有你和郑老师这样聪明的父母，永梅肯定会有出息的。

又说，叶老师，我们好长时间没有见到永梅了，他现在长得很神气吧？

再说，是呀，小时候永梅很皮的。

另一个却说，不对，你记错了，永梅才不皮，他读书很认真的。

我父亲对我母亲的行为十分不屑，他说，叶兰乡，你还有这个必要吗，你都恢复身份了，你还升官了，你还当教授了，你觉得你还需要永梅吗？

可是我母亲早已经离不开我了。

从此以后，我就踏上了不断求学的不归之路，四年以后，我考研了，然后，又读博了，然后我母亲觉得国内的高校已经没有能力培养我了，就把我送到国外的名校去了。

我当然是一去不复返。

而我的母亲又开始了新一轮的关于我的生活的介绍，她继续向她身边的所有人，报告我的情况，一直到她去世。

我母亲经常到邮局去打国际长途给我，后来她单位的电话也可以打长途了，但她仍然保持着去邮局的习惯，打过电话回来，她会把邮局的收据展示给大家看，并且向大家报告我在国外的学习和其他各种情况，再后来我在国外结婚生子了，母亲会把我们小家庭一家三口的照片拿给大家看。

再后来，我的一切的发展，都被母亲安排得妥妥帖帖。

我父亲比我母亲走得早，所以，我母亲去世后，就再也没有人会来关心我的事情了。

所以我以为，我这一辈，永远都会安安生生地被人遗忘了。

出乎我的意料，过了几十年，突然冒出个孙子吴正好，他来找我了。

他会碰钉子的。

现在这孙子感觉他离我越来越近了，那是他的错觉。

经历了下乡找我那样愚蠢的行为，他并没有学乖，现在他又开始重复那一套，但是这一次的难度只会更大。

因为乡下还在，东风机械厂却早就不在了。

但是吴正好这孙子真是个难不倒的孙子，他是吃了秤砣铁了心，非找到我不可呀。

嘿嘿，且行且努力吧。

吴正好的思想没有什么创新，还是使用按图索骥的老办法，先找到当年的车间主仟，我的一任车间主任说，我知道我们车间有郑永梅这个人，但是你让我说出具体的情况，我现在真说不出来了，可能年代久了，忘记了，不过有一个印象还是记得的，这个人，郑永梅，好像是三天打鱼两天晒网的，他妈妈老是来替他请假，所以，在我的印象中，看见他妈妈的机会比看见他的机会还多，我记得他妈妈十分清瘦，她的下巴和她说话的声音都很尖。

另一任车间主任说，郑永梅？有的，好像他进厂没多久就考上大学走了。

吴正好好蠢，他沿着错误的路线一直往下走，他又追查我考上了哪所大学，然后他又追到那所大学，又从大学的学生名单中，看到了我的名字，也看到了我的同学的名字。

接着他找到了我的一个同学，叫高铁。高铁说，郑永梅？既然你知道我们同学中有个叫郑永梅的，那就应该有个郑永梅吧，但是样子记不太清了，我们那是改革开放后的第一届，我们那一批学生，招得多，师资不够，一个年级一两百人都在一个大教室上课，记不太清楚，就算记住，后来也容易搞混。

这孙子眼看着走投无路了，偏偏这高铁又给他一点希望，说，你来巧了，我们最近正在筹备七七级同学聚会，我把时间地点都告诉你，你到时可以来看看，也许他会到场呢。

吴正好怀疑说，他会来吗？他已经好多年没露面了呀。

那高铁同学说，露面？要说露面，我们都是很多年没露面呀，如果天天露面，天天见面，还搞什么同学聚会呢。

吴正好确实又有了一线希望。

等到我们同学聚会的那一天，那孙子吴正好真的来了，林小琼也随他一起来了。面对一大群和他爸差不多年纪、已经老了却还不算太老、已经蔫了却又兴奋起来的人，他们两个都有点发怵，有点蒙圈，站在一边先发起呆来。

只有一个人注意了他们一眼，随口说，这是谁带来的孩子？

他的声音被几十年的时间淹没了。

他们这些人，只顾着回忆往事，畅叙友情，紧紧拥抱，死死相扣，哭的哭，笑的笑，骂的骂，说话把嗓子都说哑了，没人顾得上吴正好。

等到他们终于说够了自己，有人开始说自己的子女了，吴正好赶紧出场，说，我是来找郑永梅的，他和你们同班。

忽然间就冷场了，大家在想，谁是郑永梅？

林小琼进步了，她进步飞快，她说得更清楚更准确，几乎是一针见血，他就在你们中间呀，你们中间，谁是郑永梅？

大家面面相觑，谁是郑永梅？

如果是他们的同学，如果就在他们中间，为什么不站出来？

吴正好吸取了前面寻找郑永梅时留下的深刻教训，怕他们推出个女生来，赶紧又抢先说，是男的，郑永梅是男的。

有一个同学开始挠脑袋，疑惑着说，哎，你说是男的，我倒似乎想起点什么来了，你说叫郑永梅吗，好像是有个什么梅的，男生用了个女生的名字。

另一个同学也就乘势而上，表示自己的记忆不成问题，说，是郑永梅，个子不高，小白脸。

我去。

我摸了摸自己的脸，摸不出是个什么脸，但肯定不是小白脸。我母亲好像不喜欢小白脸。

同学们的话题又有了新的集中，开始回忆和分析他们的同学郑永梅。

郑永梅，会不会是那长得有点娘娘腔的，二班的。

你想起来了？你的记忆应该是对的，娘娘腔就对了，人的名字对人的一生影响是很大的。

哦，我想起来了，不过我不是想起郑永梅，我想起了郑永梅的母亲。

咦，你说了我也想起来了，郑永梅的母亲经常到我们宿舍来，她人很瘦，脸和下巴都是尖尖的，眼睛也很尖利。

那郑永梅就是你们宿舍的啦，你难道连同一宿舍的同学都记不得了，说不定和你上下铺的，你严重老年痴呆哦。

真是奇怪了，我怎么只记得郑永梅的母亲，不记得郑永梅呢。

其实郑永梅的母亲也到我们宿舍来过，她送的炒米粉、咸鸭蛋，好像都被我们吃了。

那郑永梅为什么自己不吃？

那郑永梅到底是哪个宿舍的呢？

我看着他们瞎说八道，只管偷着乐。有一个个子不高的男生，混在人堆里，并不醒目，开始他一直沉默，只是听大家说，后来他似乎忍不住了，也开口说，哟，我知道，郑永梅，学习成绩很好的。

大家立刻展开回忆。

哎，我也想起来了，我也有这个印象，但是忘了是怎么留下这个印象的。

我好像还看到过他的成绩报告单，好像门门是优哎。

是不是有一次老师还拿郑永梅的论文作范文给我们看呢。

虽然七嘴八舌，但都说得含糊，不在点子上，不是好像，就是似乎，不是忘了，就是记不清了。

有人就说，可以问问魏老师，老师中魏老师的记性超级好。

另一人说，是呀，前几天在街上魏老师看到我，一眼就认出我来了，喊出我的名字，真不简单。

另一个说，你搞什么搞，你搞错了吧，魏老师去年就去世了。

你才错了，我明明在街上看见魏老师了——

你不要吓人哦，说得人身上寒毛凛凛的——

吴正好见他们扯到魏老师身上去了，赶紧扯回来说，先说说郑永梅吧，说好了郑永梅，再说魏老师。

他们的班长不高兴了，说，你们呢的呢，吗的吗，谁也说不清，难道我们的同学郑永梅，就这么不能让人记住吗？

班长一生气，大家都觉得有点对不住郑永梅，一时竟无法再往下说了，场面又有点冷落，这时候那个小个子的同学却忽然站了起来，一边笑着，一边指着自己的鼻子说，就是我呀，我就是郑永梅呀。

呵呵，别说是大家伙同学了，也别说是吴正好和林小琼了，连我也意想不到啊。

大家都愣住了，愣了半天，有人才说，咦，郑永梅，你怎么不早说。

是呀，我们都议论你半天了，你都不开口，你以为我们在说谁呢。

不对呀，刚才你也跟着我们一起议论郑永梅了。

是呀，你自己就是郑永梅，你议论什么郑永梅呢？

“郑永梅”笑了起来，说，嘿嘿，我是试试你们的记性呢。

那孙子吴正好激动了，他一激动，竟然忘记了郑永梅是他的天敌，郑永梅一出现，他就麻烦了。

可能是因为寻找郑永梅的过程太过艰难，太过曲折，太过绝望，现在终于找到郑永梅了，吴正好甚至已经忘记他寻找郑永梅的目的了，他激动地要冲到“郑永梅”面前去认亲了，结果却被林小琼死死地拽住了。

一向喜欢激动的林小琼这会儿倒是十分镇定，她提醒吴正好，正好，正好，你冷静一点，你想想，找到了郑永梅，我们应该是高兴还是不高兴？

吴正好一愣，才清醒过来，想了想，说，先是高兴，然后是不高兴，然后，然后——

我的同学们可等不得他的“然后”，他们得展示出他们的记忆神功，一个同学已经挺出来了，果断地说，你不是郑永梅，肯定不是！

另一个同学疑疑惑惑，上前看了“郑永梅”半天，仍然疑惑，说，郑永梅，你就是郑永梅吗？

也有人不这么认为，说，人家自己都说自己是郑永梅了，你凭什么说人家不是。

是嘛，你们既说不出郑永梅是谁，现在郑永梅出现了，你也没有资格说他不是哦。

吴正好一开始是有点冲动，在林小琼的开导下，在这些同学的互相猜疑中，他渐渐恢复过来，他又试图要否认“郑永梅”是郑永梅，可这样一来，他又忘了他是来干什么的，他又和他的来路背道而驰了。

可怜的孙子。

吴正好说，你不是郑永梅，你冒充郑永梅。

那“郑永梅”不服呀，说，你凭什么说我不是郑永梅，你找到真正的郑永梅了吗？

吴正好说，暂时没有找到真正的郑永梅，也不能证明你就是郑永梅。

“郑永梅”说，那你有证据证明我不是郑永梅吗？

林小琼插嘴说，你问他爷爷奶奶和姑奶奶的名字，他如果说不出来，他就是冒充的。

吴正好还没开口问，那“郑永梅”已经举手投降了。

其实一开始“郑永梅”的态度就不是很坚决，一开始就是嘻嘻哈哈的，好像是不是郑永梅都无所谓，既然有人指出他是冒充的，他也不妨承认一下吧。

他干脆就笑了起来，说，你们眼睛凶，我确实是冒充的，我不是郑永梅。

吴正好气得跳了起来，这孙子的思想已经被搞得纷纷乱了，他已经不知道自己到底为什么而生气，他只是说，你为什么要骗人，为什么要冒充郑永梅？

假郑永梅有点难为情，支吾着说，主要，主要是我记性不好，我忘了自己是哪个班的，我在你们中间混了半天，也没有人认得我，我好孤独好寂寞，后来看到有人找郑永梅，而郑永梅又没有来，或者，他是来了，但他没有出面承认自己，我想，干脆我自己就是郑永梅吧，好歹还有人记得郑永梅，来找郑永梅。

大家朝他哭笑不得，简直匪夷所思。

假郑永梅说，其实刚才那一瞬间，我真以为我自己是郑永梅，要是你们不戳穿我，那该多好啊。

轮到吴正好这孙子不服了，说，你什么人，你连自己都不要了，你想做成别人？

咦，是呀，同学们都被提醒了，你不是郑永梅，那你是谁呢？

假郑永梅好像糊涂了，呆呆地望着大家，我是谁呢？

大家哄堂大笑。

这假郑永梅说，你们笑谁呢，你们是笑你们自己吧，我是你们的同学，你们中间居然没有一个人认得我，没有一个人想起我来，好笑吗？

有一个同学笑得不能停了，捂着肚子说，哎哟哟，哎哟哟，我早就听说我们班同学中，有个叫李什么的，得了精神病，住在医院，就是你吧，你从医院逃出来了？你姓李，你叫李什么？

假郑永梅笑道，你才精神病人，你才逃出来，你对精神病院这么熟悉，你一定在里边待过。

他俩这一对话，旁边的一个同学给吓着了，结结巴巴说，怎，怎么会这样，郑永梅明明没有来，却有人冒充他，明明大家不记得郑永梅，却回忆出那么多关于他的事情，吓人倒怪。

是有点毛骨悚然，有人壮胆说，是谁说郑永梅是我们班上的呢？

高铁承认说，是我说的，不过其实也不是我说的，是他——他指了指吴正好，是他跟我说的。

同学们都盯着吴正好，吴正好说，你们别盯着我，又不是我编出来的，你们的学生名册上有郑永梅的名字。

这真是毫无悬念的悬念。

我看着他们忙乎，我都嫌累，让他们再胡乱编造去吧，他们还可以找出当年的合影来查对，他们还可以翻出从前的日记来印证，也可以到学校的档案室去试试，办法多的是。

只是可怜的孙子哎，他们可以胡闹，你却应该清醒了，你应该想明白了，你是找不到我的。

吴正好正在努力地想着呢。

我根本就不存在。

但我又是存在的。

其实你们早就知道了，这一切都是我母亲干的，她一辈子工于心计，阴险狡诈，没有什么事她是干不成的。

我存在在郑见桥和叶兰乡的户口本里，我存在在小学中学的学生名册里，我存在在下放知青的名单里，东风机械厂也有我，大学生名册里也有我。到处都有我的痕迹，照片上的我，虽然经常变换样子，甚至还有画出来的，有的被雕空了，那一个洞洞也是我。其实也许那中间根本就没有人，凭空雕了一个洞，给人的感觉就是原来有个人站在那里的，站在父母亲中间，必定就是我无疑。如果有人问为什么要把头像雕掉，我母亲就推到我头上，那是永梅干的，他要和我们划清界限。

无论怎样，那也是我，无法不承认那是我。

我是存在的。

我于不存在中存在。

我于存在中又不存在。

你们搞得清？

反正我是搞不清了。

吴正好更是别想搞清楚了。

吴正好很着急呀，站在他的角度替他想想，这孙子够惨。从那一天得知自己是老郑家的后代，他这一路过来，让他一次次燃起希望，又一次次地失望，真是残酷的青春、悲催的人生啊。

6. 死亡申请

可怜的孙子吴正好，掘地三尺，还是找不到我。

他实在不知道怎么才能找到我。

可是他又不能忽视我，无视我，这该死的我，偏偏是存在的，历史的册页上，有我的鲜明的痕迹。

吴正好急得乱想办法了，他先是跑到寺庙里，买了香烛供上，叽里咕噜说了一堆，呵，他把我当成谁了呵？后来他又去弄了各种冥币和各种纸折的昂贵的物品，比如房子啦，汽车啦，还折了一个美女烧给我，呵，他又以为我是谁？使了这些法子，他仍然找不到我，他又想出新法子，精心备了一桌子丰盛的酒菜，给我吃，呵呵，这孙子还真用心，差不多把我的铁石心肠也给打动了。

可怜见的，我真该帮帮他。

他走到今天真不容易，我也很希望他能够心想事成，可是我爱莫能助。

因为我一直是存在的。

因为我一直是不存在的。

林小琼来的时候，看到吴正好对着一桌子的好酒好菜又是磕头又是作揖，口中还念念有词，她十分奇怪，正好，正好，你在干什么？

吴正好没好气地说，我在干什么，你不知道吗，我在求郑永梅，求他显个灵，求他显个形，求他显个神奇出来。

林小琼说，咦，正好，你真的希望有郑永梅吗？

现在吴正好头脑清醒着呢，他说，郑永梅本来就是有的，不是我希望不希望的问题，如果要说希望，那我当然希望没有郑永梅。

林小琼说，如果原来是有的，后来没有了，这算什么呢？

吴正好嘲笑说，这算什么，这就是死了吧。

林小琼说，那好办了呀，那就让他死了吧。

吴正好气得喷她说，谁死谁不死，你说了算？你是阎王还是小鬼——

一个“鬼”字尚未落音，有人敲门了，吴正好气鼓鼓地说了一句，鬼敲门了。过去一开门，看到一个人站在门口，不是鬼，是骗子。

吴正好一奇怪就说，咦，你怎么主动送上门来了？你不是叫我不要再找你，叫我不要拜你为师吗？

骗子“嘻嘻”一笑说，你可以不拜我为师，但我可以拜别人为师呀。

吴正好没想到骗子还能有老师，那是谁，这么牛叉？

骗子傲娇地说，我的老师就是我的委托人。

听骗子的口气，很为他的老师自豪呢。他说，我今天是受我的委托人的委托来找你的。不等吴正好再问什么，骗子已经把话挑开了，我是来帮你排忧解难的。

吴正好的眼睛是暗淡的。没戏，我的忧和难，可不是一般的忧和难，那是越排越忧，越解越难。

骗子笑道，有那么难吗？不就是一个郑永梅吗？

骗子口气轻佻，吴正好不服气呀，吴正好不服说，一个郑永梅，你说得轻巧，你试试。

骗子说，我试什么试，只需一句话：让郑永梅去死。

看吴正好被震到了，骗子又“嘁”了一声说，怎么，把你吓着啦，让郑永梅去死，这难道不是你做梦也想着的事情吗？

吴正好说，是呀，是呀，可是，难道我的梦可以成为现实吗？

吴正好虽然还没有转过弯来，但是他的小心脏已经开始乱动了，他不耻下问，怎么才能让郑永梅死？就算你敢杀他，就算你杀了他你不怕自己被杀，但关键的问题是，你找不到他呀。

骗子得意道，就是因为找不到他，才能让他去死，这是有法律依据的，法律站在我们这一边，法律挺我们，在法律上，这就叫死亡申请。

吴正好短路的脑线啪地一下搭住了，贯通了，闪光了，出彩了，吴正好一想明白了，赶紧朝着骗子打躬作揖说，到底不是普通人，有创造力，有想象力，有执行力。

骗子说，你别抬举我，不是我的主意。

谁的？

林小琼又一次抢了先，我妈的！

她妈的？

刘金灿。

又是刘金灿。

刘金灿到底是谁？

且不管她了，让郑永梅死才是头等大事。

问题又回来了，一个人怎么才算是死了，真死了，死彻底了，再也不能来祸害别人，不能作怪了。

这个简单，骗子真是胸有成竹，语气轻飘，说，只需要你爸签个字，向法院提出申请，郑永梅就彻底死翘了。

吴正好一听“你爸”两字，头皮一麻，他爸可不是好惹的，要那老东西签字，可不是一般地难，别说是吴正好，即便是骗子，也不一定搞得定。

骗子并不服，他不认为有他搞不定的人，所以就上前去喊吴正好他爸。

吴永辉睡得正香，被喊醒了，一肚子不乐意，斜眼瞧了瞧骗子，说，啥事这么重要，又要吵醒我？

骗子说，要让郑永梅去死。

吴正好在一边解释说，爸，郑永梅就是那个谁，郑永梅就是，就是，那个，爸，你知道的——他实在说不清郑永梅是谁。

他爸奸笑一声说，我儿，你终于知道郑永梅是谁啦，你终于看出来啦，我就是郑永梅呀。

他这一说，大家都愣了一愣，还是骗子比较专业，反应快一点，立刻就回过神来了，哼哼，老东西，跟我玩，那是小巫见大巫——假如你既是吴永辉，又是郑永梅，你是两个人？但是一个人只需要一个自己，另一个人是没有用的，你反正也只能吃一个人的饭，穿一个人的衣，多余的那一个，就让他死去吧。

林小琼显然被吓着了，她躲到一边去打电话了，她憋紧了嗓音，不想让别人听见，只是她嗓音一憋紧，就更尖更亮，所以大家都听得清清楚楚，她去搬救兵了，妈，妈，你快来吧，我们找到郑永梅了——

其实我早已经看到，刘金灿已经在来的路上了。她虽然委托了骗子，但后来她又思来想去，还是担心骗子水平不够，揽下这活恐怕他也干不了，她必须亲自出马。

林小琼话音刚落，刘金灿就如同天兵天将从天而降。

骗子见刘金灿亲自赶来了，心知自己不太被信任，有点失落，赶紧抢先摆知识说，法律上有规定，一个正常的人，只要四年没有踪影，就可以申请死亡，你想想，你要找的这个郑永梅，几年没见了？

我差一点喷笑出来，对于我这样的人，也可用“年”数来衡量，这些人真不知道我是谁啊。

吴正好说，不是几年没见了，是从来没有见过。

刘金灿一拍大腿，说，那就更对头了，就告他个死亡。

林小琼又替她妈表功了，正好，正好，我妈做功课了，我妈为了爷爷的房子，做了很多很多的功课，我妈连遗产法都背出来了。

刘金灿骄傲地说，倒背如流。

吴正好说，我爷爷的房子，你倒背如流干什么？

刘金灿自知失言，赶紧说，回到正题，回到郑永梅，郑永梅一死，你家老东西，就是独子。

骗子也挤进来表现说，虽然你无法证明他的死亡，但是法院可以证明他的死亡，证明死亡所需要的材料，我已经准备妥了。

吴正好激动了。这一阵以来，他找到方向，又失去方向，看到希望，又失去希望，几乎就应该泄气了，但是每当他要泄气的时候，方向又有了，希望又出来了。

万事俱备，只欠东风。

东风就是他爸。

他爸吴永辉，躺在藤椅上歇息，闭着眼睛，抱怨说，哎哟，我刚要歇一会儿，你们又来了。

那孙子知趣，说，爸，只要你在郑永梅的死亡申请上签上你的名字，我们马上就走。

他爸说，那你们又不承认我是郑永梅，又不告诉我谁是郑永梅，我这字能随便签吗？

吴正好急得说，爸，爸，你就别管郑永梅是谁啦，反正他已经死了。

吴正好他爸来精神了，说，喔哟，都死了，那还有什么好说的。

吴正好赶紧又说，也不是啦，也不知道啦，也许没有死呢。

他爸又来幺蛾子，说，啊，喔哟，没有死？那就是还活着啦，喔哟，人都还活着，还有什么好说的。

这老东西够难缠的，够吴正好个孙子对付的，这孙子果然沉不住气，急得说，爸，你别这么阴阳怪气，这个郑永梅，怎么说，他也是你的亲人呀，他是你哥吧。

他爸撇了撇嘴，不满说，为什么是哥，为什么不是弟。

吴正好说，他1954年三岁。话一出口，忽然眼前有什么东西一闪现，发现问题了，他顿时警觉起来，语气也加强了，咦咦，爸，你是1951年生人，1954年你也是三岁。

他爸“呵呵”地笑了起来，那是跟我同年噢，怎么，难道是双胞胎？呵呵呵呵，我双胞胎，呵呵呵呵——

他爸还在那儿装模作样，说，那可不行，我才不答应，如果我真的有个哥哥弟弟之类，我还想找到他攀个亲，叙叙旧，论个谁大谁小呢，我干吗要咒他死？

刘金灿眼见吴正好拿不下老东西，再度出马，只是她改弦更张，换了一副嘴脸，好声好气地和吴永辉谈起了往事，她客气地说，正好他爸，那时候，你还不是你，你只是一只蜡烛包——

吴正好他爸斜了她一眼，不以为然道，我是一只蜡烛包，你难道不是一只蜡烛包？

刘金灿说，是呀是呀，我也是一只蜡烛包，我们两只蜡烛包，还差一点换了一下呢——她说着说着，忽然长叹一声，唉唉，当初真的换了，那该多好 ，也用不着我到了这把年纪还要累死累活，费尽心思——

停，停，吴正好他爸叫停了她的唉叹，说，换一只蜡烛包，那是什么意思，把你换成我，把我换成你？

刘金灿说，是呀，当时我爸抱着你，准备把你送到吴家来，我妈眼馋了，想来个狸猫换太子，哼，重男轻女，我爸居然也动心了，还写了个假字据，说郑老师家送人的是女儿，可惜后来他又害怕了，没敢做这种缺德事——

吴正好他爸倒还没怎么的，吴正好惊得跳了起来，那那那，那你就是那只女蜡烛包？

林小琼开心地说，嘻嘻，嘻嘻，正好，正好，你真聪明，你知道我妈也姓刘呀。

吴正好简直要惊掉下巴了，他用手托着下巴，想责问林小琼，还没开口，林小琼已经急得说，哎哟，哎哟，正好，你怎么啦，你牙疼了吗，你肯定是牙疼了——她把自己的一根手指塞到吴正好嘴边，说，正好，你咬我吧，牙疼的时候，咬到东西就不疼了，你咬我吧。

那根纤细白嫩的手指把吴正好吓了一跳，他往后退了一步，口齿不清地说，林小琼，原来你是卧底，原来你是潜伏，原来你是敢死队，原来你还是悬崖，我差一点就掉下去了。

林小琼没有听清吴正好说什么，她仍然关心着吴正好的牙，她说，悬牙？悬牙是哪颗牙，正好，正好，你是悬牙疼吗？

可怜的孙子，忙来忙去，赔了夫人又折兵。

你们真会玩。

我幸灾乐祸，我得看着他们把消灭我的这场戏接着往下演。

吴正好他爸拍了拍自己的胸口，怕怕说，哎哟，还好，还好，刘明汉还算有屁眼，否则我就成了那只女蜡烛包了，多晦气——他瞧了瞧吴正好的样子，说，好吧好吧，你都牙疼了，牙疼不是病，疼起来要大命，拿来我签吧，别说签他个死，就是把他签活过来，也没什么大不了。他说罢又朝林小琼看了看，说，难怪，你头一回进我家，我就觉得你像谁。

林小琼摸了摸自己的脸，问道，我像谁？

吴正好朝她瞧了一眼，心想，就这德行，还想当奸细，我呸。

吴正好他爸爽快地签下了自己的名字，签完以后，他大概觉得对得起刘明汉了，瞬间又恢复成原形，一边挪到藤椅上躺下，一边抱怨说，哎哟，好久不拿笔了，签个名字手都酸。

吴正好拿到签名，人顿时活泛了，不再啰唆，别说他爸手酸，就是手折断，手烂掉，他也不会放在心上的，他捧着他爸的签名，比捧着骨灰盒还小心，直接奔到法院去了。

材料是齐全的，精准的，法院对材料的审核一次通过，当然，即使法院现在批准了死亡申请，还不能算正式死亡，还得在原居住地和互联网上发出公告，寻找郑永梅，公告时间是三个月，也就是说，三个月之内，还不能算我正式死亡，还得算我活着。

如果郑永梅看到了公告，出现了，或者，如果有知道郑永梅活着的人看到公告说出来了，那都是另外一种结果了。

吴正好急呀，三个月，谁知道还会发生些什么。说不定那个郑永梅真的活着出现了，那又算个什么事呢。

三个月，那个老破宅子不会扛不住岁月就坍塌了吧。

短短三个月，可能出现的变数，令人想起来就胆战心惊。

他们宣告我死亡，事情不会那么顺利的，就算只有三个月，也会起波折的。

你看，果然，很快就有人冒出来了。

这是浮云街五十五号老宅里的一个邻居老魏，他理直气壮地说我没有死，他居然拿出了和我的合影，还不止是我，照片上有他一家人和我一家人，是我和妻子孩子从国外回来探亲时，回到老宅探望从前的邻居，一起合的影。

照片一经传看，大家简直吓呆了，我也探头看了下照片，认识了一下我自己，也认识了一下我的妻子和孩子。

一会儿老魏的老伴儿追来了，老魏一看，藏起照片拔腿就跑，一边跑一边说，我没有带照片，照片不在我身上。

老魏溜走后，他老伴儿告诉吴正好，儿子一家出国后，老魏把儿子留的联系方式弄丢了，无法联系儿子，好多年了，儿子也一直没有主动联系父母，父母就永远也找不到他了。老魏等着等着就等疯了，有一次听说亲戚家的儿子回国，他赶过去非要和人家合影，就合了这个影，到处给人看，说是自己的儿子，今天又出新花招了，居然说是郑永梅一家。

老魏的老伴儿走后，老魏又冒了出来，手里拿着一个信封，说，你们不相信，我还有他的来信呢。

吴正好将信封里的信纸倒出来一看，是一张白纸。

老魏笑了，说，你看，我没说错吧，是信吧。

吴正好只好认了，说，是信，是信。

老魏这才高高兴兴地走了。

过一天又有一个来应征的，赌咒发誓说自己是郑永梅的儿子，吴正好问他郑永梅在哪里，说在家里，就跟着他回家一看，原来是墙上的一张照片。

吴正好只好也跟他耍流氓，说，不都是个死嘛，你的我的有什么区别。那人不服，说，那也应该我来宣告他的死亡，轮不到你。吴正好说，那好，郑永梅你拿去吧，他欠了人家巨款，我正愁拿什么去还呢，你这套房子还可以，应该够还了。

那小子一听，拔腿绝尘而去。他竟然忘了这是他自己的家。

就这么一惊一乍、惊心动魄地过了三个月。

三个月后，吴正好终于拿到了法院的正式判决书，全文如下：

宣告死亡判决书：

申请人吴永辉，男，1951年2月15日出生，汉族，南州市人，个体工商，住南州市浮云街五十五号。

申请人吴永辉要求宣告郑永梅死亡一案，本院依法进行了审理，现已审理终结。

申请人吴永辉称，郑永梅系其弟弟，吴永辉与郑永梅自幼离失，从未见面，现经吴永辉家人寻找郑永梅无果，至今下落不明，申请宣告郑永梅死亡。

经查，郑永梅，男，1951年2月15日出生，汉族，南州市人。曾住浮云街五十五号、长桥头九号、东风机械厂职工宿舍等。郑永梅1968年插队农村，1975年顶替父亲郑见桥进南州东风机械厂工作，1978年考入吴京大学，1982年本校硕士研究生，1985年博士，1987年出国留学，后失去联系，至今下落不明。查其父郑见桥已于2003年去世，其母叶兰乡现住养老院，患病失忆，无法提供郑永梅的信息。经查，吴永辉、郑永梅均系郑见桥叶兰乡夫妇之亲子。本院根据《中华人民共和国民事诉讼法》第某某条第某某款的规定，于2015年12月5日在其原居住地和互联网上发出寻找郑永梅的公告。法定公告期为三个月，现已届满，郑永梅仍然下落不明。

本院认为，郑永梅从上世纪80年代与家庭失去联系，至今三十年时间没有音讯，虽然经申请人吴永辉及其家人多方寻找，法院在其原居住地及互联网上公告查寻，仍下落不明。吴永辉系郑永梅之兄，现申请宣告郑永梅死亡，符合法律规定。依照《中华人民共和国民事诉讼法》第某某条第某某款某某项、《中华人民共和国民法通则》第某某条第某某款、《最高人民法院关于贯彻执行若干问题的意见（试行）》第某某条第某某款的规定，判决如下：

宣告郑永梅死亡。

本判决为终审判决。

审判员：袁安

书记员：胡周力

我终于死了。

我彻底不存在了。

现在那孙子可以踏实安心了。其实他完全是多此一举，你们大概早就看出来了，我到底是谁，我到底在哪里。

很多年前我母亲给我取了一个名字。

正是因为这个名字，因为写着这个名字的几张纸，让我始终阴魂不散，始终游荡在人间。

一直到法院宣告了我的死亡。

这个时代真是精彩。一个从来不知道自己在哪里的人，竟然知道了自己的死亡日期。

从今以后，那孙子吴正好会郑重其事地告诉所有的人，我，郑永梅，是他的爷爷奶奶的儿子，死于何年何月何日。

这真是以讹传讹。

他们以为就此完事了。

当然，假叶兰乡被鉴定为无民事行为能力，而我，郑永梅，死亡了。

这怎么不是大功告成了呢？

可是，他们就没有想到，我郑永梅有没有小辈呢，假叶兰乡有没有后代呢，说不定郑见桥也有一两个私生子呢，还有二娃子家里的那些如狼似虎的后人呢，还有许许多多可能出现的人物呢。

还有，一个最最重要的人物，你们别再忽视了，那就是我本人。你们真的认为我只是一个名字吗，你们真能断定我不是一个真实存在的人吗？

或者当年，我的父亲母亲真的有我这个孩子呢。

所以，吴正好的人生之路，长着呢，远着呢。

甚至不知路在何方呢。

尾　　　声

嘿，回到我了。

我是吴正好。

我财大气粗地吹着口哨，走在浮云街上，大家都用异样的眼神看着我，我知道，他们失常了。

经过居委会的时候，我看到有好多人在排队，好像大都是我们大院里的邻居，不过这和我无关，我才不想知道他们的事情。

我倒是发现周小丽正站在路中央，朝着我过来的方向张望。我当然知道她是有意站在那里等我的。果然，我一走近，她就朝我招手，说，吴正好，我来帮助你吧。

我心想，我最需要帮助的时候，你没帮上，现在我已经大功告成，你想挤也挤不进脚来了。

但是我也不要拂了她的一片好心，我还可以趁便调戏她一下，我说，小丽啊，我正是需要帮忙的时候，你就出现了。

周小丽高兴地说，是的吧，我就知道，我知道你沉迷在游戏中不能自拔，我替你着急呀。

我说，咦，你怎么知道我沉迷的？

周小丽说，你看见美女都两眼茫然，我站在你面前，你都熟视无睹的，就知道你沉迷了，我要帮你拔出来，所以，我负责任地告诉你，你家的老宅，其实早就定性了。

她居然还是个事后诸葛亮，我还是再给她一点面子吧，我说了一句很有哲理的话，是呀，当我知道了真相的时候，你们都知道真相早就存在。

周小丽说，不仅是从前的真相，还有它未来的前景，你看，这边大家开始排队登记了，你爸还没告诉你吗？一会儿你爸也会来的，你们的老宅，政府决定要动迁了。

老宅子动迁，这是早晚的事情，你们不会以为我找回了老宅是给我和我爸住的吧。这破烂房子，谁稀罕，我等的就是动迁呢。

只是这好消息来得太早太突然了，让我措手不及呀，我说，呀呀呀，呀呀呀——可是我呀了几声，颇觉蹊跷，我家的老宅动迁，他们来排队干什么，关他们什么事？

周小丽说，你过去看看就知道了。

我赶紧过去一看，顿时头皮一麻，我的宅院里的邻居，人人都有一张纸，人人都有浮云街五十五号的房产证。我正挠头犯糊涂呢，忽然眼前一闪亮，我爸来了。

我爸来了就好，他是个老东西，他一定有真正的郑氏房产证。

我爸果然有房产证，我激动得上前勾头一看，顿时泄了气，户主吴永辉，面积二十五平方米。

这不是郑家的，这是吴家的，西二路后七进偏厢房的那个“我家”。

我急得问我爸，还有呢，还有呢？

我爸说，你还想要啥呢？

我说，我老郑家的房产证呀！

我爸朝我翻了个白眼，不和我说话了，因为排队已经轮到他了，该他登记了。我爸上前将二十五个平方米登了记，在填报动迁要求的时候，我爸狮子大开口了，他居然拿二十五个平方米，换两个两室户。

连我都觉得有点过，我忍不住说，爸，你能要到那么多啊？

我爸说，多什么多，一点也不多，你住一套，我住一套，我才不要和你同住一起。

你们别以为就我爸过分，其他邻居更有甚者，要楼房的，要店面的，甚至要别墅的，我都不想说他们，说出来，我替他们脸红。

他们就这样把郑氏老宅分割了，替换了，欢天喜地回去等待着走进美丽新世界了。

我呢，不用说了，整个蒙圈，回家后我更是长吁短叹，我责问我爸，你觉得有你那个破房产证就够了，你以为你二十五个平方米真能换到两个两室户，做梦吧你——我很快意识到我离题了，赶紧收回来说我的中心意思，我说，爸，这么大的郑宅，什么时候都变成别人的了？

所以，我说，我怀疑这里根本就不是郑宅。

我爸倒不服了，说，郑宅倒是正宗的郑宅——他见我一脸不服的样子，难得有耐心地跟我说，这可不是我说了算的，这是房契说了算的，以房契为证呀。

我顺着我爸邪恶的目光，扑向我爸的那张破桌子，拉开抽屉，怎么不是，有一张发了黄的旧房契，赫然地，和我爸的那个卖身契搁在一起呢。

我简直、我简直，要骂人了，我开口就骂，老——但毕竟，我是个文明人，我没有骂出来，我得改口啊，我说老爸，你要玩我玩到什么时候？这张纸你又是什么时候放在这里的？

我爸说，它一直在抽屉里搁着，你自己有眼无珠，怪我？

我服了，老大。

这张黄纸，就是我梦寐以求的郑宅的房契呀。

浮云街五十五号仁德堂。

郑之简。

我服了，可我又不服呀，我说，爸，你怎么会有这张纸，难道是郑之简给你的？

我爸说，郑之简给我？那才是做梦——他骄傲地哼了又哼，哼够了，他才继续说，小子哎，我告诉你，你如今干的这些事，我早就干过，我不仅干得比你早，我还干得比你有水平，比你透彻。

我更是不解呀，难道我费尽心思寻找郑氏房产的事情，我爸早就做过，怎么我一点也不知道呢？

我爸说，你那时候，天天玩游戏，一直玩游戏，谁和你说话你就发脾气，天塌下来你也不问，你钻在游戏里就不出来了，现在，后悔莫及了吧。

我真是被我爸玩够了，我不敢相信他，我也不敢不相信他。从前我还想相信一张纸，现在我连一张纸都不敢相信了，我得去证明这张纸的真伪。

如果郑之简是我爷爷的祖宗，我该到哪里去找他们呢？我早已经驾轻就熟了，我知道，他们肯定在我爷爷的档案里。

从前的人填写档案，往上是要填祖宗三代的。

我现在找纸已经找得熟门熟路了，所以我轻而易举地就找到了郑见桥的档案，又如愿以偿地看到，我爷爷郑见桥的档案里，确实填着一个名叫郑之简的人。

但是我爷爷的档案里，还有另一张纸，是一张处分决定，原来爷爷年轻时犯了错误，受到了组织上的处分，我爷爷从干部十七级，降级到二十三级，从副科长降到普通办事员。

你们猜得到，我爷爷犯的什么错误吗？

我保证你们猜不到。

我爷爷犯的是伪造房契的错误。

也就是说，我爷爷郑见桥，想要把老宅捐献给国家，可是他找不到老宅的房契，组织上说他不忠诚，他就想办法，想呀想呀，想出来了，他自己画了一张房契，结果被火眼金睛的组织发现了。

也就是说，我爸抽屉里那张纸，是我爷爷伪造的？

我含着一口血回家了。

我爸说，哎哟，这值得吐血吗？

我说，怎么不值得，这张纸竟然是假的。

我爸说，哎哟，就算是真的，你又打算咋办呢？

我说，唏，如果是真的，这郑之简的老宅就是我的啦。

“哗啦啦”，我爸又拿出一张纸来。我爸的纸还真多，这张纸够大，交到我手里，我伸展开来一看，确切地说，这是一张图，是一张人物关系图。

关于这张图我实在不想说了，主要是我实在说不动了，因为图上的人名字太多、人际关系太复杂，我只说说看起来和我有点关系的郑见桥吧。

要想说他，也不容易，我只能简单地说，从郑之简到郑见桥，中间隔着七八十个郑家的人。

我把这张纸贴在我家的墙上，到我家来的人，看了无不眼花缭乱，他们说，哟，看了这张图，才知道你们郑家真是个大户人家啊。

后来又轮到我值夜班了，我瞄了一眼监控，发现有一台电梯的门开了，不过这不关我事，有没有一只蝙蝠飞进来飞出去，也不关我事，我继续打我的游戏。

后来我睡着了。

或者，后来我醒了。

无论我是睡着还是醒来，我都是在玩游戏。

这款游戏的游戏规则就是改变，只要在任何线索的线头上做出改变，结果就完全是另一种样子。

这个游戏为什么那么迷人，因为它可以提供无数无数的结局。

这款游戏的名字叫《美丽新世界》。

我问我爸，爸，林小琼呢，怎么好久不见她来了？

我爸说，哎哟，小子，你还是醒醒吧，你真是懒鬼，比我还懒，睡着了就不肯醒。

他这话什么意思？

难道林小琼也是我的一个梦，难道现实生活中我根本就没有女朋友？

其实，我并没有大惊小怪，有没有女朋友，那要看我的游戏朝哪个方向发展，改变规则，我可以应有尽有，再改变规则，我可以一无所有。

游戏就是这样。

图书在版编目（CIP）数据

灭籍记 / 范小青著. — 北京 ：北京十月文艺出版社，2018.12
ISBN 978-7-5302-1866-2

Ⅰ. ①灭… Ⅱ. ①范… Ⅲ. ①长篇小说—中国—当代
Ⅳ. ①I247.5

中国版本图书馆 CIP 数据核字（2018）第 201231 号

灭籍记
MIEJIJI
范小青　著

出　　版　北京出版集团公司
　　　　　北京十月文艺出版社
地　　址　北京北三环中路 6 号
邮　　编　100120
网　　址　www.bph.com.cn
发　　行　新经典发行有限公司
　　　　　电话（010）68423599
经　　销　新华书店
印　　刷　固安县铭成印刷有限公司
版　　次　2018 年 12 月第 1 版
　　　　　2018 年 12 月第 1 次印刷
开　　本　880 毫米 ×1230 毫米　1/32
印　　张　11.5
字　　数　230 千字
书　　号　ISBN 978-7-5302-1866-2
定　　价　49.80元
质量监督电话　010-58572393